風神雷神（下）

Juppiter, Aeolus

原田マハ

PHP
文芸文庫

○本表紙デザイン＋ロゴ＝川上成夫

風神雷神 Juppiter, Aeolus（下） 目次

風神雷神　Juppiter, Aeolus　下巻

主要登場人物

望月　彩――京都国立博物館研究員

レイモンド・ウォン――マカオ博物館学芸員

俵屋宗達――京都の扇屋の息子。絵師。野々村伊三郎、アゴスティーノとも

原マルティノ――天正遣欧使節の一員

中浦ジュリアン――天正遣欧使節の一員

伊東マンショ――天正遣欧使節の一員

千々石ミゲル――天正遣欧使節の一員

アレッサンドロ・ヴァリニャーノ――イエズス会のマカオ大神学校の設立者。宣教師
ヌーノ・ロドリゲス――ゴアのコレジオ・デ・サン・パウロの院長
ディオゴ・デ・メスキータ――神父。天正遣欧使節を牽引。日本語を巧みに話す通詞
ジョルジ・ロヨラ――天正遣欧使節の少年たちの教育係。修道士。日本人
コンスタンティノ・ドラード――天正遣欧使節に随行。日本人

フェリペ二世――スペイン国王
フランチェスコ一世――トスカーナ国の大公
ビアンカ・カッペッロ――フランチェスコ一世の妃
グレゴリウス十三世――第二二六代ローマ教皇

ミケランジェロ・メリージ・ダ・カラヴァッジョ――ミラノの絵師シモーネ・ペテルツァーノの弟子

上巻　目次

第二章 承前

IVPPITER AEOLVS VERA NARRATIO

一五八三年（天正十一年）十一月

遣欧使節の一行を乗せた船は、インドのゴアに到着した。

長崎を出航してから、すでに一年と九カ月が過ぎていた。

少年たちは、十六歳になった者、まもなく十六歳になる者、それぞれに成長著しかった。

インドの副王、ドン・フランシスコ・マスカレニヤスは、使節の四人の少年をひとりずつ抱擁し、ローマで作られた貴重な遺物箱のついた黄金の鎖を彼らの首にかけて、長旅の労をねぎらった。

原マルティノは喜びに頬を輝かせながら、ここまでたどり着いたこと自体、神が起こしたもうた「奇跡」のように感じていた。

一行の歓迎式には、アレッサンドロ・ヴァリニャーノ、ディオゴ・デ・メスキータ、ジョルジ・ロヨラ、そのほかのパードレ、修道士たち、ナウ船の船長、そして俵屋宗達も列席した。

マルティノがインド副王に黄金の鎖を授けられたとき、いちばん盛大に拍手していたのは宗達だった。

彼は使節ではないので、副王から褒美を与えられることはなかったが、マルティノたち四人が褒め讃えられるのを吾がことのように喜んでくれた。マラッカからゴアにいたるまでに一行が体験した困難と危機は筆舌に尽くしがたいほどであった。

暑さのあまり体調を崩してしまったのはマルティノばかりではなかった。伊東マンショも高熱を出し、命が危ぶまれる状況になった。正使たるマンショを喪うわけにはいかない。ヴァリニャーノをはじめ、一同、つきっきりで看病し、眠る間を惜しんで祈りを捧げた。

宗達は、マルティノが病に臥せっていたときと同様、あの扇を昼も夜も動かして、マンショに風を送っていた。

海は腹立たしいほど凪いでおり、まったく風が吹かなかった。そうなると潮の流れのみで進まざるをえず、陸からどんどん離れていってしまう。船長はいら立っていたが、どうすることもできない。ヴァリニャーノもよほど困ったのだろう、こっそりと宗達に耳打ちした。――そなたの扇で風を呼び込んではくれぬか、と。

マンショの容態がどうにか峠を越えるのと時を同じくして、ようやく風が吹き始めた。最初はほそぼそと、しだいに強く、やがて激しく。

風は船を遠くへ、もっと遠くへと走らせてくれた。マルティノは、宗達の扇が風を呼び込んでくれたのではないかと本気で信じたほどだった。

　ゴアに到着するまでに、一行は、セイロン島、ピスカーリア、コチンにそれぞれ寄港したが、さまざまな災厄が降りかかってきた。

　カピタンが航路を誤って進んでしまったこともあった。そのまま進めば浅瀬で座礁してしまうところだったが、このときは、ヴァリニャーノが航路誤認に気づき、カピタンにそれを指摘して、航路を正すことができた。

　船の錨が流されてしまい、暗礁に乗り上げそうになったこともあった。このときは船員たちが力を合わせて二本の綱をより上げ、潮の流れに逆らってどうにか船を止められた。

　最大の危機は、海賊に襲われたことである。ピスカーリアに立ち寄ったあと、本船に戻るために一行が乗ったはしけ舟が海賊船に狙われたのだ。

　いち早くそれに気づいた宗達が、例の扇をひるがえして本船に危機を知らせた。金地の扇は西日を弾いて光り輝き、離れたところからでもよく見える。はしけ舟に何か起こったときには宗達が扇をひるがえしてカピタンに知らせる、という指示を、ヴァリニャーノがカピタンと宗達の双方にしていたので、このときにはそれが役に立った。カピタンは扇に気づいて、すぐに錨を上げ、大至急船を走らせて海賊を追い払った。

　このときばかりは、さすがに全員、宗達に感謝した。宗達は少々照れくさそうにして、「神のご加護あってこそや」と、いつもヴァリニャーノが言っている言葉を口真似（くちまね）していた。

　そんなこんなの苦労の果てにたどり着いたのが、ゴアである。

　天然の良港を持つゴアは、一五一〇年、ポルトガルに占領されたのち、一五三〇年にはポルトガル領インドの首府となって栄えてきた。イエズス会の最重要布教拠点として、多くの宣教師たちがこの地からアジアの各地域へと送り込まれた。かのフランシスコ・ザビエルもこの地より日本に出立（しゅったつ）し、いまではこの地のボン・ジェズ・バシリカ聖堂で眠っている。

「黄金のゴア」と呼ばれて繁栄する街なかには、熱帯樹が生（お）い茂り、その緑の中に点在するようにして壮麗（そうれい）なカトリックの教会がいくつも建っていた。

　真っ青な空を突き刺すようにしてそびえ立つ大聖堂の尖塔（せんとう）の十字架は、南の国の太陽の光を集めてまばゆく輝いている。

　教会のほかにも、数多くの修道院、修道士たちが暮らす大きな住院（じゅういん）、学（まな）び舎（や）である大神学校（コレジオ）、司祭を養成するための修練院など、キリスト教の信徒のみならず、神父、修道士たちのための施設が整っていた。

　日中は日差しが強く暑かったが、日陰に入ればさわやかな風が心地よかった。美しい花々が咲き乱れ、芳しい香りを風が運んでくる。

大きな椰子の実、みずみずしい瓜、さまざまなくだものが市場にあふれていた。

象、猿、大蛇、美しい翅の蝶、珍しい生き物もたくさんいた。

街を行く人々の肌の色は黒く、黒髪で大きな黒い瞳をしていた。そしてこの街には、マカオとは比べられないほど多くの西欧人が暮らしていた。歩いていると、聞こえてくるのはほとんどがポルトガル語である。

航海中に怠りなく学び続けてきた甲斐あって、少年たちは皆、難なくポルトガル語、そしてラテン語を話せるようになっていた。

宗達だけが、ラテン語は自分には関係がないからと、毛頭学ぶ気がなかったようだ。その代わりにイタリア語を操れるようになっていた。

マルティノもまた、宗達とともにイタリア語を身につけた。イタリア語の講義はヴァリニャーノ直々であったが、マンショ、千々石ミゲル、中浦ジュリアンはポルトガル語とラテン語の習得に手一杯だったので、イタリア語まで学ぶことは不可能だった。ゆえに、船上でのヴァリニャーノのイタリア語の講義の生徒はマルティノと宗達のふたりきりであった。

ふたりは実に熱心にヴァリニャーノの講義に臨んだ。宗達は、耳がよいのだろう、ヴァリニャーノの言葉を口真似して覚えた。マルティノは師の言葉を文字に書き写して理解した。

「マルティノ、そなたはまことに語学に長けている。その能力をこのさきも活かすがよい」

ヴァリニャーノは感心しきりであった。

一方、宗達も、ヴァリニャーノのイタリア語の講義中に、熱心に何かを帳面に描きつけていることがよくあった。

「アゴスティーノ。その帳面を見せなさい」

ゴアに向かう船上でのこと、宗達とマルティノが揃ってイタリア語の講義を受けていたあるとき、ヴァリニャーノが宗達に言った。宗達は、はっとして手を止めた。

「いいえ、お見せすることはできませぬ」

イタリア語で宗達が答えると、ヴァリニャーノは「いいから、見せなさい」と、少し語気を強めて言った。

宗達はしぶしぶと帳面を差し出した。ヴァリニャーノは、帳面をめくって、

「これは……」

驚きの表情に変わった。

帳面には、ヴァリニャーノらしき人物の顔や姿が、先を削った木炭で描かれてい

た。

伏し目がちのおだやかな表情、知性と品性を兼ね備えたヴァリニャーノの容姿が、すばやい筆致で巧(たく)みに写されている。

ヴァリニャーノは、しばらく言葉が出てこないようだった。

宗達の隣に正座していたマルティノは、我慢できなくなって、

「あのう……ヴァリニャーノさま。私も、その帳面を見とうございます……」

やはりイタリア語で、控えめに言った。

ヴァリニャーノは、宗達に向かって、

「これを、そなたの同胞(どうほう)に見せてもよいか」

そう訊(き)いた。

宗達は、少し困ったような顔でうなずいてみせた。

マルティノは立ち上がると、師のそばへと歩み寄り、帳面をのぞき込んだ。

紙の上に描かれている人物像――明らかにヴァリニャーノであるとすぐにわかるその絵に、マルティノの目は釘付(くぎづ)けになった。

これは……。

自分がいままで見たことのあるどんな絵とも異なっていた。

ふすまや掛け軸(じく)や屏風(びょうぶ)に描かれる大和絵(やまとえ)とは違う。かといって、小神学校(セミナリオ)の作

画の授業で手本となった西洋で描かれた聖母子像とも。

宗達が帳面に描きつけたヴァリニャーノの写生は、誰にも描けぬ、宗達だけが描きうる絵だと、見た瞬間にマルティノは悟った。

西欧人が描いた絵のように生き写しというわけではない。しかし、帳面に写されたヴァリニャーノの姿は、清廉潔白で、正義感が強く、こうと決めたら筋を通してやり抜く、ヴァリニャーノの真の姿であると、マルティノには感じられた。

——今日からは、ヴァリニャーノさまがお前の父君や。

旅立ちのとき、宗達の父は、このさきもう二度と会えないと覚悟して、息子にそう告げたという。宗達は、その日からずっと、ヴァリニャーノを父と慕い続けてきたのだ。

その気持ちが絵ににじみ出ている——とマルティノは思った。しかし、描き手の気持ちが絵ににじみ出るなんて……そんなことがあるのだろうか。

帳面の絵をじっとみつめていたヴァリニャーノは、顔を上げて宗達を見た。

宗達は、ヴァリニャーノと目が合うと、

「……申し訳ありませぬ。耳ではご講義を聴きながら、手では絵を描いておりました」

すなおに詫びた。とても美しい発音のイタリア語で。

ヴァリニャーノは微笑んだ。そして、言った。

「そなたの心が神の声を聞き、神がそなたに絵を描かせたもうたのだろう」

帳面をそっと閉じ、宗達の手に戻した。

「そなたの絵を教皇猊下がご高覧になる日が必ずやくるだろう。その日まで鍛錬を続けなさい」

叱られるかと思っていたのに、逆に励まされた宗達は、頬を紅潮させて、

「はい。必ず」

清々しく返事をした。

ゴアに到着してからも、宗達は、ヴァリニャーノの励ましを追い風にして、とにかく描いて、描いて、描いて、描きまくった。

ゴアでの滞在はおよそひと月ほどの予定となっていた。季節風が吹いている期間を逃してはならない。そのためには長居は無用である。

それにしてもゴアにはおもしろい事物があふれんばかりにある。そのすべてを吸収しようとするかのように、宗達は街なかを彷徨して描き写し続けた。

ゴアに到着して七日が過ぎた。

大聖堂で朝のミサを終え、しばし自由となる時間に、ロヨラが少年たちに声をか

けた。

「ヴァリニャーノさまより大切なお達しがある。皆でコレジオ・デ・サン・パウロの講堂へ行くように」

はてなんであろうか、もしや今日にもゴアを発つことになったのだろうかと、少年たちはひそひそと声を潜めて言葉を交わし合いながら、講堂へと向かった。

講堂では、ヴァリニャーノが一行の到着を待っていた。隣にコレジオの院長、ヌーノ・ロドリゲスが立っている。

ロドリゲスは、ゴア滞在がたとえひと月足らずのあいだであっても少年たちが学び続けられるように、コレジオの講堂を提供し、自身もラテン語で神学を教授して、使節団一行の世話を焼いてくれていた。

使節の四人が席に着いた。宗達も少し離れて後ろの席に座った。

それを見計らって、メスキータ神父がラテン語で告げた。

「今日は、そなたたちに、少しばかり残念な報せがある。……そなたたちをここまでお導きくださったアレッサンドロ・ヴァリニャーノ師が、大切なお役目があり、このさき、ここ、ゴアに留まられることとなった」

――えっ。

マルティノは、息をのんだ。

四人は、思わず顔を見合わせた。どの顔にも驚きが広がっている。

――ヴァリニャーノさまが……ゴアに留まる？

ということは、吾ら（われ）とともに、ローマへは行かぬ、ということだろうか？

まさか、そんな……！

「あ、あの……それは、いったい、どういうことでござりましょうか。ヴァリニャーノさまが、ゴアに留まられるとは……？」

あわててマンショが日本語で訊くと、「ラテン語で話しなさい」とロヨラがすぐに正した。

マンショが不審なことを日本語で口走ったので、宗達の顔にも驚きの稲妻（いなずま）が走った。

「まさか、ローマへおいでにならぬのですか？」と、あせったジュリアンが続けて日本語で訊いた。

ジュリアンの言葉を聞いて、宗達は思わず立ち上がった。そして、イタリア語で問いかけた。

「ローマへ……おいでにならない？　まことでござりますか？　ヴァリニャーノさま……？」

ヴァリニャーノは、動揺が広がった少年たちの顔を眺めて、日本語で答えた。

「……まことである」

そのひと言に、少年たちは声を失った。

――まさか……なんということだろうか。

マルティノは、驚きのあまり呆然としてしまった。

敬虔なキリシタンの神学生である日本人の少年たちを、ローマへ連れていく。そんな夢のようなことを実現するために、果敢に動いた恩師である。日本を出立する決心ができたのは、ヴァリニャーノあってこそだった。

信仰のために、命をかけて、厳しい試練にこの身を投じようと思えたのは、この師についていこうと覚悟をしたからである。

幾多の嵐、日照り、病、災難のすべてを乗り越えて、ここまで来られたのは、この師に導かれたからこそ。

ああ、師の祈禱の言葉、一言一句が、どれほどまでに自分たちを支え、励まし、前へ、前へと進ませてくれたことだろう。

その大切な師に、これよりさき、付き従うことができなくなるとは……。

「私の息子たちよ、よく聞きなさい」

ヴァリニャーノは、続けて日本語で語りかけた。

「ローマのイエズス会本部の新しい総会長、クラウディオ・アクァヴィーヴァさまから手紙が届いたのだ。私は、インドの管区長に封じられた。今後は、インドでのイエズス会の活動を支えていくのが私の使命となった。……できることならば、そなたたちとともにローマまで旅を続けたかったが……それは、もはやかなわぬ……」

ヴァリニャーノの声は落ち着いてはいたものの、そこまで言って、言葉が出てこないようだった。

マルティノには、師の心の動きが手に取るようにわかった。

自(みずか)ら立てた計画を最後までまっとうできずに、途中で船を下りざるをえなくなったのだ。

どれほど口惜(くちお)しいことだろう――。

「私はイエズス会の巡察師としてローマから日本へと赴(おもむ)いた。日本がどれほど遠い国かも知らずに……」

動揺を隠せない少年たちをなだめるように、ヴァリニャーノは凪いだ海のようにおだやかな声で、そして日本語で語りかけた。

「敬愛するフランシスコ・ザビエルさまが、そなたたちの国の乾いた土に神の愛の種をまかれた。それから幾年月が過ぎ、種は芽を出し、若木となり、枝葉を広げ、花をつけた……」

激しい嵐や日照りが若木を痛めつけた。ときに切り倒そうとする輩も現れた。いかなる災いが降りかかろうとも、若木は耐え忍び、神が与えたもうた試練を喜んで引き受けた。

大地に一度根を張った木はそうやすやすとは倒れない。それもまた、神が与えたもうた幸いなのである。

「そなたたちは成長することをやめない若木なのだ。かように健やかに若木が伸びゆくさまを、なんとかして教皇猊下にご覧いただきたいと、私はそればかりを望んでいた……そして、そなたたちにも、この広い世界のまことの姿を見せたかったのだ……」

にごりのない瞳をまっすぐにヴァリニャーノに向けて、少年たちは師の言葉に聴き入っていた。

いつもそうだった。ヴァリニャーノが語る聖書の言葉、説話、日々の教えを一言一句聴き漏らすまいと、少年たちは、どんなときも、師が話し始めれば、真剣に耳を傾け、帳面に書き写してきた。

宗達もそうだった。ラテン語、ポルトガル語、イタリア語、日本語を使いこなすヴァリニャーノの言葉を、書き留めこそしなかったが、大切に胸に刻んでいた。

そのヴァリニャーノの言葉を、もう二度と聞けなくなってしまうとは。

信じられない。……そんなことは考えたくもなかった。

「……しかし、私の息子たちよ、私の望みは、私がいなくともかなえられると、もはやわかっている。ゆえに、私は、ここゴアに留まることを受け入れたのだ」

ヴァリニャーノはそう言って、かたわらに佇（たたず）んでいたコレジオの院長、ヌーノ・ロドリゲスのほうを向いた。

ゴアのコレジオ・デ・サン・パウロの院長、ヌーノ・ロドリゲスが自分の代わりにローマまで同行する——とヴァリニャーノは説明した。

「これからは、ロドリゲス院長がそなたたちの師である。それを忘れずに、しっかりとついていくように」

ロドリゲスは温和な微笑みを口もとに浮かべていた。彼は、ラテン語で少年たちに語りかけた。

「ヴァリニャーノさまに代わって、私がそなたたちとともに教皇猊下（げいか）のもとへ参りましょう。私たちには神のご加護があります。きっとたどり着けると信じています」

いかにも学識深そうで賢明なコレジオの院長が同行するとわかって、使節たちの顔に安堵（あんど）の色が広がった。

が、ただひとり、宗達だけは違った。

彼はロドリゲスのラテン語を理解できなかった。いや、それ以上に、ヴァリニャーノがここで「船を下りて」しまうのが、やはりどうしても納得できなかった。

宗達は講堂の後ろのほうで突っ立ったままだったが、ヴァリニャーノをきっとにらむと、

「……あなたさまは嘘をつかれるのですか？　ヴァリニャーノさま」

突然、イタリア語で言った。

はっとして、講堂の前方の席に座っていたマルティノが振り返った。イタリア語を解さないマンショとミゲルとジュリアンは、ただならぬ雰囲気を感じて、互いに顔を見合わせている。

ヴァリニャーノは身じろぎもせず、宗達をみつめ返していた。宗達は、目を逸らさずに言葉を続けた。

「どこまでも一緒に行こうとおっしゃったではありませぬか。一緒にローマにたどり着こうと。私たちを教皇猊下にお引き合わせくださると。そうおっしゃったではありませせぬか」

「――宗達！」

マルティノが、思わず割って入った。

「何を申しているのだ、やめないか！」

マルティノが日本語で制止するも、宗達はやめなかった。

「そうおっしゃったから……ここまで来たのに……父も、母も、故郷も捨てて……」

宗達の声はうるんでいた。その言葉を最後まで聞くと、ヴァリニャーノは静かに言った——日本語で。

「そなたの申す通りだ。……私は空言を口にした。そなたたちとともにローマへ行く……それがかなわぬいまとなっては、私の言葉は空言であったと……言うほかはあるまい」

使節の少年たちは、再び不安げな顔になった。

宗達は、射るようなまなざしでヴァリニャーノを見据えてから、講堂を飛び出した。

「——宗達っ！」

マルティノが叫んで立ち上がった。思わず後を追いかけそうになったのを、「行くでない！」とロヨラが制した。

「ヴァリニャーノさまと院長さまの御前で失礼ではないか！　アゴスティーノはもともと使節ではないのだ、ほうっておけ！」

すると、すぐさまヴァリニャーノが言った。

「マルティノよ、行ってやりなさい。そして、宗達の話を聞いてやるがよい」

――あ。

マルティノは、ふいに心が震えるのを感じた。

――いま、ヴァリニャーノさまは「宗達」と仰せになった。……いままで、ずっと「アゴスティーノ」と呼んでおられたのに。

織田信長さまに下賜された絵師としての名。宗達は、己の名をどれほど誇りに思ってきたことだろう。それを知っていたからこそ、自分だけは「宗達」と呼び続けてきた。

ヴァリニャーノさまも、きっとわかっておられたに違いない。洗礼を受けていないのに洗礼名で呼ぶよりも、絵師としての名で呼ぶべきなのだと。

マルティノは、ヴァリニャーノに向かって深く頭を垂れてから、急ぎ足で講堂を出た。

真昼の太陽が激しく照りつけていた。コレジオの構内のあちこちに椰子の木が立ち並んでいる。どこかの緑陰に宗達がいまいかと、マルティノは探し回った。

ふと、真っ赤な花を咲かせている大木の下に、宗達の姿をみつけた。

太い幹に寄りかかって膝を抱えている。いつものように帳面に木炭を走らせてはいなかった。

マルティノは、膝を抱えて座り込んでいる宗達の近くに佇むと、声をかけた。

「……隣に座ってもよいか」

宗達はちらりと目線をこちらに向けたが、何も言わない。マルティノは、少しあいだをおいて、ごつごつした大木の太い根の上に腰を下ろした。

「私とて、無念だ。……ヴァリニャーノさまがご同行されるからこそ、かようなとてつもなき旅に吾が身を捧げる気持ちになったのだ。……マンショどのも、ミゲルどのも、ジュリアンも……皆、同じ気持ちぞ。おぬしだけではない」

宗達はそっぽを向いて、さわさわと風が枝葉のあいだを通り過ぎるのに耳を傾けているふりをしていたが、

「……きりしたんやあらへんから、あかんのやろうか」

そうつぶやいた。

「え？　いま、なんと申した？」

マルティノが訊き返すと、

「せやから……わいが」

宗達は、少し声を大きくしてもう一度言った。

「わいが、きりしたんやあらへんから……そんな者がおぬしら使節と一緒にローマへ行って、教皇さまに会おうとしとるから……ヴァリニャーノさまはとがめられた

のと違うか」

マルティノは苦笑した。

「馬鹿を申すな。そのようなことはあるわけがない」

「いや、きっとそうや」

宗達は、叫ぶようにして言った。

「上さまのご下命をいいことに、わいは、きりしたんの洗礼も受けんと、のこのことヴァリニャーノさまについてきたんや。気がついたら、こんな遠くの地の果てまで……」

日本の民にイエス＝キリストの教えを説き、いかなる貧しき者であっても天国（パライソ）の門をくぐることが許されているのだとなぐさめて、西へ東へと布教して回っていたヴァリニャーノ。

この上なくやさしく、おおらかで、人々に歩み寄り、彼らがわかるようにと日本の言葉を自ら学んで、心を込めて語りかけていた。

宗達に対しても、そうだった。ともに海を越えていこうと日本語で語りかけ、そなたには大切な役目があると励ました。それなのに、キリシタンになれとは一度も言わなかったのだ。

思い詰めたまなざしを乾いた地面に放って、宗達は言った。

「わいは……ヴァリニャーノさまがお慈悲をかけてくれはったのをいいことに……ローマへ行けるもんなら行ってみたいと思うたんや。きりしたんでもあらへんのに……」

——さあ、ここへ来なさい、私の息子たちよ。

イエスの言葉を聞きなさい、私の息子たちよ。

そなたたちは私の息子。そして、私たちは皆、神のしもべなのだ。

少年たちに向かって、ヴァリニャーノはいつもあたたかな声で呼びかけていた。

——私の息子たちよ、と。

けれど、「私の息子たち」の中に自分は入ってはいないのだと、宗達はよくわかっていた。

わかっているつもりだった。

それなのに——。

「こんなことを言(ゆ)うたらあかんのやろうけど、わいは……心の中で、ヴァリニャーノさまを……父上、と思うとったんや……」

マルティノは顔を上げて、隣の宗達に目を向けた。

日焼けした横顔にはかすかに幼さが残っている。十五になったとはいえ、宗達は、まだまだ世間知らずで向こう見ずな少年だった。

京を発つとき、宗達の父は息子を諭（さと）した。

――これからは、ヴァリニャーノさまを父上と思うてついていくんやで。

父に言われて、是非もなく宗達はうなずいた。が、大きな石がずしんと落ちてきたように、胸の中が重たくなった。

――わいはきりしたんでも南蛮人でもあらへん。京の都の扇屋の息子や。絵師、俵屋宗達や。南蛮人のパードレを、どないしたら父上と思えるんや。

反発する気持ちがあった。一方で、そのくらいの心がけでついていかなければローマまでたどり着けまいということもわかっていた。

織田信長からローマ教皇への献上物の屏風を携（たずさ）え、ヴァリニャーノとともに宗達はふるさとの京を後にした。

瀬戸の内海を西へと航海しながら、ヴァリニャーノは世界の広さ、西欧の歴史、ローマのすばらしさなどを、わかりやすく、日本語で宗達に教えてくれた。

しかし、彼らが敬愛し信奉するイエス＝キリストの話や聖母マリアの話はしなかった。

「神の愛」については話してくれた。パードレやキリシタンがよく口にしている「愛」とはいったい何なのか、宗達のほうから尋ねたのだ。

――神の愛とは、あらゆる人を包み込みたもうものだ。やさしく、あたたかで、おおらかな……目には見えぬとも、いつも私たちを包み込みたもう。そなたのことも。

ヴァリニャーノはそう答えた。

——わてのことも……？

宗達が驚いて返すと、ヴァリニャーノは微笑んでうなずいた。

——いかにも。神は、人を分け隔(へだ)てぬ。貧しき者であれど、女人(にょにん)であれど、罪人(つみびと)であれど……神の愛は、すべての人を包み込みたもうのだ。

——きりしたんでなくとも？

ヴァリニャーノはもう一度うなずいた。そして、言った。

——案ずるでない。そなたもまた、神に愛されている。

「わいは、ヴァリニャーノさまのお話を聞くうちに、この方やったらどこまでもついていける、ついていきたい……という気持ちになった」

宗達は、隣に座って彼の話に耳を傾けているマルティノに、胸の裡(うち)を告白した。

「そうこうしとるあいだに、ローマへ行きたいからヴァリニャーノさまについていくのか、それとも、ヴァリニャーノさまについていきたいからローマへ行くのか、わからんようになってしもうた……ほんまに、阿呆(あほう)やな、わいは……」

宗達の声はうるんでいた。

マルティノは、かける言葉をなくして、ただ黙って友の横顔をみつめるほかなかった。

宗達も自分も、まことの父と別れ、いま再び父と慕った人と別れる運命なのだ。

そのとき、砂浜を洗うさざ波のようなおだやかな声が背後から呼びかけるのが聞こえた。

「――宗達。顔を上げよ」

長い航海のあいだ、ずっと耳が親しんでいた声。宗達とマルティノは、はっとして振り向いた。

緑陰の中に、ヴァリニャーノが佇んでいた。

いつからそこにいたのだろうか、まったく気がつかなかった。

マルティノはすぐさま立ち上がり、一礼をした。一方、宗達は、再びぷいと顔を背けて返事もしない。

ヴァリニャーノはふたりのもとに歩み寄ると、宗達の目の前に立って、日本語で静かに言った。

「私がそなたたちとともにローマへ行くことがかなわぬようになってしまっても……織田信長さまよりいただいたそなたの使命は変わらぬ。そうではないか？」

――そなたの使命は、私とともにローマに行くことではない。

織田信長さまに代わって、教皇猊下に〈洛中洛外図屛風〉を献上し、その目で西欧を見聞し、印刷の技術を学ぶことだ。

それを忘れずに進んでゆきなさい――。

ヴァリニャーノの心の声が、マルティノにも聞こえてくるようだった。

彼は、隣で身を硬くしている友の横顔をそっと窺った。宗達は、口を真一文字に結んでうつむいたままだった。けれど、かたくなな態度とはうらはらに、師の言葉を嚙みしめているに違いなかった。

「――宗達」

ヴァリニャーノは、もう一度、心のこもった声で若き絵師の名前を呼んだ。

「そなたは、マルティノたち使節とともに、顔を上げ、前を向いて進んでゆきなさい。そなたもまた、使節の一員ゆえ」

ヴァリニャーノは前屈みになると、手を伸ばして宗達のとがった肩にそっと触れた。その肩がぴくりと動いた。

「ローマがそなたを待っている。決してそれを忘れるでないぞ。……よいな？……私の息子よ」

宗達はぎゅっと目を閉じた。その拍子に、大粒の涙が乾いた大地にぽたぽたと落ちた。

宗達は、日に焼けた腕で両目をこすり、涙をぬぐって顔を上げた。

正面にヴァリニャーノがいた。師は、宗達が前を向くのを待っていてくれた。

凪いだ海にも似た青い瞳をまっすぐにみつめると、宗達は、はいっと思い切り声を出した。

「――行って参ります！」

その声はまだ少しうるんでいた。けれど、真昼の太陽のような力に満ちていた。

ヴァリニャーノもうるんだ瞳で宗達をみつめ返して、ひとつ、うなずいた。

マルティノは、ふたりのやりとりを見守りながら、目に見えぬあたたかな何かが、ふわりと自分たちを包み込むのを感じた。

――行こう。

マルティノもまた、目に涙を浮かべながら、心に誓った。

――行こう。ともに。

どれほど遠く、険しい道程であろうと。

水平線の彼方にあるという、その国へ、その場所へ。

――ローマへ。

私たちを包み込みたもう神の愛。そして、神のご加護があれば、たどり着けるはずだ。――必ず。

一五八三年（天正十一年）十二月末

使節の一行を乗せた船は、ゴアの港を離れた。

一行を見送りに来たヴァリニャーノは、別れのときが訪れるまでのあいだ、少年たちひとりひとりに祝福を与えた。

キリシタンではない宗達にも、師は、ほかの使節の少年たちにするのと同様に接してくれた。

そのときばかりは、ヴァリニャーノの息子「アゴスティーノ」になって、宗達は手を合わせ、祝福を受けた。

マルティノは宗達の近くにいて感じていた。師が心の底から航海の無事を念じてくれていることを。そして、ゴアに残る「父」ヴァリニャーノが、このさきも幾久しく過ごせることを祈った。

かなうものならば、またいつの日か巡り会わんことを――。

はしけ舟に乗った少年たちはいっせいに手を振った。おおらかな海にも似たかけがえのない師に向かって。

ゴアの港を出航した船は、再びインドのコチンに寄港し、そこで風待ちをして、一五八四年（天正十二年）二月二十日、西欧の入り口となるポルトガルのリスボンを目指して、いよいよ出発した。

あくまでも天候しだい、風しだいではあったが、このさきはインド洋を渡り、アフリカ大陸の最南端、喜望峰（きぼうほう）を回って、大西洋に浮かぶ島、セント・ヘレナに寄港するまでは、いっさい大地を踏むことなく、ただ水上をひた走っていかねばならない。

どのくらい長い航海になるのだろう。カピタンは、短くて半年、長くて十月（とつき）はかかるという。

そんなに長いあいだ足が大地を踏みしめずにいても大丈夫なのかどうか、マルティノにはわからなかった。しかし、船に乗ってしまったからには、もはや命運を委（ゆだ）ねるほかはない。

尽きせぬご加護をたまわるように、天上の神に何時間も祈りを捧げることが使節の少年たちの大切な日課となった。

ヴァリニャーノに代わって一行を統率する役となり、ローマへ同行することになったコレジオの院長、ヌーノ・ロドリゲスは、あり余る船上での時間を少年たちへの指導にあてた。

少年たちは、それまで以上にラテン語を懸命に学び、また、ラテン語と同じくらい熱心に日本語の読み書きも勉強した。日本語の授業は日本人修道士、ロヨラが受け持った。使節の四人はいずれ劣らぬほど真剣に学んだが、中でもマルティノの秀才ぶりには教師役のパードレも修道士も驚かされた。

マルティノは得意のラテン語で稿をしたため、いずれ西欧諸国の王侯か、イエズス会総長の前でそれを読み上げて披露(ひろう)するための準備をした。日本の少年の優秀ぶりを、ぜひとも西欧の有力者の前で披露したい――と言っていたヴァリニャーノの願いをかなえるために。

一方で、宗達は相変わらずラテン語の授業にも日本語の授業にも加わらなかった。

「おい、宗達。Cosa stai facendo?（何をしているのだ？）」

マルティノは、甲板に寝転がり、手持ち無沙汰(ぶさた)に空を見上げている宗達に向かって、イタリア語で尋ねてみた。

「Niente（何も）」

ぼうっとしながらも、宗達はすぐさまイタリア語で返事をした。マルティノは、またすぐにイタリア語で問いかける。

「何もしないでいちにちそうやっているつもりか？　絵を描けばよいではないか」

宗達は、あーあ、と大きく伸びをして、

「絵を描きたくとも、何を描けばよいのだ？」

いかにも退屈そうにイタリア語で答えた。

「見ろ。周りにあるのは海と空ばかり。帳面に線一本描けば、それでおしまいだ」

――ううむ、確かに。

が、マルティノは、せっかくの会話が途切れてしまわぬよう、イタリア語で言葉を続けた。

「おぬしは、西欧に行ったら絵師に会って話がしたいと言っていたな」

「ああ、その通りだ」

「西欧の絵師はどんな絵師だと思うか？　年寄りだろうか、若者だろうか。それとも、少年だろうか」

宗達は、くくっと笑い声を立てた。

「まさか、少年ではないだろう。西欧の絵師は見事な絵を描くではないか。たとえば、おぬしたちが毎日礼拝している聖母マリアさまの絵は、絵に見えぬ。絵の中から抜け出て目の前に現れたかと見まごうばかりだ」

そんな見事な絵を描くのはよほど手練（てだれ）の絵師に違いない、と宗達は断言した。

「そうだろうか」とマルティノは反論した。もちろんイタリア語で。

「そうとも言えぬのではないか。天賦（てんぷ）の才を持った少年がいるやもしれぬ」

「なぜそう思うのだ？」

宗達が訊き返すと、

「なぜなら、日の本には天賦の才を持った少年絵師がいるからだ。その絵師の名は、俵屋宗達、というのだ」

思いがけずマルティノに褒めそやされて、宗達は耳まで真っ赤になった。

「せっかく、おぬしには絵を描く才があるのだ。退屈だと言って寝転んでいるくらいなら、なんでもいいから描いてみればいいではないか」

マルティノは、続けてイタリア語で、宗達に向かって盛んに絵を描くように促した。

「おだてたとて、木には登らぬぞ」

宗達が赤い顔をして言うと、

「わかっておるわ。周りには木一本とて生えておらぬからな」

マルティノがやり返した。ふたりは声を合わせて笑った。

楽しそうな笑い声を聞きつけて、マンショ、ミゲル、ジュリアンが甲板へ出てきた。

「何がそんなにおもしろいのだ」

いぶかしそうにミゲルが日本語で尋ねた。

「いや、何もない。何もないからおもしろいのです」

マルティノが笑いながら答えた。

「マルティノ、おぬし、暑うておかしくなってしまったのではなかろうな」

マンショが心配そうな声を出した。すると、ジュリアンが、

「いや、きっとマルティノさまは目の前にある顔がおもしろいのでしょう。ほれ、あの顔が」

そう言って、宗達を指差した。宗達は「あ、言うたな！」といつもの京言葉に戻った。

「おい、ジュリアン。ここへ来んかい。どっちの顔がおもしろいか、わいとおぬしで勝負や」

「勝負？　何をするのだ」ジュリアンが訊くと、「ええから、来んかい。にらめっこや」と宗達が言った。

宗達とジュリアンは日がさんさんと照りつける甲板で向き合って座った。少年たちは、何が始まるのだろうかと、わくわくしながらふたりを囲んだ。

宗達は帳面を広げ、木炭を手にすると、

「さあ、おもしろい顔をしてみい。写し取ってやるわ」

と、着物の袖をまくり上げた。

「おっ。そうきたか」マンショが言うと、「これは見物だ」ミゲルがくすくすと笑う。

「よし、負けないぞ」ジュリアンは、勢いよく頬をふくらませたり、歯をむき出したり、百面相を始めた。その顔に合わせて、宗達のほうも、口を突き出したり、鼻の穴をふくらませたりしながらすばやく手を動かす。少年たちはもう大笑いだ。

大空を吹き抜けていく風は、どこまでも青い大海原に白い波を削りながら、帆船を西へ、南へと運んでくれた。

インドを出てからというもの、信じがたいほど順調に風が吹き、船は潮流に乗って進んだ。嵐がなくはなかったが、命を削るほどの大嵐には遭遇しなかった。雨が降らなければ飲み水に困るので、ときには嵐も必要なのだと、もはや誰もが承知していた。

海がおだやかなときには、少年たちは魚釣りに興じた。これがおもしろいほどよく釣れた。宗達は器用に釣り針を作り、不思議なことに餌(えさ)をつけなくてもこの針を使うとどんどん釣れる。どんな仕掛けがあるのかと、ポルトガル人の船員が知りたがったが、「何も仕掛けはない。魚が食いつきたくなるかたちにしているだけだ」と宗達は答えていた。

夜になれば降るような星空が帆の上に広がった。少年たちは甲板に寝転がって、星座を眺めた。

日本では見ることのできない明るく輝く星々。波音とともに、誰かのつぶやき声が聞こえてくる。

「その昔、ベツレヘムに救い主が誕生されたと羊飼いに知らせに来た天使さまは、かような星空の中、やって来たに違いあるまい」

聖書のルカ伝の一節を思い起こしながら、つぶやいたのはマンショだった。

「天使？　……天使とは、どういう者（もん）や？」

少し離れたところから誰かが訊き返した。そんなことを訊くのは宗達以外にはいない、とマルティノはおかしくなった。

「天使とは、その字のごとし。天にまします神の使いだ」今度はミゲルの声がした。

「神の使いが、神のお告げを届けに来たのだ」

「天から降りてきた、ということなんか？」また宗達の声。

「そういうことになるな」とミゲル。

「じゃあ、その使いは、鳥なんか？　鳶（とんび）とか、都鳥（みやこどり）とか……」

「そうではない。天使さまには羽根があるのだ」ジュリアンの声が割って入った。

「御背に羽根があるゆえ、飛べるのだ」

「へえ！」と宗達が驚きの声を上げた。

「羽根がついた人かあ。どんな姿なんや？」

「セミナリオにて学びしおりに、パードレさまが持っておられた教本の中に、天使さまらしきお姿があって、拝見したことがあるぞ」

少し自慢げな声色になって、マンショが言った。

マンショが見たのは活版印刷で刷られた教本で、その中に白い着物を着た西欧人ふうの顔立ちの天使の絵があった。頭上に丸い盆のようなものが載っており、背中には大きな鳥の羽根がついていたが、飛んではいなかった。

「羽根がついておるのに飛んでおらぬとは、どういうこっちゃ」

宗達が言うと、

「天使さまは、神に遣わされて飛んでおいでになって、いましがた到着された、というところの絵だったのだ」

マンショが言い返した。

「せやったら、飛んでおるところを描いたらええのに」と宗達。

「いちいちうるさいのう、おぬしは」とミゲル。

「ああ、きっと、ローマに着きしおりには、さぞかしたくさんの天使さまの絵を見ることができるのであろうなあ……」

マルティノが話を逸らした。少年たちは即座に反応した。

「ローマの絵師が描いた天使さまは、すばらしきものであろうな」

「セミナリオで作画の練習をせしおりに、お手本として見せていただいたマリアさまの絵は、まことにやんごとなく、お美しかった」

「マリアさまも天使さまも、それにイエス＝キリストさまも、絵の中でお目にかかれるのだろうか」

口々に言い合う声には熱がこもっていた。誰の胸にも、いちにちでも早く西欧の地をこの足で踏みたいという渇望が燃え上がっていた。

マルティノは、この船がノアの方舟のように神に導かれ、空を飛んで、明日目覚めたらローマに着いていたらいい……と夢想した。さすがに言葉にはしなかったが。

「いっそこの船に羽根がついて、この夜空をひとっ飛びに飛んで、さっさとローマに着いてしまったらええのになあ」

マルティノが心に描いた通りのことを宗達が口にした。「そうだなあ」「まことに」と、皆、声を揃えて夜空を見上げた。

季節風に帆をいっぱいにふくらませ、使節団の乗る船はどんどん加速しながら大海原を渡っていった。

アフリカ大陸の東側をなぞりながら、南へ南へと下りてゆき、最大の難所として船乗りたちに恐れられていたアフリカ大陸の最南端、喜望峰の沖を無事に通過した。

この沖合は潮の流れが急に変わり、天候も変わりやすいことから、思わぬ方向へ流されてしまうことがある。この難所を越えなければ、目的の地、ポルトガルにたどり着くことはできない。

喜望峰に差し掛かった数日間、使節団一行は全員で神に祈りを捧げた。さすがに宗達もこの祈禱には参加し、パードレがつぶやくラテン語の祈りの言葉を聞きながら、神妙な顔つきで手を合わせていた。

その甲斐あってか、何事もなく喜望峰を西へ回り込んだとカピタンから知らされたとき、少年たちは躍り上がって喜んだ。「まず神に感謝を捧げよ！」とロヨラ修道士に叱られて、あわててひざまずく一幕もあった。

一行は、大西洋に浮かぶ島、セント・ヘレナに到着した。三カ月ぶりに地面を踏んで、全員、おぼつかない足取りだったが、大いに喜び合った。

もはやヨーロッパは目前である。マルティノは信じられない気分だった。

「ここまで来たからといって油断は禁物だ。リスボンまでの最後の航海をつつがなく終えることができるよう、神に祈りを捧げよう」

ゴアからヴァリニャーノに代わって一行を率いてきた神父、ヌーノ・ロドリゲスが、浮足立つ少年たちをいさめた。

「わいも一緒に行って、祈ってもええか」

島にある礼拝堂へ出向くとき、宗達がマルティノにそう訊いた。マルティノは「もちろんだとも」と笑顔で答えた。

新しい土地を訪れれば、まっさきに飛び出して珍しいものを帳面に描き写すのが常だったのに、いよいよ西欧の地が目前に迫って、宗達も気を引き締めているのがわかった。

そうして、数日間を島で過ごし、やがて出航のときを迎えた。

いよいよ、リスボンである。マルティノは逸る心を抑えながら船に乗り込んだ。どこまでも続く夏空の彼方、水平線の向こうに力強い入道雲が湧き上がっていた。

セント・ヘレナ島を出てから二カ月、陸が見えるのは今日か明日かと待ちわびながら、使節団一行は船中で過ごしていた。

マルティノは、船底にある船室で何やら懸命にペンを動かしていた。紙に流れるような日本語で日記を書きつけているのである。

ゴアを出発する直前に、マルティノは密かにヴァリニャーノのもとに呼び出された。師は、そなたに頼みたきことがある、と前置きしてから言った。

——日記をしたためなさい。

師は、言葉の読み書きをよくするマルティノに、ローマへいたるまでの道程のすべてを日本語で書き残しておくことを勧めた。

——そなたたちは、ローマで教皇猊下に謁見する初めての日本人となることであろう。それは、歴史に残る偉業となるはずだ。

苦難と喜びに満ちたこの旅の様子をそなたが文字に残せば、神の愛に守られてローマまでたどり着いた勇敢な日本人のキリシタンがいたという事実を、後の世の人々は知ることができるであろう。

ここまでの道程で起こったことも、覚えている限りのことすべてを書き残しておきなさい。

マルティノは、使節団一行が必ずやローマにたどり着くと予見し、助言してくれた師の思いやりに深く心を動かされた。

マルティノは頰を紅潮させて答えた。

——はい、ヴァリニャーノさま。大切なお役目をちょうだいし、恐悦至極に存じます。

ただ……ひとつ、お伺いしたきことがございます。

私は、ラテン語でも書き残すことができます。後の世に残すのであれば、そのほうがよきように思いますが、いかがでございましょうか。

日本語で書いたものを、後の世になって西洋人が読めるはずがない。そう思って問うてみた。

すると、ヴァリニャーノは、おだやかなまなざしをマルティノに注いで、答えた。

――そなたたちの旅は、ローマで終わるのではない。日本に帰り着いてこそ、旅は完結する。しからば、そなたの日記は、後の世の日本人のために残すべきなのだ。

ヴァリニャーノから与えられた新たな使命に、マルティノの心は躍った。

後の世とは、どのくらいあとのことであろうか。その頃には、日本はどのようになっているのであろうか。

自分はどうなっているのだろうか。

ローマで教皇に謁見し、西欧で見聞を広げて、日本へ帰り着いて、そして……。きっと多くの人々に、神の愛とイエス＝キリストの教えを説いているに違いない。

しかし、後々のことを考えるのは難しかった。いまは目先のことだけ、ローマへたどり着くことだけを祈るばかりである。いや、とにかく、リスボンにたどり着かなければどうにもならぬ。

実際にはそれほどまでに切羽詰まっているのだが、ヴァリニャーノはもっと遠い将来のことまで視野に入れていた。だからこそ、マルティノに日記をしたためよと、一行の「書記」になるよう託したのだ。

師の命に忠実たらんと、マルティノはゴアを出てからこのかた、せっせと日記を書き続けていた。

長崎を出港するまえからのことを、できる限り思い出して書き起こした。

振り返ってみると、信じられないほど壮大な冒険である。いま、海上を走る船中でこの日記をしたためていること自体、夢ではないかと思われるくらいだ。このさき、リスボンから上陸し、スペインを経由して、地中海を渡り、ローマにたどり着いたとして……そのあと、同じ経路で再び日本へ戻るとは。考えただけでも気が遠くなる。

生きて日本へ帰らなければ意味がない。それなのに、日本へ帰ることまでは考えたこともなかったのだ。

ひとり静かに日記をしたためているところに、ひょこっと宗達が現れた。

「何を書いとるんや？」

マルティノは、あわてて日記の上に覆い被さった。

「日記を書いているのだ。いままでにあったことを書き残しておけと、ヴァリニャーノさまのご下命があったゆえ……」

「へえ、おもしろそうやな」宗達は興味津々(しんしん)だ。

「それに、わいが絵を添えたろか？」

「絵を添える？」

マルティノは目を丸くして宗達を見た。

「日記に絵を添えるとは、どういうことだ？」

「せやから……おぬしがどんなもんを書いておるのか、ようわからんけど……おぬしの書いたもんをわいが読んで、それを絵に描いて、そこのところにその絵を挟むんや。ほんなら、文字を読まれへん者(もん)も、そこに何が書いてあるんか、わかるのと違うか？」

宗達の言っていることは、マルティノにはすぐにはわからなかった。文字を読めない者がいるというのは、確かにそうだ。しかし、絵ならばわかる。だから、文を読める宗達が読んでみて、それを絵に表すということなのか。

「文を絵にするということか？　おぬしが？」

マルティノが念を押すと、

「そういうこっちゃ。わいがやってしんぜよう。しからば、それを見せよ」

えらそうに言って、宗達はマルティノが胸に抱いている紙の束を奪おうとした。

と、そのとき。

「帆を下ろせ！　大雨がくるぞ！」

船員のポルトガル語が聞こえてきた。

マルティノと宗達は、はっと顔を上げた。マルティノは日記をあわてて木箱に収めた。

ふたりは大急ぎで甲板へと走り出た。

水平線の彼方から一群の雨雲が迫っていた。風が吹きすさび、船が大きく揺れ始めた。ぽつ、ぽつ、雨のしずくが甲板に黒いしみを作ったかと思うと、たちまち大雨が降り始めた。

「嵐だ！　大きいぞ……！」

同じく甲板に走り出たマンショが青くなって叫んだ。

瞬く間に暗雲が空を覆い尽くし、横なぐりの風が海面を叩き、激しい波が立ち上がる。帆を下ろした船は、はかない笹舟のように、波のあいだをあっちへこっちへ、いまにも吹き飛ばされそうに翻弄された。

雷鳴が轟き、閃光が走る。稲妻の鋭い矢が天を貫く。いくつもの大海原を渡ってきた勇ましいカピタンも船員たちも、こうなってしまっては為すすべはない。海に放り出されないように、ある者は帆柱（マスト）にしっかりとつかまり、ある者は腰を綱で縛って柱に結びつける。

　ザブリ、と大波が甲板に襲いかかった。マルティノは息を止めて水を被った。

　これまで幾度も嵐を体験している。どれほど大波を被っても船は簡単には沈まないようにできていることは身をもってわかっていた。それでも、せり上がる波の壁が目前に迫れば、もはやこれでおしまいかと恐怖に体が凍（こお）りつく。

「祈るのだ！」

　どこからか、ロヨラの悲痛な日本語の叫び声が聞こえてくる。普段はできる限りラテン語で話しているが、それどころではない。

「皆、祈るのだ！　か、必ずや、か、神はお導きっ……く、くださるーッ！」

　ザバーン！　とまた大波を被り、少年たちは、わああっと叫び声を上げた。

「て……天にまします吾らの父よ、ね、願わくは、御名（みな）の尊（とうと）ばれんことを……！」

　荒れ狂う波の音と激しい雨の音にかき消されながらも、マルティノはラテン語で祈禱の言葉を大声で唱（とな）えた。

「御国（みくに）の来（きた）らんことを……御旨（みむね）の天に行わるるごとく……地にも行われんことを……！」

　帆柱にしっかりとしがみつくようにして、マルティノは必死に祈った。心の中では、師に、父に語りかけるように、神に語りかけていた。

――神よ……神よ！

なにとぞ、なにとぞお導きくださりませ！

ここまで来ておきながら、わたくしたちは命を落とすわけには参りませぬ。

わたくしたちは、この目でローマを見、この足で西欧の大地を踏みしめなければなりませぬ。

そのすべてを文にしたため、後の世の人々に伝えねばなりませぬ。

わたしたちは、まだ、天国(パライソ)の門をくぐるわけには参りませぬ。

どうか……ああ、どうか、あわれみくださりませ！

どれほど長いあいだ祈り続けたであろうか。

激しく響き渡っていた雷鳴が、少しずつ、少しずつ、遠ざかり始めた。海面を逆立てていた風も、しだいに力を弱めていった。

気がつくと、雨はすっかり上がって、厚い雲の切れ間から一条の光が射し込んでいた。

マルティノは固く閉じていた目をうっすらと開けた。

「嵐が……あ……嵐が、過ぎた……神が……お守りくださったのだ……」

マルティノは、そうつぶやいた。ほうっ、と全身から力が抜けた。

「おーい、マルティノ！　大丈夫かあ」

頭上から声がして、マルティノは顔を上げた。

空を覆い尽くしていた暗雲はいつしか消え、まぶしい青空が広がっていた。そのさなかに立ち上がっている帆柱(マスト)。その上に留まっている黒い人影が、見上げるマルティノに向かって手を振っている。

「――宗達！」

マルティノが大声で答えた。

「私は無事だ！　おぬしもか？」

宗達が器用に柱を伝って甲板に下り立った。日焼けした顔、乱れた髪、さっきまで吹き荒れていた風雨に叩かれて全身ずぶ濡(ぬ)れである。それは確かに宗達だったが、大嵐を切り抜けた姿は、見違えるほどたくましくなっていた。

「なんの、わいはへっちゃらや。風神(ふうじん)さまと雷神(らいじん)さまのご来駕(らいが)を、柱の上でお迎えしとった」

清々しく笑っている。

「まったく……おぬしは命が惜しゅうないのか」

大胆なやつだと思いながら、マルティノは返した。

「いままでにない嵐だったではないか。今度こそ、もはやこれまでと観念したくらーノさまがお教えくださったやろ。陸を見るまえに天国に連れていかれるわけがないやないか」

「何を言うとるんや。わいらは神さまに導かれとるから大丈夫やって、ヴァリニャいだ」


「マルティノさま！　ご無事ですか」

船底へ続く階段から出てきたジュリアンが呼びかけた。彼もまた、生死を分ける大嵐を乗り切ったからか、引き締まった顔つきになっている。

「ああ、大丈夫だ。そなたも無事か」

「はい。船底に入ってくる水を桶で汲み出していました。マンショさま、ミゲルさまとともに……」

たったいま海から上がったかのように全身を濡らして、マンショとミゲルが現れた。ふたりとも難事を乗り越えて、精悍な顔つきに変わっていた。

「――あ！」

突然、宗達が鋭く叫んだ。

「陸や！　陸が見えたぞ！」

宗達は、舳先に走り出ると、沖合のはるか彼方を指差して、

「見ろ、あそこに……小さく陸が……見えるっ！」

歓喜の声を上げた。

マルティノ、マンショ、ミゲル、ジュリアンの顔に、驚きと喜びの色が同時に広がった。四人は宗達に続いて舳先へと走っていった。

「おお！　まことだ！　まことに陸だ！」

マンショが、躍り上がりそうになりながら、大声で言った。

「まことか？　私には見えぬぞ」「いや、あそこだ、ずっと彼方に……」「ああ！　見えたぞ、見えた！」「陸だ、ポルトガルだ！」

もはや誰もが喜びを隠しきれない。

すると、船底や甲板のあちこちから、全身をしとどに濡らしたパードレと乗組員たちが集まってきた。

ゴアで別れたヴァリニャーノの代わりに使節団を率いているヌーノ・ロドリゲス神父、日本人のジョルジ・ロヨラ修道士、ディオゴ・デ・メスキータ神父、そのほか数人の修道士、従者、船員たち。

雷鳴が轟き、怒濤（どとう）に翻弄されるなか、吹き飛ばされそうな希望の灯火（ともしび）を守ってきた人々の顔は、いま、雲の切れ間から射し込むまぶしい光に照らし出されて輝いていた。

「神のご加護……イエス＝キリストの栄光……」

ロドリゲスは体を震わせながらひざまずいた。

「さあ……皆で祈ろう。一緒に」

手首にかけていたロザリオを両手で握りしめ、すっかり晴れ上がった空に向かって手を合わせた。

天にまします吾らの父よ
願わくは御名の尊ばれんことを
御国の来らんことを
御旨の天に行わるるごとく地にも行われんことを
吾らの日用の糧(かて)を、今日吾らに与えたまえ
吾らが人に赦(ゆる)すごとく、吾らの罪を赦したまえ
吾らを試みに引き給わざれ、吾らを悪より救いたまえ
アーメン

船上の誰もが深く頭を垂れ、光に満ちた空に向かって祈りを捧げた。

沖の彼方に浮かんだ陸の影が、少しずつ少しずつ近づいてくる。ヨーロッパが目前に迫っていた。

第三章

IVPPITER AEOLVS VERA NARRATIO

一五八四年（天正十二年）八月十一日

幾多の嵐と荒波を乗り越えて、使節団一行はヨーロッパの地、ポルトガルのリスボンに足を踏み入れた。

足がふらついてまっすぐに歩けない。建物が真っ白な石でできているので、目を開けていられぬほどまぶしく感じる。

船員が港の者に話をつけてくれ、西欧人の男が数人、一行を迎えに来た。全員、徒歩で教会へ行き、司祭と面会し、中へ通されて、何はともあれ神に祈りを捧げた。

すべてが夢の中の出来事のようであった。夢ならば覚めなければいい、覚めてくれるなと、マルティノは自分で自分に言っていた。

宗達は、上陸した直後から、目にしたものすべてを絵にしようと、それこそ夢中で帳面に木炭を走らせていた。西洋人の女を見ては「うわあ！」と感嘆の声を上げ、建物を見上げては「うひゃあ！」とびっくりして、とにかく忙しかった。

中でも、もっとも宗達が驚かされたのは、教会の宿舎に通されたときである。部屋の壁に掛かっていた聖母子像を目にした瞬間、雷に打たれたかのようにすっかり動けなくなってしまったのだ。

それは両手に収まるほどの大きさで、板に絵の具で描かれたものであった。それなのに、その絵は驚くほど真に迫っていた。

事実、部屋に入ろうとしたマルティノは、その絵を目にしたとたん、はっと目が覚めたようになり、思わずその場にひざまずいて胸の前で十字を切った。

マルティノの後について部屋の中に入ろうとした宗達は、「なんや、いきなり……」と怪訝(けげん)そうな顔で中をのぞき込んだ。そして壁の聖母子像をみつけて、やはりはっとなった。

先に部屋の中に入ったマンショ、ミゲル、ジュリアンも、それぞれにひざまずいて頭(こうべ)を垂れている。誰からともなく祈禱(きとう)の言葉が口からこぼれ出て、唱和(しょうわ)となった。マルティノもその祈りに加わった。

宗達だけが部屋の入り口に棒立ちになったまま、いつまでも動けずにいた。

それが、宗達がヨーロッパで絵画と面と向かって出会った最初の瞬間であった。

その日の夜は、ひさしぶりに「揺れていない」寝床——寝台で眠りについた。

マルティノは、隣の寝台の宗達が何度も何度も寝返りを打ち眠れない様子なのを、夢うつつで感じていた。

目にするものすべてを珍しがって、あんなに大騒ぎをして帳面に写し取っていたのに、瓦一枚の大きさの絵に向き合ったとたん、まるで借りてきた猫のようにおとなしくなってしまった。マルティノには、宗達が打ちのめされた気持ちになっているのが伝わってきたのだった。

「おぬし、あまり寝ておらぬのではないか」

翌朝、そう訊いてみると、夢見るような目つきで宗達が答えた。

「……なんや、寝てしもうたら、全部夢と消えてしまうような気がしてな……」

リスボンに上陸を果たしてから、使節団一行は陸路を東へ東へと進んでいった。いったいどこでどのように伝聞されたのかはわからないが、「はるか東の国より高貴な少年たちがやって来た」――といううわさは瞬く間に知れ渡った。行く先々で、一行はその地でもっとも重要な人物にまみえることができた。枢機卿、司祭、副王、国王などである。

各地の教会にはイエズス会から一報が事前に入っていた。東方より崇高なる少年たちがやって来る。ローマまで行き、教皇の謁見をたまわる予定なれば、大切な客人として迎えるように――と。

新約聖書には、イエス＝キリストが誕生せしおり、東方より三王（三賢者）が来りて礼拝をする――との記述がある。ヨーロッパの人々は、オリエントから来た一行をこの「三王」になぞらえて受け止めたのかもしれない。となれば、各地の権力者たちは最大限のもてなしをもって迎え入れなければなるまい。

そんなこともあってか、一行の宿舎はもっぱら宮殿だったり、貴族の館だったり、驚くほど立派なところばかりであった。

建物の大きさはもちろんのこと、一歩足を踏み入れれば、めまいがするほど壮麗（そうれい）な装飾に圧倒される。まばゆいばかりに燭台（しょくだい）が輝き、大きなガラスがはめ込まれた窓にはたっぷりしたカーテンが下がり、床にはつま先が埋まってしまうほど分厚い絨毯（じゅうたん）が敷き詰められている。色とりどりの花々が生けられた大きな壺（つぼ）、赤や青の絹が張られた椅子、金細工の机、からくり時計、暖炉（だんろ）の上の鏡――。見るものすべてがあまりにも美しく、すべてがあまりにも完璧で、マルティノは、ため息を漏（も）らさずにはいられなかった。

そして、まことに驚くべきものは――絵画。

宮殿や貴族の館の壁という壁、すべてに、絵、絵、絵――絵が掛かっていた。それは、まことにマルティノたちが「見たことのない」珍しき絵の数々であった。

聖母子やキリスト、聖人たちの絵ばかりではない。宮殿のあるじやその家族の肖像画、花々やくだもの、動物などを描いた絵もあった。

宮殿や貴族の館で目にする絵画の数々のすばらしさは筆舌（ひつぜつ）に尽くしがたいもので

あった。

館のあるじやその一族の肖像画は、まったくその場にその人が佇んでいるかのように見える。階段の踊り場などに掛けられている肖像画の中の人物に見据えられ、マルティノは何度も肝を潰しそうになった。

誰もいないはずの部屋の中に人の気配を感じて振り向くと、冷たい微笑を浮かべた絵の中の女がじっとこちらをみつめているのと目が合って、思わず背筋がぞっとしたことも一度や二度ではなかった。

「気味が悪いな。こうまでまことに『人』に似ておると、とても絵とは思えぬ」

とある館の奥にある客室に通されたとき、ずらりと掛けられた肖像画に囲まれて、マンショは思わずそうこぼした。

「おぬしはどう思う、アゴスティーノ？」

ミゲルが、絵を眺めるでもなくさっさと旅装束を解いている宗達に向かって訊いた。

「ここのところ、あちこちでかような絵を見ておるが……なんぞ、おぬしの気に入ったものはあったか？」

宗達は、草履を脱ぐと、

「飽いたわ」

ひと言、言った。意外な言葉に、使節四人はきょとんとした。マルティノも不思議に思い、尋ねた。

「飽いたと？　あれほどまでにおぬしが見たがっていたまことの西欧の絵ではないか」

「せやかて、こんなにあっちにもこっちにも似たような絵が掛かっとったら、おもしろくもなんともなくなるってもんや。違うか？」

宗達はうんざりした表情で返した。

確かに宗達の言う通りだった。初めのうちこそ夢中になって壁に掛かっている絵を一枚いちまい、ていねいに眺めたものだが、そのうちに、西欧の国ではどこに行っても立派な宮殿や館には似たような絵が掛かっているのだとわかってきて、しだいに興味を失っていた。

宗達は、帳面を携えて街なかのさまざまな人やものを写し描いていたが、あれほど見たがっていた西欧の絵をようやく身近にできたというのに、模写をしようとはしなかった。

作画に使われている絵の具は油で練って作られたものだと、ポルトガル人のパードレに教えられた。そして、絵が描かれているのは紙ではなく布なのだとも。下地処理を施して強度を出した布を、木枠に張り、乾かして、その上に油絵の具で絵を描くのだと。

そういうたぐいの絵は、それまでも、マカオやゴアで見てはいたのだが、やはりヨーロッパ本土には、比較にならぬほどさまざまな絵があった。

「ロドリゲスさま。どうにかして、絵師に会えないでしょうか」

宗達は、一行を率いるロドリゲス神父に頼み込んだ。西欧の地に足を踏み入れたら、まっさきにしたいこと。それは絵師に会うことだった。

ところが、ロドリゲスは首を縦に振らなかった。

「そういうわけにはいかぬ。私たちは先を急いでおるのだ。一刻も早くローマに到達するためには、ひとところにそうそう長く留まってもおられぬ」

絵師とは、すぐ会える、というものではない。名の知れた絵師は「工房」を持っている。絵師はそこで職人たちとともに絵を描く作業をしているからだ。が、ローマへと急いでいる一行には、それを待つ時間はない——と諭した。

宗達は食い下がった。

「どうにかして、その『工房』とやらに行きたいのです」

彼の嘆願は、しかし聞き入れられなかった。

「おぬしの無念はわかる。されど、いまはあきらめろ」

じりじりとする宗達にマルティノがそう言った。

「吾(われ)らがいまなすべきことは、一にも二にもローマに達することではないか。ローマに行けばもっとすぐれた絵師がおるとパードレさまは仰せだ。しからば、ここでは辛抱(しんぼう)し、ローマに到着せしのち、もう一度ロドリゲスさまに申し上げてみればよい。ロドリゲスさまは、おぬしの願い事をよくよく承知しておられるだろう。きっと工房へお連れくださるはずだ」

宗達は黙ってマルティノの言葉を聞いていた。やがて、せいせいとした調子で言った。

「おぬしの言う通りや。わいはローマで絵師に会うためにイタリアの言葉を学んだ。せやから、ここでどうこうせんでも、ローマに行けばなんとでもなるやろう」

使節団一行は、ポルトガルからスペインへと向かった。

遠い陸路である。移動するのには騎馬で行くのがもっとも速い。そのため、ポルトガルでは乗馬の練習もあった。

少年たちは飲み込みが早く、たちまち馬を乗りこなすようになった。宗達は町人の身分であるから、馬に乗ることなどめったにない。が、かなりの距離を徒歩で行くのは限界があった。いちにちでも早くローマに到達するために、彼もまた乗馬の練習をした。

宗達はすぐに乗馬を習得し、一行の誰よりも馬を操るのがうまくなった。

「まったく、あやつはまことに器用でござりまするな」

宗達が巧みに馬に乗るのを見て、ジュリアンがうらやましそうに言った。手綱をなかなかうまく操れずに、ジュリアンだけは少々苦戦していた。

「馬の心を読むのだ、あやつは」

マルティノは、おもしろそうにそう言った。

「馬の心ばかりではない。鳥の心、花の心も知っているようだぞ」

まるで聖フランチェスコのように。——だからあれほどまでに生き物を活写できるのだ。

一五八四年（天正十二年）十月

使節団の一行がヨーロッパに上陸して二カ月が経った。

一行は、ポルトガルの東の地、スペイン国内を移動し、首都マドリードに到着した。

リスボンの街並みの壮麗さにも圧倒されたが、スペインの新しい都、マドリードの比ぶものなきすばらしさに、少年たちは言葉を失った。

宗達は鞍にまたがったまま、帳面を広げて器用に木炭を動かし、街なかの景色を写し取っていた。

「なんという見事さだ……！」

馬で進みながら、驚きを隠せずにミゲルが感嘆の声を上げた。

「まことに、このような美しき都は見たことがござりませぬなあ」

ミゲルの後に馬をつけているジュリアンは、ため息交じりである。

使節四人の先頭を行くマンショが、振り向いて言った。

「知っているか。スペインという国は『太陽の沈まぬ国』というそうだぞ。国王陛下のご威光は、この西欧の隅々までをあまねく照らし、栄えているということだ」

確かに、ポルトガル国王も兼ねているスペイン国王、フェリペ二世の威光は、この地から遠く離れたゴアやマカオにすらも届いていた。

そのフェリペ二世に、一行は翌月に謁見することになっていた。

移動のさいには、全員、西欧人が着ている衣装と同じものを身に着けていた。西欧にいる限りは西欧と同化する必要があった。

見慣れない顔つきの東洋人が馬に乗って通りかかれば、子供たちがおもしろがって後をついてくる。長い行列がまたさらに長くなり、気がつくと知らない場所までついてきてしまって、心細くなって泣きわめく子供もいるくらいである。「東洋人」が珍しくて珍しくて仕方がないのだ。

だから、せめて衣装ぐらいは西欧ふうのものを――というのがメスキータ神父の言い分であった。

皆、赤い布や金糸が使われた衣服を身に着けるのはどうにも気が進まない。それでも、仕方なくメスキータの言い分に従った。

が、宗達ただひとりだけが聞き入れなかった。

使節の四人が、全員、白い蛇腹の襟飾りを着け、ふくらんだ袖の上衣を着て、牛の革で作られた長い履物を履いているのに、宗達だけは、故郷の京で仕立てた絣の着物に袴姿である。黒足袋に草履を履き、笠を被って、長崎を出たときそのままのいでたちだった。

「なぜ装いを変えぬのだ？　おぬしひとりが目立つではないか」

　マルティノが質（ただ）すと、

「この格好のほうがこの国の者（もん）におもしろがられるやろ」

　などと答えて笑う。

　見たこともないようないでたちで宗達が街なかに出かけていくと、まずは子供たちが集まってくる。無邪気な目でおかしな格好の東洋人を眺め回し、どんどん黒山の人だかりができる。

　宗達は、ちっとも臆（おく）せずに、子供たちの様子を帳面に描き写し始める。すると、帳面をのぞき込もうとする子供たちが押すな押すなの大騒ぎになる。

　できあがった絵を子供たちに見せると、これまた目を輝かせて食い入るようにみつめる。

「すごいぞ、すごいぞ！」

「インディオだ、絵のうまいインディオだ！」

　と、「インド人」であると勘違いされてしまっている。

「違う。私は『やまと』から来た、『やまとびと』だ」

　覚えたばかりのたどたどしいスペイン語で語りかけると、たちまち子供たちは大笑いになる。

「おかしな言葉を使うインド人だ」

「おいインド人、ぼくにも絵を描いてくれ」

「ぼくが先だ」

「いや、ぼくだ」

男子たちは、言い争ったり、こづき合ったり。一方で、女子たちは、もじもじしてなかなか近寄ろうとしないが、勇気のある子は野に咲く花を一輪、手にして、

「これをあげる。だから、あたしを描いてくれる？」

顔を赤く染めながら、思い切って申し込む。

「あ、ずるい。あたしも」

「あたしが先よ。あたしのほうが美人だもの」

金色の巻き毛が愛くるしい女子たちに囲まれて、宗達はまんざらでもない様子だ。

さて、いざ「太陽の沈まぬ国」スペインの国王、フェリペ二世に謁見することとなった使節の少年たちは、四人とも西欧ふうの衣装を脱ぎ、日本からはるばる持参した着物に着替えた。その上、これも大切にここまで運んだ裃(かみしも)を着け、すっかり「大名の名代(みょうだい)として国王に謁見」という様相になった。

「ローマ教皇や国王に謁見のおりは、日本の衣装にて臨むように」と、航海が始まるまえから、恩師ヴァリニャーノは少年たちに言い聞かせていた。

というのも、ヴァリニャーノの思惑は、少年たちに「いかに日本という国がすぐれているか」を体現させ、ヨーロッパの権力者たちに見せて、日本のすばらしさを伝え、イエズス会の日本での布教活動に支援を得ようというものだった。それゆえ、使節が西欧ふうのいでたちであってはまずいのである。

そんなこともあって、出航まえに、使節四人の母たちは正装である裃を仕立てた。航海の無事を祈りながら、丹精込めて、一針ひと針、息子の晴れの日のために縫い上げ、持たせたのだった。

したくが済んだマルティノたちのもとに、やはり裃姿の宗達が現れた。おっ、とマルティノは声を上げた。

「これは珍しきものを見たぞ。宗達の裃姿だ」

どれどれ、とマンショたち裃姿の三人も「珍しきもの」を見にやって来た。

「ほう、馬子(まご)にも衣装とはこのことか」「まことに、アゴスティーノの裃姿を見る日がくるとはのう」

皆、おもしろそうに笑った。宗達は、

「上さまにお目通りのときに着けたもんや。まさか西欧まで持ってくることになるとは思わなんだな」

と照れ笑いをした。

フェリペ二世は、スペインを西欧で最強の国家にのし上げた前の国王カルロス一世——神聖ローマ皇帝・カール五世の息子であり、即位して二十八年になる国王である。熱心なカトリック教徒であり、キリスト教による国家統合に腐心していた。そんなこともあって、ことのほかイエズス会の活動には関心を寄せ、手厚く支援していた。

そのイエズス会が、はるかな東方の国から「東方の三王」のごとき高貴なる王子たちを連れてきたという。国王は大変喜んで、使節たちを宮殿へ招待したのだった。

マドリードの中心にあるフェリペ二世の宮殿は、それまでに目にしたいかなる建物よりも壮大であった。贅を尽くした宮殿は、外も中も凝りに凝った華美な装飾であった。

メスキータに付き添われ、使節の四少年は宮殿から差し向けられた馬車に乗り込んだ。ほかのパードレや神父たちも馬車に乗ったが、宗達は一行を護衛する騎士よろしく馬に乗り、いちばん後ろからついていった。

堅牢な石の城塞に一行が到着すると、巨大な門がギギギ……ときしんだ音を立てて開いた。中に入っていくとまずは広大な庭である。常緑の木々が影を落とし、色とりどりの美しい花々が咲き乱れている。馬車の窓から庭の様子を眺めていたマルティノは、思わずため息を漏らした。

長崎を出てから二年半の歳月を熱帯の国々や船の上で過ごした体には、ヨーロッパのからりとした気候はいかにも心地よかった。石造りの建物は中に入るとひんやりする。木と土で造られている日本の家屋とはまったく違う。日本の家屋は夏の蒸し暑い時季にはふすまや障子を取り外せば風が通り抜けるようにできており、いってみれば「内」と「外」が繋がっている。しかしヨーロッパの家屋は「内」と「外」が完全に切り離されている。乾いて冷たい屋内だからこそ、布に油絵の具で描かれた絵の数々はよく保たれているのだろうか――などと、マルティノは馬車が宮殿に到着するまでの短いあいだ、そんなことを考えていた。

国王に謁見するのは当然「謁見の間」であろうと考えていた一行を、フェリペ二世は宮殿の正面玄関から続く大階段の上で待ち構えていた。

馬車から降りた一行が玄関の広間に現れると、すぐさま侍従長が少年たちを出迎えた。

「国王陛下がお待ちあそばされています。ごあいさつを」

少年たちが大階段の上を仰ぎ見ると、毛皮に縁取られた長いマントを羽織り、まぶしい王冠を頭上にした涼やかなまなざしの国王が佇んでいた。

その姿を目にした瞬間、マルティノは、はるか東方の国々まであまねく照らす王の威光が見えた気がした。

パードレたちと少年たちは、すぐさまその場にひざまずき、手を合わせた。宗達は正座をし、絨毯の上に両手をついた。

「これなるは、イエズス会所属、ポルトガル領ゴアよりはるばる来るヌーノ・ロドリゲス神父なり。ロドリゲス神父率いたるは、はるか東方の果てなる島、日本より来りし敬虔なるカトリック信徒、高貴なる王子たち一行なり」

侍従長が、玄関の広間に響き渡る大声で使節団を紹介した。

一行はひざまずいたまま頭を垂れた。侍従長は、手元の巻き紙を広げて、名前を読み上げた。

「ブンゴ（豊後）国王、ドン・フランシスコの名代、ドン・マンショ」

マンショは一歩前に出ると、階段上の王に向かってうやうやしく一礼した。

「ヒゼン（肥前）国、ドン・バルトロメウ、ドン・プロタジオの名代、ドン・ミゲル」

マンショにならって、ミゲルも一歩前へ出て深々と頭を下げた。

「副使ドン・ジュリアン、ならびにドン・マルティノ」

ジュリアンとマルティノは、同時に一歩前へ出た。マルティノは、緊張のあまり足が絡まって転びそうになったが、どうにかお辞儀をした。

続いてパードレ、神父たちが紹介された。国王は、そのたびに満足そうにうなずいていた。が、宗達は紹介されなかった。彼はあくまでも使節の従者扱いなのである。

「わたくしどもは、ローマにて教皇猊下に謁見をたまわるため、はるか東方の国より海を渡り来て、スペインからイタリアへと長旅の途上でございます」

ロドリゲスは立ち上がると、階段上を仰ぎ見て言った。

「神のお導きにより、ここマドリードにて国王陛下に謁見の僥倖を得、身に余る光栄に感謝奉ります。吾らが国王陛下に神の祝福とイエス＝キリストの栄光を、アーメン」

アーメン、と全員が唱和した。こういうときは、キリシタンではない宗達も声を合わせる。慣れたものである。

フェリペ二世は階段上から目下を見渡すと、

「――そこの者。汝は何者だ」

宗達を指差して言った。

たちまち場が緊張した。宗達はキリシタンではない。国王から「異端」と目されれば、引率者であるロドリゲスの立場が危うい。

「汝はほかの王子たちと違い、剃髪しておらぬ。なぜさような髪型をしておるのだ」

スペイン王は、紹介された使節の四人とはあきらかに違う宗達の風貌に興味を覚えたようだった。

唐突に国王にスペイン語で問いを投げかけられ、宗達は理解できずに答えられなかった。

ラテン語、ポルトガル語、イタリア語に加えて、スペイン語も習得しつつあったマルティノは、国王の言葉を即座に理解した。そして、友のために助け舟を出した。

「畏れながら、国王陛下。この者は、スペインの言葉を存じませぬ。わたくしが代わりにお答え奉ります。お許しいただけますでしょうか」

マルティノは、自分でも驚くほどすらすらとスペイン語で奏上した。

「東洋の王子」の口から、思いがけず美しいスペイン語がこぼれ出たのを聞いて、その場にいた家臣たちが、ほう、とため息を漏らすのが聞こえた。それはすなわち、東の果ての国「ジパング」にまでスペインの影響が及んでいる——という証拠にほかならないからである。

国王は好奇心に鳶色の瞳をきらめかせながら、この勇気ある少年に向かって言った。

「ドン・マルティノと申したな。許してつかわそう。その者に代わって答えてみよ」

「はい、国王陛下。この者の名は、俵屋宗達と申します。『日本』の大殿たる織田信長さまの命を受け、わたくしたちとともにローマ教皇猊下に謁見する予定でござります」

ニッポン、オオトノ、オダノブナガ……おそらくフェリペ二世には初めて耳にする言葉ばかりであっただろう。国王はマルティノの説明によって、いっそう宗達に興味を深めたようだった。

「オダノブナガというオオトノの命ゆえ、その者は剃髪をしておらぬのか？」

国王は宗達がほかの少年たちと違って剃髪していない理由を知りたがった。それはつまり、イエズス会に帰依していない――ということなのではないかと考えているようでもあった。

マルティノに受け答えを任せていたロドリゲスは、まずい運びになったと眉間を曇らせている。が、マルティノは朗々として答えた。

「宗達は、使節ではありませぬ。絵師でござります」

これもまた思いがけない言葉「絵師」を東洋の王子が口にしたとあって、一同はざわめいた。

フェリペ二世は、ますます目を輝かせて、

「絵師だと？　……それはおもしろい」

そう言って、階段をゆっくりと下りてきた。たちまち、集まっていた家臣たちがいっせいにうやうやしく頭を下げ、三歩後ろへ退(さ)がった。

国王はかたわらに控えている侍従長に何事かささやいた。侍従長はうなずくと、宗達に向かって厳(おごそ)かに言った。

「ソウタツ。ここへ出(い)でよ」

一行の最後列で正座していた宗達は、自分の名前が呼ばれたものの、きょとんとしている。マルティノが振り向いて、「前へ出ろと仰せだ」と促(うなが)した。宗達はあわてて立ち上がると、最前列へ行き、その場に平伏した。

「汝の国のオオトノがローマに遣わせたほどだ、さぞおもしろき絵を描くのであろうな」

王は宗達に向かって言った。すぐに侍従長が「王のお言葉を伝えよ」とマルティノに言った。マルティノは一礼すると、宗達の隣へ行き、同じように平伏してから、ぼそぼそと王の言葉を伝えた。

「わたくしの絵がおもしろきものかどうかは、わかりませせぬ。されど、おもしろき絵を求めてここまでやって参りました」

宗達が答えるのをマルティノが伝えた。

フェリペ二世は、たくましいあごに手を当てて、何事か考えるような素振りを見せると、

「汝の描いた絵はないのか。見せてみよ」

と命じた。

一行を率いているロドリゲス神父の顔に緊張が走った。

まさか、スペイン国王が随行の少年絵師にそこまで興味を持つとは想像もしなかった。

いまや世界でもっとも力のある国、スペインの王宮には、国内のみならず、オランダやイタリアからすぐれた絵画の数々が集まっている。それに比べれば、日本の絵など取るに足らないはずだ。

宗達が筆をふるったという、ローマ教皇に献上するための絵が日本から運ばれてきたことは、ロドリゲスも知っていた。しかし、たとえスペイン国王であっても、教皇の目に触れるまえに見せることはできない。

ロドリゲスの緊張が伝わったかのように、マルティノも背中をひやりとさせた。

——教皇猊下のお目に触れておらぬ〈洛中洛外図屏風〉を、ここでご披露奉ることは許されぬ。

されど、国王陛下のご要望にお応えしなければ、お沙汰を受けることになるやもしれぬ。

万が一、絵を見せるまではマドリードから出るなと申し渡されたら……どうしたらよいのだ？

宗達は身を低くしたまま国王の顔を仰ぎ見て、はきはきと答えた。

「畏れながら、国王陛下。わたくしが描いた絵は持参しておりませぬ」

マルティノは、はっとした。

確かに、あの屏風絵の作者は、宗達ではない。天下一の絵師「狩野永徳」の筆によるものであり、宗達はその手助けをしたにすぎない。表立っては、そういうことになっているのだ。決して嘘ではない。

よくぞ申した、宗達！　と思いながら、マルティノは宗達の言葉を国王に伝えた。

国王はたちまち眉を曇らせた。日本の絵というものを見たことがないのだ、よほど好奇心が湧いたのであろう。

「汝の絵でなくともよい。東の果てより持ち来る絵は一枚たりともないのか？」

なかなかあきらめない。マルティノは額に汗を浮かべて、（どうするのだ、宗達？）と心の中で問いかけた。

と、宗達がけろりと返した。

「ござりまする」

そして、袢の懐に手を入れた。マルティノはぎくりとした。

――まさか、あの帳面を見せるつもりか？

街の風景、さまざまな道具、人々や子供たちの様子を木炭で描きつけたあの帳面。確かに卓越した描写ではある。しかし、国王に見せるようなものではない。国王は、一流の絵師たちによる大きな油絵の数々を所有し、この宮殿を満たしている。あのような粗末な帳面一冊を見せたところで、かえって馬鹿にされたとご立腹なさるのではないか？

ところが、宗達が懐から取り出したのは、帳面ではなく、一柄(いちへい)の扇(おうぎ)であった。

「これなるは、『扇』というものでございまする。わたくしの父が描いた絵をご覧(ろう)じくださりませ」

宗達は、両手で閉じたままの扇を捧げ持ち、王に向かって差し出した。

王は、一瞬、いぶかしそうな顔つきになった。

そういえば、西欧の地に足を踏み入れてから、扇を使っている人を一度も見かけていない。扇は日本特有のものなのだと、そのとき初めてマルティノは気がついた。

侍従長が歩み寄って、宗達の手から扇を取り上げた。すかさず別の侍従が銀の盆を両手に持ってやって来ると、赤いびろうどを敷いた盆の上に扇を受けた。そして王のもとへとそれを捧げ持っていった。

王は盆から扇をひょいと取り上げると、興味深そうに眺め回して、

「いったいなんなのだ、これは？」

と言った。

マルティノは、思い切って、

「ご無礼つかまつります」

と、身を低くしたまま、王のそばへそろりと歩み寄った。そして、両手を頭の高さに掲げて、

「これへ、お持たせくださりませ」

低頭して言った。侍従が再び盆を捧げ持って王の近くへ行こうとすると、「よい」と王がそれを制し、自らの手で扇をマルティノの両手に与えた。

おお……と、どよめきが起こった。王が目下の者に直接手から手へ何かを渡すことなどめったにないのだろう。ただ扇を手渡しただけでも、家臣たちには驚きに値

することのようだった。

マルティノは額に汗を浮かべながら、漆塗りの親骨に手を添えて、そっと扇を開いた。まったく、扇ひとつを広げるのにこれほど緊張したことはない。

扇面に風神と雷神が現れた。長旅のあいだに少々汚れてしまってはいたが、赤い肌、碧い肌のけわしい形相をした二神が、黒い雲を従えて、金地の空中にふわりと浮かんでいる。

マルティノは、扇面を上にし、要を向こう側にして、広げた扇を王に差し出した。

王は目を見開いて、小さな扇面にじっとまなざしを注いだ。家臣たちも好奇心を抑え切れずに、思わず一歩、前へ出た。

これが王にとっては初めて目にする「大和絵」である。食い入るようにみつめてから、王は、ふうむと小さくうなった。

「これは悪魔か？　なぜこのようにディアブロだけが描かれているのだ？」

扇面に描かれてある風神と雷神を目にして、フェリペ二世はそう問うた。

悪魔、と聞いて、家臣たちはざわめいた。人心を乱し地獄へと誘う悪魔は禁忌の存在であり、西欧の絵画においては、悪行の果てに地獄に落ちた人々を餌食にする醜い姿として描かれている。あるいは、神を守護する天使たちに打ち負かされる悪の権化(ごんげ)として。その悪魔が描かれているものを持ち歩いているとは――。

――まさか、この者は「異端」なのか？

場の空気が一気に張り詰めた。王の目前にひざまずいているマルティノは、身を硬くして宗達のほうを向いた。

宗達は、マルティノの通訳を待って、変わらずに平伏している。マルティノは、キリシタンではない宗達が知りえない言葉――〈悪魔〉のひと言を、どう日本の言葉に直したらよいのかわからず、うろたえた。

と、宗達が顔を上げて、突然言った。

「それは、雷神(ユピテル)と風神(アイオロス)でござります」

マルティノは、一瞬、息をのんだ。

ロドリゲス神父も、パードレたちも、使節の少年たちも、皆、はっと目を見開いた。

ユピテルとアイオロス――ギリシャの神話に登場する雷を司(つかさど)る神、そして風の神だ。

スペインの貴族の館や宮殿には、イエス＝キリストや聖母子、聖人、天使など、聖書をもとにした絵画のみならず、はるか古代のギリシャの神話の神々が描かれた絵も飾られていた。

それらの絵に表されている神々の多くは薄衣をまとった裸身で、信じがたいほど美しく、男神は雄々しく、女神は麗しかった。そして、どれもが生き生きとした人間の姿として描かれていた。

ポルトガルに上陸してからこのかた、あふれんばかりに西欧絵画を見続けてきた宗達は、しだいに見慣れてきたのか、やがてさほど関心を示さなくなった。が、スペインへやって来て、初めてギリシャ神話の絵をみつけたときは、目を輝かせた。

彼はロドリゲスのところへ飛んでいって、この絵はいったい何かと興奮して尋ねた。

ロドリゲスは、ゴアでアレッサンドロ・ヴァリニャーノから使節団の引率を引き継いだとき、宗達の絵画に関する興味にはあたう限り応えてやってほしい、と依頼されていた。

宗達はキリシタンではないものの、日本の天下人、織田信長の命で随行している。イエズス会の日本での布教を円滑に進めるためには信長の後押しが必須である。ゆえに、宗達に対しては、一介の絵師というよりも「織田信長の名代」と思って接してほしい——と。

そんなこともあって、ロドリゲスは、宗達に自由に絵を描かせ、街なかへひとりで出かけていくのも許可した。絵に関して質問を受ければ、できる限り詳しく説明をしてきた。

だから、宗達が神話の絵に興味を示したときも教えてやったのだった。

ただし、ラテン語での説明だったので、その場にはマルティノも通詞（つうじ）として加わっていた。

気の遠くなるほどの大昔、ギリシャでは数々の伝説が生まれた。その伝説の中には、火や風や雷を司る「神（ゼウス）」がいて――その「神」はもちろん、カトリックの教義における「神」、つまり「父と子と聖霊の三位一体（さんみいったい）」とはまったく別のものであるから、そこは注意深く説明を加えた――それを、後の世になってから、主にイタリアの絵師たちが絵に表すようになった。目に見えぬ「神」は、人のかたちに変えられて、画布の上に蘇（よみがえ）ったのだ。

宗達は、ロドリゲスの話を夢中になって聞いた。マルティノは、ロドリゲスの説明には聞きなれない言葉がたくさん出てくるものの、自分なりの言葉に置き換え、また、置き換えられない言葉はそのままに、宗達に伝えた。そうするうちに、マルティノ自身も（なんとおもしろき話だ）と心を動かされた。

古代の人々は、火や水や風や雷、この世にあふれているさまざまな事象を物語に変え、後の世には絵師たちがそれに人のかたちを与えたのだ。

とある館で目にした絵の中に、光の槍（やり）を手にした勇壮な「ユピテル」、風の袋を担ぎ青白い顔をした「アイオロス」をみつけた。それを目にした瞬間、ロドリゲスに説明を聞くまでもなく、宗達はすぐに気がついたのだ。

――これは風神雷神や、と。

「碧き体軀の異形の神は風神、赤き体軀の神は雷神でございます。ギリシャに生まれたる伝説の神々によく似た話が、わたくしたちの国にもございます」

宗達は、そう説明した。

国王は目を見開いたり細めたりして、検分するように扇面の絵を眺めていたが、

「おもしろき絵だ」

ひと言、言った。

王の言葉にロドリゲスが胸をなで下ろすのがわかった。マルティノも額に汗をにじませながら、ようやく息をついた。

何人たりともカトリックの教義からの逸脱を王は断じて許さぬという。イエズス会と行動をともにしている宗達が、万一「悪魔の絵を持ち歩く不謹慎な者」と断罪されてしまったら、全員の命が危ないところだった。

「この絵は汝の父が描いたと申したな」

王は続けて、宗達に向かって問うた。

「はい」と宗達は答えた。

「わたくしの旅立ちのおりに、父が持たせてくれたものでございます」

大海原を渡りゆく船を風が導き、稲妻の光が航路を照らしてくれるように。風神さまと雷神さまが、きっとご加護くださるように。父は、祈りを込めて、その扇を息子に手渡した。

ひょっとすると、このさき、もう二度と会うことはかなわないかもしれぬ。されば、これを形見(かたみ)に持ってゆけ——と。

父の万感(ばんかん)の思いが込められた扇であったが、無論、宗達は、そうとは言わなかった。

その代わりに、王に向かって宗達は言った。

「それなる扇にご関心をたまわり、まことにありがたき幸せにございます。粗末な代物ではございまするが、どうか国王陛下のみもとにお納めくださりませ」

マルティノは驚いて宗達を見た。

——本気か？　おぬしの父上の形見を……？

宗達は、（早(は)よう伝えろ）と言わんばかりに、マルティノに目配せしてから、絨毯の上に両手をついて、深く深く頭を下げた。マルティノは、少しつっかえながら、宗達の言を伝えた。

すると、王はにやりと笑みを浮かべた。

「ソウタツ、と申したな。汝、いったいどういうつもりだ？」

父の形見の扇を差し出した宗達に向かって、王は尋ねた。

「そのような薄汚い扇ひとつを献上されたところで、余が喜ぶと思うておるのか？」

追い詰めたネズミをいたぶる猫のような目で、王は宗達を見下ろしている。

王の言葉に、家臣たちがざわめいた。嘲笑のさざめきが広間を包み込んだ。

ロドリゲスの顔に、再び絶望の影が広がった。言葉はわからずとも、なんとなく様子を察した使節団の少年たちは一様に表情を硬くした。

マルティノは、（なんと、むごい……）と、王の言葉をすぐに訳すのをはばかった。

宗達は、あやうく「異端」の嫌疑をかけられそうになったことから王の気を逸らし、ロドリゲスと使節団一行を守らんとして、扇を差し出したのだ。

王にとっては初めて見る日本の絵である。世界の珍品を手中にしているであろうフェリペ二世は、誰も見たことがなく、ましてや所有しているはずもない珍品中の珍品、日本の扇をきっと喜んでくれるはずだと、宗達は踏んだのだ。

それなのに……。

王の残酷な言葉は、刀剣のごとくマルティノを斬りつけた。そのまま伝えたら、宗達はもっと深く傷つくだろう。

「陛下のお言葉を伝えよ」

侍従長がマルティノを促した。マルティノは、(神よ……!)と祈りながら、宗達のほうを向くと、正直に王の言葉をそのまま伝えた。

宗達は、その言葉を黙って受け止めた。しばらく下を向いていたが、

「……畏れながら申し上げます、国王陛下」

と、平伏したまま口を開いた。

「仰せの通り、いかにも汚れましたるはかなき扇にござります。されど……わたくしにとっては、たったひとつの『宝』にござります」

——嵐も雷雨も乗り越えて、きっとローマにたどり着くように。

父の万感の思いが込められた扇ひとつを胸に抱いて、どうにかここまで来ることができたのだ。

「この扇のほかに陛下に献上奉れるものがあるとすれば……この命くらいしかござりませぬ」

思いがけない宗達の言葉に、マルティノは胸を衝かれた。

己の持ち物で王に捧げるに値するものは、父の形見の扇か、はたまた命か。

窮地を脱するために、使節団一行を守るために、そのどちらでも喜んで捧げる

――ということなのだ。

――宗達……！

やはりすぐには訳すことができずに、マルティノはくちびるを噛(か)んだ。

目の奥に熱いものが込み上げた。うつむいたら、涙がこぼれてしまいそうだ。

マンショも、ミゲルも、ジュリアンも同じだった。彼らは、マルティノと同じように、歯を食い縛って涙を堪(こら)えていた。そして、きっとマルティノ同様、胸の中で祈りの言葉を唱(とな)えているに違いなかった。

――神よ。

マルティノは、まぶたを伏せて、いまこそ祈った。

――吾らの父なる神よ。ああ、どうか、守りたまえ。

私たちは、宗達を……友を、失いたくはありませぬ……！

「ドン・マルティノ。ソウタツの言葉を陛下に奏上(そうじょう)せよ」

侍従長がいら立った声色(こわいろ)で促した。

マルティノは、ひとつ深く息をつくと、「はい(シー)」と答えた。そして、宗達の言葉を誠実にスペイン語に訳して、王に伝えた。心を込め、祈りを込めて。

王は、眉ひとつ動かさずその言葉を聞いていた。

周囲の家臣たちは、しんと静まり返ってしまった。まさか、東の果てからここまでやって来た少年が、王の御前に命を差し出すとは想像もしなかったのであろう。

(――いったい、どういうつもりなのだ？　こやつは本気なのか？)

(戯言のつもりでも、王がその気になれば、こやつの命を奪うことなどたやすいものぞ……！)

そんなささやき声が聞こえてくる気がして、マルティノは潮が引くように全身から血の気が引くのを感じていた。

王の次のひと言を待って、広間は水を打ったように静まり返った。

宗達はひれ伏したまま、微動だにしなかった。

マルティノはがくがくと膝を震わせ、胸の前に手を合わせると、王に向かって頭を垂れた。

すると、宗達の後ろに居並んでいたマンショ、ミゲル、ジュリアンも、同じようにひざまずき、黙って手を合わせた。

まるで宗達を祈りの力で守るかのように手を合わせた四少年を、王はじっとみつめていた。

「……幸せ者だな、汝の父は」

ややあって、王が口を開いた。

マルティノはそっと顔を上げた。王は口もとに笑みを浮かべて、もう一度、はっきりと言った。

「汝の父は、幸せ者だな。汝のような勇敢な息子を持って」

王の目には、まるで息子を慈しむ父のようなあたたかい色が浮かんでいた。王は、ふっと微笑すると、マルティノに向かって言った。

「どうした。早よう余の言葉を伝えてやれ」

マルティノの目に涙があふれた。

「はい、国王陛下！」

そう答えた瞬間、涙がこぼれてしまった。頰を濡らしながら、マルティノは王の言葉を日本語にした。

王の言葉を聞いてなお、宗達は平伏したまま顔を上げなかった。肩を震わせて、彼もまた泣いていた。

マンショも、ミゲルも、ジュリアンも、そしてロドリゲス神父も——その場に会した誰もが、フェリペ二世と宗達のやりとりに深く心を動かされたのだった。

その日の夜、王は晩餐会に一行を招き、長旅の労をねぎらった。

マルティノは「いともすぐれたる秀才」として、通詞を兼ねて王の隣席に呼ばれた。宗達は末席に座って、美しい器に盛られて運ばれてくる食事の数々を、食べるより先に帳面に写し取っていた。

その後、スペイン国王の手厚い庇護を受けた使節団一行は、スペイン各地で大歓迎された。

宗達が命がけで国王とやりとりしたことが伝わり、どの土地に行っても「高貴なる東洋の王子たち」と「勇敢なる絵師」ともてはやされ、歓待された。

一行はスペイン王国を南へと進み、地中海を望む港町、アリカンテに到着した。そこでひさしぶりに船に乗り、地中海を航海して、マヨルカ島を経由し、ついにイタリアの港町、リヴォルノに到着した。

リヴォルノの港には、トスカーナ大公国の大公、フランチェスコ・ディ・メディチ一世が差し向けた騎馬部隊が迎えに来ていた。はるか東方から使節団がやって来る——との報せは、ヴァリニャーノがローマのイエズス会本部に手紙を送っていたこともあり、すでに各地で出迎えの態勢が整えられていた。

一五八五年（天正十三年）三月二日

晴れ渡った春の空いっぱいに、鐘楼（しょうろう）の鐘の音が鳴り響いている。

ピサの大聖堂（ドゥオモ）広場の中央に、馬の縦列がゆっくりとやって来て、ドゥオモの前で順番に止まった。その後から大きな荷車が五台、そして、従者たちが徒歩で付き添って現れた。

「止まれ——整列！」

黒いマントを羽織り、赤い羽根飾りのあるつば広の帽子を被った男が、馬上から声をかけて従者たちを整列させた。トスカーナ大公国の騎馬隊長、アントーニオ・フェルディナンドである。

フェルディナンドが乗る馬と鼻を並べてずらりと整列している馬たちの背には、遣欧使節団（けんおうしせつだん）の面々がまたがっている。

ロドリゲス神父、メスキータ神父、ロヨラ修道士、ほか数名のパードレたち。襟の詰まった真新しい黒絹の服を身に着け、さっぱりとひげも剃（そ）り上げて、清々しい顔つきである。

四人の使節たち、マンショ、ミゲル、ジュリアン、そしてマルティノは、首の周りに白いレースの飾りをつけ、ふくらんだ袖の上着を着て、それぞれに西欧ふうの正装をして、晴れやかに眉を上げている。

列のいちばん端に馬をつけているのは宗達である。彼だけが日本の着物と袴を身に着けて草履を履いている。馬を止めるとすぐに手綱を放し、肩から斜めにかけている風呂敷から帳面と木炭を取り出して、何やら描きつけている。

「おい、そこの者！　何をやっているのだ？」

フェルディナンドが、宗達が一心不乱に手を動かしているのをみつけて質した。もちろん、イタリア語である。

「はい、絵を描いております。私は絵師ですので」

宗達がすぐに返した。流れるようなイタリア語である。ほう、とフェルディナンドが関心を示した。

「どのような絵だ？　見せてみよ」

手綱を繰って宗達に近づいていった。宗達は、仕方がなさそうに黙って帳面を差し出した。

帳面には、一行が道々眺めた村落の風景や、珍しそうに後をついてきた子供たちの様子、フェルディナンドの被っている帽子などがすばやい筆致で描かれていた。

ほう、とフェルディナンドは感嘆の声を放った。

帳面をぱらぱらとめくって、いままでに描きためた絵を眺めると、

「汝には素質があるな。よき絵描きになるだろう」

と言って、帳面をぽいと投げて返した。宗達は片腕を伸ばして、器用にそれを受け取った。

「よいか。この国のすべての絵描きの夢は、吾がトスカーナ大公、フランチェスコ一世閣下にお目通りすることだ。閣下はことのほか芸術を愛でておいでである。閣下の寵愛を受けし絵描きは、トスカーナ大公の宮殿で存分に絵を描くことができるのだ」

トスカーナ大公に取り入るために、この国の絵描きは涙ぐましい努力をする。まずは会えないことには始まらないから、会わせてくれと家来や門番にまで銀貨を渡して懇願するのだそうだ。

騎馬隊長は切々と語ったのちに、宗達の表情をじっと窺った。

マルティノは、フェルディナンドの態度にむっとした。騎馬隊長は、トスカーナ大公に会わせてやるのだから銀貨をよこせと促しているのだ。

「はあ、そうですか」

と宗達は、頭をぼりぼりと掻いて、

「それは、それは。光栄です。早く閣下に会わせていただきたいものです」

のんびりとしたイタリア語で返した。

わざと間延びした返事をしているのだとわかって、マルティノは笑いを噛み殺すのにひと苦労であった。

フェルディナンドは、不満げに、ふんと鼻を鳴らすと、

「……ったく、インド人の絵描きは礼儀をわきまえぬものだな」

とつぶやいた。

はるばる東方の国からやって来て、イタリアのトスカーナ大公国、ピサにたどり着いた一行は、いつのまにやら「インドの王子たちとその従者たち」と勘違いされていた。

「インディアではありませぬ。日本（ジャポーネ）です」

使節四人の中で唯一イタリア語を解するマルティノが、フェルディナンドの勘違いを正した。

「はて、なんと仰せですか、王子よ？　それは国の名前なのでしょうか」

宗達に対するのとは打って変わって、慇懃（いんぎん）な態度でフェルディナンドが訊き返した。

マルティノはため息をついた。

——また王子と言われてしまった。

ヨーロッパに上陸してからずっと、行く先々で「オリエントからインドの王子一行がやって来た」と騒がれてきた。

「東方の国」からやって来た少年たちは、ポルトガルの枢機卿(すうききょう)やスペイン国王にまみえるくらいなのだから「高貴な血筋」に違いなく、それはつまり王子なのだ――といううわさが瞬く間に広まった。

インドにはポルトガルの支配下の地域がある。インドに王族がいることはポルトガルを経由してヨーロッパ内に伝聞されている。しかるに、オリエントの高貴な血筋とくれば、それはすなわちインドの王子なのだ。

それよりも東に国があろうとは、一般のヨーロッパの人々は想像ができない。

「ジャポーネ」と言われても、まったくぴんとこないのである。

「この者たちは王子ではありませぬぞ、フェルディナンドどの」

一行を率いるロドリゲス神父がイタリア語で語りかけた。

「私たちはローマのイエズス会に属する者。これなる少年たちは、日本の信徒である『殿(との)』の名代で、ローマ教皇に謁見(えっけん)をたまわるためにやって来たキリストの教え子、神の愛弟子(まなでし)です」

一行は、斜めにかしいだ塔をゆっくりと見物する間もなく、その夜の宿舎となっているピサの宮殿へと入っていった。これから着替えをし、身じたくを整えて、トスカーナ大公、フランチェスコ一世に謁見するのである。

一行は用意された馬にまたがり、騎馬部隊に護衛されて、ピサにある大公の宮殿へと向かった。

ピサの斜塔が広場に長い影を落とす頃、一行を歓迎する宴が始まろうとしていた。

「おい、知っているか。大公閣下の奥方さまが、今宵の宴を催されるということだぞ」

裃を身に着け、すっかり身じたくを整えたマンショが、わくわくした調子でそう言った。

「ああ。先刻、ロヨラさまがそう仰せだった」

ミゲルが弾んだ声で答えた。

「西欧では高貴な方の奥方さまが宴を催すことがよくあるということだ。殿方の宴とは異なって、華やかな宴になるのだそうだ」

「あの……私も、ロヨラさまより教えていただいたことがあるのですが……」

もじもじと、ジュリアンが遠慮がちに言った。

「なんだ、ジュリアン。言ってみろ」

マルティノが問うと、

「いえ、その……大公閣下の奥方さまは、それはそれはお美しいお方のようでして……」

ジュリアンは、顔を赤くして答えた。三人は顔を見合わせた。

「おい、ミゲル。そなた、いま何を思うた？」

マンショが訊くと、ミゲルも頬を紅潮させて、

「いや、私は、何も……よからぬことなど、何も思うてはおらぬぞ」

しどろもどろになった。が、美しい妃にまみえると知って、少年たちの胸は自然と高鳴った。

大理石の列柱が立ち並ぶ宮殿の中、敷き詰められた赤い絨毯の上を、使節団一行はしずしずと進んでいった。

先頭は、一行を率いるヌーノ・ロドリゲス神父。その後に、マンショ、ミゲル、マルティノ、ジュリアンが続き、ほかの修道士、神父が四人を守るようについていった。

列のいちばん後ろに宗達が付き従った。

裃姿の少年たちが現れると、宮殿の大広間を埋め尽くしていた人々が示し合わせたかのようにいっせいに道を開けた。

むせ返るほどの香のにおい、貴婦人が身に着けている衣服の衣擦れの音、人々が

ひそひそと口々に何かをささやき合う中を、マルティノは期待に胸をふくらませて歩んでいった。

——この場に居合わせたるご婦人方は、皆、見目麗しい。されどビアンカ大公妃のお美しさは、比類なきものと聞かされた。

いったいどのようなお方であろうか……？

最後尾の宗達は、落ち着きなく頭を巡らせ、宮殿の壁という壁すべてに掛かっている金色の額縁に入った油絵を見上げて、ほお！　とか、わあ……とか、言葉にならない感嘆の声を発している。その様子がよほどおかしいのか、周囲の人々はくすくすと笑って、宗達らが身に着けている袢をもっとよく見ようと近くに押し寄せた。

大広間の中央に玉座がふたつ、据えられていた。より大きくて立派な椅子が大公フランチェスコ一世の座である。少し小ぶりで、あでやかな宝石が散りばめられているのは、大公妃・ビアンカのものである。

一行は、玉座の前まで進むと、ぴたりと足並みを揃えて立ち止まった。そして、全員ひざまずいた。宗達だけがいつもの調子で正座をし、分厚い絨毯の上に両手をついた。

「トスカーナ大公、フランチェスコ一世閣下、ならびにお妃、ビアンカ・カッペッロ妃殿下のお出ましなり」

侍従長が高らかに言うと、場の空気がさっと緊張を帯びた。

大広間の奥の分厚いカーテンがさっと開いて、大公フランチェスコ一世が現れた。続いて大公妃ビアンカが姿を見せた。

マルティノは低く垂れていた頭を少し上げて前を見た。ほんの一瞬、玉座に座ったビアンカと目が合って、あわてて再び頭を下げた。

――なんとお美しいお方だ……！

大公妃のまばゆいばかりの美しさに、マルティノは軽いめまいを覚えた。

まずは一行それぞれが侍従長に名前を読み上げられ、大公と大公妃に一礼をしてあいさつした。

少年たちは、皆、大公妃の美しさに目がくらんでしまい、ぼうっとしてしまっていた。ビアンカは、ばらの花びらのごときくちびるに微笑を浮かべ、青い瞳で使節ひとりひとりをじっくりとみつめている。

ひと通り使節と引率のパードレたちの紹介を終えたあとに、侍従長は宗達を紹介した。

「日本の都、キョウより来る、絵師、タワラヤソウタツ」

宗達は、両手をついて平伏すると、

「大公閣下、ならびに妃殿下。お目通りがかないまして、光栄に存じます」

流暢なイタリア語でそう述べた。その場に会した一同から、おお……と驚きの声が上がった。

大公は、ふむ、と感心した様子でうなずいた。

「遠き東の果てよりここまで来りし汝らを、余は歓迎する」

大公は満足そうな笑みを浮かべて、一行に向かってそう述べた。

「勇敢な汝らを、今宵、余に代わって妃のビアンカがもてなそう」

ビアンカは悠然と微笑んで、声をかけた。

「ようこそおいでになりました。今宵は存分に楽しんでおいきなさい」

「ありがたき幸せにござります、大公閣下、ならびに妃殿下」

一行を代表して、マンショがそう応えた。イタリア語は、地中海を渡るあいだにマルティノに教えてもらい、少しだけだが話すことができた。

ビアンカはなまめかしいまなざしをマンショに注ぐと、彼に向かって手をすっと差し伸べた。

「今宵は、まず、そなたと踊りましょう」

ビアンカに手を差し伸べられたマンショは、顔を真っ赤にして、すっかりのぼせ上がってしまった。

舞踏会に参加するのも初めてなら、女人(にょにん)の手を取るなどしたこともない。しかも大公の奥方を相手に踊るなど、どうしてできるだろうか。

マンショがおたおたしていると、すぐ近くにいた貴族が助け舟を出してくれた。

「何をしているのです。大公妃の御前に進んでお手を取って差し上げなさい」

マンショの背中に手を添えると、そっと押し出した。

マンショは絨毯につっかかりそうになりながら進んでいき、震える手でビアンカの真綿のように白い手を取った。

それを合図に、楽団が華やかに音楽を奏(かな)で始めた。オルガン、トロンボーン、リュートにヴァイオリン。シャンシャンと鈴の音が鳴り響き、大広間に集まっていた殿方と淑女たちは、靴を鳴らし、ドレスの裾(すそ)をひるがえして踊り出した。

マンショはビアンカに手を引かれるようにして、大広間の中央へと行くと、見よう見まねで踊ってみた。ビアンカは目の覚めるような青い絹のドレスに身を包んでおり、そのドレスを片手で優雅につまんで、マンショと向き合いながら輪を描いて踊った。マンショは初めのうちこそおたおたとしていたが、そのうちに腹を決めたのか、ビアンカと合わせ鏡のようになって、裃姿でくるくると舞ってみせた。

「なんと、マンショはなかなかうまく踊るではないか！」

ミゲルが興奮気味に言った。

「よし、私も踊ってこよう」

勢い込んで踊りの輪の中へ入っていった。ジュリアンがあわてて「お待ちくださりませ、ミゲルさま、私も……」とその後を追いかけた。

「よろしかったら踊ってくださいませんか？」

どうしたらよいものかとおろおろしているマルティノの周りに、花の香りを漂わせた見目麗しい貴婦人たちが集まってきた。マルティノはすっかり顔を上気させて、

「いえ、わ、私は、あの……ちょっと、あちらへ」

あたふたと踊りの輪を突っ切って、次の間へと逃げ込んだ。

大広間に隣接した次の間に足を踏み入れた瞬間、マルティノは動けなくなってしまった。

いくつもの目、目、目――が、いっせいにこちらを向いている。天井から下がった大きな燭台(しょくだい)に幾多のろうそくが揺らめき、四方の壁にすきまなく掛けられた肖像画の数々をぼうっと浮かび上がらせていた。

きらびやかな絹の衣装や宝石を身に着けた貴人、貴婦人、子供たち。一見しただけで、高貴な人々であるとわかる。白い顔に浮かぶ冷たい微笑。どの顔も、ぞっとするほどの美しさである。

その部屋の真ん中に、裃を着けた後ろ姿が佇んでいた。

「――宗達！　ここにいたのか」

冷たい視線がみつめる中に宗達をみつけて、マルティノは、驚いて声をかけた。が、呼びかけられても宗達は振り向かなかった。一心に絵に見入っている。まるで魂が抜き取られてしまったかのごとく。

マルティノがそっと隣に佇むと、それを待っていたかのように、

「――なんという絵や……！」

そうつぶやいて、ううむ、とうなった。マルティノは、「ああ、まことに」と、あいづちを打った。

「見事な絵だ。ポルトガルからスペインを経て、イタリアにたどり着くまで、さまざまな絵を見てきたが……いまのいままで、かように見事な絵はなかった」

宗達は、大きなため息をついた。

「西欧の国々の中でも、イタリアの絵師が手がける絵は格別やと、まえにヴァリニャーノさまが教えてくれはった。まことに、仰せの通りやな」

ふたりはそれきり言葉をなくして、肖像画をただただみつめていた。

そのうちに、マルティノは、そこにある絵のすべてが同じ絵師によって描かれていることに気がついた。なめらかな筆さばきで描き上げられた人の姿は、そこはか

となく気品が漂い、つややかな肌は真珠のように輝いている。絹の擦れる音がいまにも聞こえてくるような軽やかなドレス、そして何よりこちらをみつめて冷たく輝く星のごとき瞳の魔力――。

「その絵を描いたのは、ブロンズィーノという絵師だ」

背後から声がして、ふたりは振り返った。

ドアの近くに、凝った刺繍の衣服に毛皮のマントを身に着け、金細工の施された大きな杖を持った初老の男が立っていた。

一見してすぐに高貴な身分とわかる身なりである。鋭いまなざしにはかすかに好奇の色が浮かんでいた。

まるでこの城のあるじかのごとき堂々とした態度で、男は、こつり、こつりと杖を鳴らしながらマルティノと宗達のほうへ近づいてきた。マルティノはひざまずいてあいさつをした。宗達はその場に正座して平伏した。

「そのあいさつの仕方は初めて見るな。汝の国では、いつもそうするのか」

男は、宗達に向かってそう尋ねた。宗達は顔を上げずに、「はい、さようでございます」と流暢なイタリア語で答えた。

「気高きお方に拝謁するさいには、お許しをいただくまではご尊顔を拝することもいたしませせぬ」

男はうっすらと笑って、

「余が気高いかどうか、なにゆえ汝にわかるのだ」

重ねて訊いた。

「わたくしは絵師にございます。身のこなし、立ち居振る舞いをちらとでも拝見いたしますれば、どのようなお方かわかるのでございます」

と宗達は言い切った。

（えらそうな物言いをして……相手がどなたかもわからぬというのに）とマルティノは、内心ひやひやした。が、貴人は悠然と微笑を浮かべると、

「おもしろき男だ。顔を上げるがよい。そこの坊主、そちも顔を上げよ」

そう言った。宗達とマルティノは、顔を上げて改めて男を見た。

――あ……？

マルティノは、目を瞬（しばたた）かせた。男は、正面の壁に掛かっている甲冑（かっちゅう）を身に着けた貴人の肖像画の前に立っていた。その顔は、肖像画の中の貴人の顔と寸分違（たが）わずそっくりだった。

「どうした。驚いたか？」と貴人は愉快そうな声で言った。

「さよう。この絵は、余の肖像画だ。絵師、アーニョロ・ブロンズィーノに描かせたものだ」

「あなたさまは……？」思わず宗達が尋ねると、

「余はコジモ・ディ・メディチ。初代トスカーナ大公である」と答えが返ってきた。

――初代トスカーナ大公？

マルティノと宗達は、一瞬、目を合わせた。

（……ということは、さきほどごあいさつ奉った大公フランチェスコ一世閣下の……父君？）

（……ということやな）

ふたりは、声を出さずに目だけでそう会話した。

「し……失礼つかまつりました、大公閣下。お目にかかれまして恐悦至極（きょうえつしごく）に存じます」

マルティノはそう言って、再びひざまずいて両手を合わせ、頭を垂れた。宗達も改めて平伏した。

コジモ一世はフランチェスコ一世の父親――ということになる。が、さほど年の開きがないように見える。むしろ兄弟といったほうがよい。

肖像画の中のコジモ一世は若々しく、雄々しく、王たる品格がそこはかとなく漂っている。そして、目の前に佇むコジモ一世は、絵の中から抜け出してきたかのように、やはりきりりとして凛々(りり)しい貴人であった。

「堅苦しいあいさつは要らぬ。それよりも、ブロンズィーノの絵を見よ」

コジモ一世に言われて、マルティノと宗達は改めて壁いちめんに掛けられている大小の油絵を眺めた。

どの肖像画もなまめかしく、まるで魂が宿っているかのように見える。かすかな光を宿す瞳の清澄(せいちょう)な美しさには、みつめ、みつめられているうちに、逃れることができないほど引き込まれてしまう力がある。

「ブロンズィーノは、フィレンツェで余と妃のエレオノーラの婚礼の装飾を任せたのがきっかけで、余や、余の家族の肖像画を描くこととなったのだ」

フィレンツェを中心にイタリア最大の大富豪として君臨したメディチ家は、代々絵師に作品を発注して彼らを支援し、多くのすぐれた肖像画や宗教画、神話画を制作させた。メディチ家の壮麗な宮殿はピッティ宮と呼ばれ、人気の絵師が制作した作品で飾られていた。

アーニョロ・ブロンズィーノもそのひとりで、ポントルモというやはりすぐれた画家のもとで修業を積んでいたが、やがてコジモ一世とその一族の肖像画を手がけるようになり、彼の宮殿は数え切れないほどのブロンズィーノの作品で飾られた。

コジモ一世は、壁に掛かっている幾多の油絵の中のひとつ――母親と幼い息子が

ふたり並んでいる絵を指差して、

「あれは、余の妃、エレオノーラである。一緒にいるのは、息子、ジョヴァンニだ」

そう言った。

マルティノと宗達は、コジモ一世自身の肖像画の隣に掲げてあるその絵を改めて見上げた。

ひっそりとした青地を背景に、豪奢(ごうしゃ)な衣装に身を包み、大粒の真珠の首飾り、耳飾りをきらめかせて、冷たく澄んだまなざしをたたえている貴婦人。母にやわらかく肩を抱かれて寄り添う息子もまた、穢(けが)れのない瞳をこちらに向けている。

マルティノも宗達も、言葉をなくし、気高い母子の姿をただただみつめた。

「汝は絵師だと申したな。あの絵をいかが思うか。申してみよ」

コジモ一世が宗達に尋ねた。宗達はすぐには答えられなかった。が、ややあって、

「お妃さまと大公子さまは……こうして、絵の中から、いつも大殿さまをお見守りになっておられるのですね」

ゆっくりと、嚙みしめるように言った。

マルティノには、宗達が言わんとしていることがわかる気がした。

おそらく、エレオノーラとジョヴァンニはもはやこの世の者ではなく、天国（パライソ）の住人となってしまったのだろう。前大公は愛するふたりを失って、さぞや落胆したことだろう。そのさびしい心をブロンズィーノの絵が日夜なぐさめているのだ。

宗達は続けて言った。

「わたくしは、遠き東の果て、日本より西欧へやって来て、この地の絵師の仕事の数々を見て参りました。そのすぐれた手業（てわざ）に驚き、いかにしてかように見事な『絵』を成り立たせているのか、どうにかして知りたいと願い続けて参りました。されど……」

いま一度エレオノーラの静かなまなざしに己のまなざしを合わせながら、宗達は言った。

「すぐれた絵とは、人の心をなぐさめることもできるのだと、いま、知らされました。この絵によって」

コジモ一世は微笑して、満足そうにうなずいた。

宗達は、まぶしそうに前大公妃エレオノーラと息子のジョヴァンニの肖像画を見上げながら、

「いつの日か、わたくしも……アーニョロ・ブロンズィーノのように、見る人の心をなぐさめる、そんな絵を……描いてみとう存じます」

そうつぶやいた。

マルティノもまた、絵の中のエレオノーラと目を合わせてうなずいた。

——いつか……そんな日がくる。宗達が描いた絵が、人の心をなぐさめる日が。

「そなたたち。……ここにいたのか」

背後で聞き覚えのある声がして、マルティノは、はっとして振り向いた。

……おや？

そこに立っていたのは、ヌーノ・ロドリゲス神父だった。ついさきほどまで佇んでいたコジモ一世の姿が見えない。部屋の中を見回したが、どこにもいない。マルティノは、首をかしげた。

「いかがされたのでしょうか？　……大殿さま……いえ、前のトスカーナ大公、コジモ一世閣下は、いずこへ……？」

「何を申しているのだ、マルティノ？」

ロドリゲスは、不思議そうな顔つきで訊き返した。

「先代のトスカーナ大公、コジモ一世は、とうに亡くなられているぞ」

えっ。

マルティノは、声を失った。

——では、さきほどまで話をしていたお方は……？

次の瞬間、背筋をすうっと冷たいものが駆け上がってきた。

――ゆ……幽霊⁉

マルティノは、青くなった顔を宗達に向けた。宗達の顔にも驚きが浮かんでいた。

「そうやったんか……」

宗達は小さく言って、コジモ一世の肖像画を見上げた。

甲冑を身に着けた若々しく凜々しいまなざしが、じっとみつめ返している。

宗達は、深い色をたたえた先代大公の瞳に見守られ、イタリア語でささやいた。

「ありがとう存じます、大殿さま。……いつかきっと、描いてみせます。ブロンズィーノに負けぬ絵を」

一五八五年（天正十三年）三月七日

一行は、ピサで夢のごとき舞踏会に出席したあと、フィレンツェに到着した。トスカーナ大公、フランチェスコ一世の招きで、大公の宮殿であるヴェッキオ宮に滞在した。そこでは、アーニョロ・ブロンズィーノばかりではなく、イタリアの最高峰の絵師たちによる驚くべき見事な絵の数々を目にしたのだった。

花の都フィレンツェに完全に心を奪われてしまったのは、いうまでもなく宗達であった。

使節の少年たちは、大公のもてなしを受けて緊張が続き、疲労が頂点に達しつつあった。ジュリアンなどは、いかにすぐれた絵を見ても「もう絵は要りませぬ」と食傷（しょくしょう）気味だったが、宗達は、フィレンツェに到着してからずっと落ち着きがなく、大公主催の晩餐会の最中でも、食事もろくに手をつけずに、食堂に飾ってある絵を例の帳面に写し続けるありさまだった。大公はそんな宗達をむしろおもしろがって、「汝はもうよい。どこへでも行って絵を描くがいい」と、笑って放免（ほうめん）してくれた。

晴れてトスカーナ大公の許しを得た宗達は、ヴェッキオ宮殿内の部屋という部屋すべてをくまなく見て回った。

大公は、宗達がイタリアの絵師の技術を貪欲に学ぼうとする姿勢に胸を打たれたようで、宮殿内を迷わずに見て回れるように案内を付け、自らの私室まで見せてくれた。

宮殿内ばかりではなく、さまざまな絵と彫刻と壮麗な建物で埋め尽くされたフィレンツェの街へと、宗達は飛び出していった。

大空に舞う鳥のように、川に放たれた魚のごとく、橋へ、大通りへ、小さな路地へ、教会へ、そしてメディチ家の館から館へと飛び回り、そこここで彼を待ち構えている絵を、彫刻を、全身で受け止め、全身を目にして見て、帳面にびっしりと描き写していった。

一方、マルティノは、大公とメディチ家のもてなしや、大聖堂で行われるミサに生真面目に参加していたが、宗達とともに美しいフィレンツェの街なかを飛び回ってみたくて、ずっとそわそわしていた。

フィレンツェに滞在するのはわずか七日と決められていた。その間に、この街のすべての絵を見るのだと宗達は意気込んでいた。一緒に行けぬマルティノは、（ああ、私も宗達とともに大公閣下のお膝もと、フィレンツェの街なかを見て回りたいものだ……）と、落ち着かない気持ちであった。

フィレンツェは、トスカーナ大公を輩出したイタリア屈指の名門一族メディチ家が支配する都である。幾年もの昔から、メディチ家は絵師とその工房を経済的に支援し、数多くの絵を発注してきた。そのために、この都にはイタリアじゅうから絵師が集まり、すぐれた絵を次々に制作してきたのだった。

明日にはフィレンツェを発つという日、まもなく晩餐会が始まるというとき、寸暇を惜しんでフィレンツェの街なかへ出かけようとする宗達を、マルティノは呼び止めた。

「待ってくれ、宗達」

マルティノに呼びかけられて、宗達は立ち止まった。ちょうど、案内係となっていたメディチ家の従者のひとり、ルチアーノとともに、ヴェッキオ宮の長い廊下を歩き始めたところだった。

マルティノはふたりのもとへ駆け寄ると、ルチアーノに向かって言った。

「私も連れていってはくれませぬか」

ルチアーノは、困惑した顔つきになって、

「しかし、あなたはこれから大公閣下にご臨席をたまわる晩餐会のための準備があるのではないのですか、ドン・マルティノ？」

そう返した。宗達は晩餐会に出なくともかまわないとすでに了承されていたが、マルティノが間に合わなかったりしたら、案内した自分が仕置きを受けるやもしれぬ……と思ったに違いない。

　マルティノは笑顔を作って言い訳をした。

「いやなに、ほんのひとところだけでかまわないのです。今宵はフィレンツェ最後の夜……このお城には宝のごとき絵が山ほどあるというのに、ひとつとして見ることもかなわずに出立(しゅったつ)してしまうのはいかにも惜しいのです。されば、ひとつだけでもいい、ルチアーノどのが『これだけは見せておきたい』と思われる絵を、ぜひにも拝見しとうございます」

　ルチアーノはなおも困惑顔を変えなかったが、

「私からもお願いです、ルチアーノどの。この通り」

　宗達が言って、深々と頭を下げた。マルティノも今朝がた剃り上げたばかりの頭をあわてて下げた。

　ルチアーノはため息をついて、

「仕方がありませんな、そこまで申されるのであれば……では、ご一緒に参りましょう」

　暗い廊下を先に立って歩き出した。

「恩にきるぞ、宗達」

マルティノが小声で言うと、

「なんの。これほどまでにものすごい絵がたくさんあるというのに、おぬしはちっとも見てへんやろ。つまらんなあと思うとったところや」

宗達も、ひそひそと返した。

ルチアーノはふたりを広大な宮殿の奥へ奥へと導いていった。そして、大きな扉の前でぴたりと止まると、「今日はフィレンツェ最後の日なので、特別なものをお見せしましょう」と言った。

ルチアーノが立ち止まったのは、キリスト受難の場面が浮彫(レリーフ)で施された見上げるほど大きな木の扉の前である。ルチアーノは、扉の取っ手に手をかけて開きかけたが、そこでまたぴたりと手を止めて、マルティノと宗達のほうを振り返って言った。

「ただし……先に申し上げておきますが、この中にある絵は、未完成のまま置き去りにされてしまったものです。いまからおよそ百年以上もまえのことですが……」

百年まえから置き去りにされている……と聞いて、マルティノは、この国の芸術の流れの雄大さにめまいを覚えた。

フィレンツェに来るまえに立ち寄ったピサでは、斜めにかしいだ大きな塔があったが、それは、いまからおよそ四百年まえに造り始め、二百年の時を経て完成したと聞かされ、驚愕した。宮殿内にある彫像などは千年以上まえのものもあるらしい、と宗達に教えられて、またくらくらした。

日本では、戦に巻き込まれたり、大火があったりすれば、家や文物が燃えてなくなることがしばしば起こる。村落ひとつが丸々消えてなくなることもある。この国だとて、長いあいだには戦も大火もあったことだろう。それでもなお、百年、千年もの時を超えて、文物が遺されるとは……。

この国の懐の深さもさりながら、やはり教皇猊下のおわす大国、神のご加護があってこそ……と思わずにはいられなかった。

「百年まえと申されれば、それは、ひょっとして……コジモ一世の御代でしょうか」

宗達が訊いた。マルティノは、ピサの舞踏会で遭遇したまぼろしを思い出して、改めて背筋をぞくりとさせた。

「いいえ、違います。百年まえは、ロレンツォ・ディ・メディチ閣下がこの街に君臨しておいでの時代です」

ルチアーノが答えて言った。

ロレンツォ・ディ・メディチは「ロレンツォ・イル・マニーフィコ（偉大なるロレンツォ）」と呼ばれて、いまでもフィレンツェの人々から敬われている。絵師や文人、建築師、学者など、特殊な才能を発揮する人々を庇護し、支援した。その甲斐あって、才能ある人々が続々とこの街にやって来て、見事な作品を遺してきたのだ。

「特に、ロレンツォさまは多くのすぐれた絵師を取り立てました。だからこそ、この宮殿内をはじめ、メディチ家の街たるフィレンツェには比類なき美術品の数々がいまなお遺されているのです」

扉の取っ手に手をかけたままで、ルチアーノは吾がことのように自慢げに話した。

「また、ロレンツォさまは、才能ある若者を見出すことが人一倍得意でいらっしゃいました。工房から独立したばかりの絵師や、あるいは独立まえの見習い絵師が手がけた絵を見て、これはと思われた者にはためらいなく仕事を依頼されました」

イタリアでは、「親方」絵師が「工房」を持っており、親方の監督のもとで見習い絵師や職人がともに働いて、絵を仕上げていく。親方に独立を認められた絵師は、新たに自分の工房を開くことが許される。しかし、当然ながら、独立したばかりの工房にはなかなか仕事の依頼がない。新しく独り立ちした絵師にとって、フィレンツェの名門メディチ家から依頼を受けることは――しかも「ロレンツォ・イル・マニーフィコ」から注文を受けることは、この上ない名誉であり、ロレンツォの「お墨付き」があればそのあとも仕事に困ることがない。

　ロレンツォは、独立まもない工房に自分が注文することの意義を十二分にわかった上で発注していた。才能ある若者が埋もれてしまうことなく活躍できるよう端緒（たんしょ）をつけた。だからこそ、彼は「偉大なるロレンツォ」と呼ばれ、敬われてきたのだ。

「実は、この扉の向こうにはメディチ家の礼拝堂があります」

　ルチアーノはなおも続けて言った。

「いまから百年以上もまえのことですが、ロレンツォさまがとある若手絵師を見出し、その者が独立したあと、すぐに礼拝堂のための祭壇画を依頼したのです。その者がまだ見習いだった頃に親方を手伝って制作した絵をひと目見て、看破（かんぱ）されたそうです。この者はたぐいまれなる才能を持っている、『天才』かもしれぬ……と」

　その若者は、当時フィレンツェでもっともすぐれた工房との誉（ほま）れ高かったヴェロッキオの工房にいた。ロレンツォがその者の才能を見出したのは、親方であるヴェロッキオが中心になって制作した〈キリストの洗礼〉の絵であった。

「私は、その絵を見たことがないのですが……」

　とルチアーノは前置きをしてから、説明を続けた。

「伝え聞いたところによれば、〈キリストの洗礼〉の絵は、中心にイエス＝キリストが佇んでおられ、洗礼者ヨハネが洗礼をお授けになっている場面が描かれていたということです。しかしながら、ロレンツォさまが注目されたのは、イエス＝キリストではなく、そのかたわらにかしずいているふたりの天使だったということです」

——この天使を描いた者には天賦の才がある。

ロレンツォは、とある教会で〈キリストの洗礼〉を目にしたときに、教会の司祭にそう言ったという。

キリストとヨハネを描いたのは親方たるヴェロッキオと熟練の職人であった。しかし、天使や背景は弟子が手がけていた。そう知って、ロレンツォは言った。

——いずれ、その者が独立するときがきたならば、私がまっさきに絵を注文しよう。

その話を司祭から聞かされたヴェロッキオは弟子の才能が空恐しくなった。また、ロレンツォが、当代きっての画家との誉れ高い自分ではなく、親方を助けて絵筆を取った弟子のほうに注目したことに深く傷つき、それ以後、絵筆を握ることはなかった。

「なんと……」

マルティノは、驚きを隠せなかった。

「親方から絵筆を奪ってしまうほど、その若者は絵が巧かった……ということなのですか」

ルチアーノはうなずいた。

「いかにも。彼はまことの天才だったのです」

マルティノは、いつかヴァリニャーノに聞かされた話――宗達が、狩野永徳とともに〈洛中洛外図屏風〉の制作にかかわったときの話を思い起こした。

〈洛中洛外図屏風〉も、やはり絵の中心となる安土城周辺は師匠たる永徳が筆をふるった。そして、南蛮寺周辺と、こまごまとした人や生き物や文物の数々は宗達が描き込んだのだった。

ルチアーノが「天才若手絵師」の話を延々と続けるのを、宗達は黙って聞いていたが、

「あのう……その絵師がすばらしいのはようわかりました。そろそろ中へ通してはくれませぬか？」

しびれを切らしたように言った。

ルチアーノは「ああ、これは失礼しました」と苦笑して言った。

「この礼拝堂に未完成のままで遺されている祭壇画があまりにもすぐれていて……完成していたらさぞやすばらしかろうと、いつも悔しく思っているので、つい

「……」

そう言い訳してから、

「それでは、参りましょう」

扉を押し開けた。

メディチ家の私的な礼拝堂ゆえ、さほど大きくはない。西側に面した窓には、緋(ひ)色(いろ)、翡翠色(ひすいいろ)、蒼色(そうしょく)などの色ガラスがはめ込まれており、そこからうっすらと残陽(ざんよう)が射し込んで、堂内をほの明るく照らしている。木の椅子が整然と並べられている先のいちばん奥まったところが祭壇となっている。

マルティノと宗達は堂内へと歩み入り、正面奥の祭壇の中央に高く掲げられている絵を仰ぎ見た。

淡い光の中にぼうっと浮かび上がって見えてきたのは――。

――え……？

マルティノは、目をごしごしとこすった。

そこに、確かに光に包まれた女人が立っている。その腕には、やはり光の衣をまとった清らかな幼子が、綿のようなやわらかさをもって抱かれている。

マルティノは息を止めて、光のもやの中に浮かび上がった聖なる母と子をみつめた。

――ま……まりあさま……！

マルティノは心の裡(うち)に聖母の名を叫んだ。足ががくがく震え、その場にひざまずくと、両手を合わせ、頭を下げた。

それは、絵であった。それでいて、絵ではなかった。

尊き方、崇高なる母、清らかな神の子。

ああ、なんという……なんという美しさなのだ……！

祭壇に掲げられている聖母子像は、それまでマルティノが目にしたいかなる聖母子像とも違っていた。

長崎に始まり、マカオ、ゴア、ポルトガル、スペイン、そしてイタリアの教会で、祭壇にまつられている聖母子像に手を合わせてきた。どれも慈愛に満ちたやさしく美しい聖母と幼子であった。しかし、向き合うだけで喜びが心に満ちあふれてくる像はなかった。

あと一歩でローマにたどり着く、その直前に、こうして宗達とふたり、導かれるようにしてマリアさまにまみえることができた。マルティノの胸の中に熱いものが込み上げた。

宗達は、雲の切れ間から射し込む一条の光を見上げるようにして、祭壇画をみつめていた。いつしかその頬を涙が伝っていた。涙のしずくは色ガラスの窓から射し込む西日にきらめいて、宗達の着物の衿にぽつぽつと落ちた。

「……教えてくださりませ、ルチアーノどの」

宗達は、背後に黙って佇んでいるルチアーノのほうを振り向かずに、うるんだ声でそう訊いた。

「この絵を描いた……いえ、この絵に命を吹き込んだ絵師の名を」

マルティノもまさしくそれが知りたかった。聖母マリアと幼子には命が宿っていた。いまにもふたりに向かって話しかけてくるような親しみと、内側から放たれる清らかな光。絵に命を与えられるほど卓抜した技を持っていた若い絵師とは、いったい誰なのか。

「その絵師の名は――レオナルド・ダ・ヴィンチといいます」

ルチアーノは静かな熱のこもった声でそう言った。

「この祭壇画を完成させれば、彼の名声は不動のものとなったことでしょう。……しかし彼は、これを仕上げることを断念し、わけあってミラノへ向かいました。その後、フランスの国王に招かれていったということですが、そのままかの地で神に召された……ということです」

「――レオナルド・ダ・ヴィンチ……」

宗達は絵師の名前を口にした。それだけで新しい涙が浮かんできた。

「私は、このさき決して忘れませぬ。――その輝かしき名を」

フィレンツェを出立した使節団一行は、一路、ローマへと歩みを進めた。

一刻も早くローマへ、ヴァチカンへ――と、誰の心も逸っていたが、「なるべく時間をかけて、ゆっくりと来るように」との伝令が教皇庁より早馬で送られてきて、一行はひどく気をもんだ。

「何かあったのだろうか。なにゆえ、一刻も早く来られよと、ご伝令がこないのだ？　まさか、教皇猊下は、私たちを歓迎なさってはおられぬのだろうか」

使節の筆頭であるマンショは、伝令の深読みをしてそわそわし始めた。

「私たちがローマにたどり着くまえに、もうよい、日本へ帰れ、などと教皇猊下が仰せになられたら……どうしたらよいのだ？」

マンショはすっかり青くなってしまった。筆頭がそんな調子であるから、ミゲルもジュリアンも、マルティノまでも不安な気持ちを隠せなくなった。そんなとき、四人は為すすべもなく、神に祈りを捧げるほかはなかった。

一方、宗達は不安そうな様子を微塵も見せなかった。ローマへの道みち、一行が立ち寄った街や村の礼拝堂へ使節とともに赴き、ひとり黙々と帳面に祭壇画を描き写していた。フィレンツェでの最後の日に目にしたあの聖母子像――レオナルド・

ダ・ヴィンチの絵が彼の心を占めているのだとマルティノにはわかった。

ローマの北約五十キロメートルほどのところにあるカプラローラという街で、一行はファルネーゼ枢機卿の宮殿に招かれた。このとき、あろうことか、ジュリアンが高熱を出して寝込んでしまった。

あと一歩でローマだというのに……マルティノは、弟分のジュリアンが不憫に感じられ、つきっきりで看病をした。正使たるマンショ、ミゲルに病がうつってはならぬ。そして、万が一のときには、彼らふたりだけでもローマ教皇に謁見してもらわねばならぬ。

「いけませぬ、マルティノさま。わたくしの近くにおりますれば、病がうつるやもしれませぬゆえ……どうか、ひとりにしてくださりませ」

熱にうかされながら、うわ言のようにジュリアンが言った。マルティノは、「なんの。案ずるでない、私は平気だ」と濡らした手ぬぐいを固く絞ろうとした。

枢機卿主催の晩餐会へ使節団一行は招かれていたのだが、マルティノは気が引けた。高熱のため床に臥せっているジュリアンを残して出席するのは、なんとも心苦しく感じられたのだ。

そこへ宗達がやって来て、

「わいが代わろう。おぬしは晩餐会に出ろ」

マルティノの手から、絞りかけていた手ぬぐいを奪った。

「されど……おぬしは、ここの晩餐の模様も帳面に描かねばならぬのではないか。私はこのままジュリアンのそばに付き添うゆえ、おぬしこそ晩餐会に出ればよい」

「ええから、ええから」

宗達は絞った手ぬぐいをジュリアンの額に載せながら、軽やかに言った。

「わいはローマに入るまでもはや筆を手にはせぬ。……たいらな心を保ちたいんや」

その言葉を聞いて、マルティノは、ローマを目前にした宗達の思いを知らされた気がした。

イタリアに到着してから宗達は変わった。特に、ピサとフィレンツェで大きな変化があったとマルティノには感じられた。どちらも、過去の偉大な画家の絵に触れたことが宗達を変えたのだ。

ピサで見たアーニョロ・ブロンズィーノの肖像画。フィレンツェで目にしたレオナルド・ダ・ヴィンチの描きかけの祭壇画。それぞれが宗達の心の琴線(きんせん)に触れ、せつなく美しい音を奏でた。

イタリアまで来て、宗達は、自分をここまで導いてきた「絵」というものがいったい何なのか、ほんの少しずつわかってきたのかもしれなかった。

絵とは、ただ、目に見えるものをそのままに画紙や画布に描き写すだけのものではない。

人の心をなぐさめる絵。

命の輝きが宿る絵。

絵師の思いが込められた絵こそ、まことに見る者の心を打つのだ。

宗達は、ここイタリアで「絵」の真髄(しんずい)に触れようとしていた。

まもなく到達するローマで、おそらくさらにすぐれた絵の数々に邂逅(かいこう)するであろう。大きな揺さぶりをかけられるであろう。

そのときのためにも、いまはあたう限り心を平穏に保っていたいのだ。

一五八五年（天正十三年）三月二十二日

「おお……見よ！　彼方にフラミニア門が見えてきたぞ！」

騎馬隊の列の先頭部で騎乗していたジョルジ・ロヨラ修道士が、振り返って大声を放った。

幌（ほろ）のかかっていない四頭立ての馬車に乗り込んでいるのは、一行を率いるロドリゲス神父、通詞のメスキータ神父、そして使節の四少年――マンショ、ミゲル、ジュリアン、そしてマルティノである。

馬車の後ろには、ここまで旅の苦楽をともにしてきた修道士や随行員の騎馬隊が続き、いつも通り、袴姿の宗達がしんがりを務めていた。

その日、ローマ教皇にまみえるため、はるばる東の果ての国、日本から旅を続けてきた使節団は、ついにローマに到着した。

フラミニア街道を進んできた一行は、ローマ市街の真北に位置するフラミニア門にたどり着いた。

カトリック教徒がローマ巡礼をするさいには、フラミニア街道を通ってこの門からローマ入りする、というのがしきたりとなっていた。したがって、日本からやって来た一行もこの門から入るようにと、イエズス会から指令がきていた。

沿道は、見たことも聞いたこともない東の果ての国からはるばる旅をしてきた一行をひと目見ようとローマ市民であふれ返っていた。

熱狂的な歓迎の声に包まれて、四人の少年は頰を紅潮させ、緊張のあまり体を硬直させて、ひたすら前を見据えていた。病み上がりのジュリアンはまだ本調子ではなかったが、それでもようやくローマにたどり着いたという高揚感で、青白い顔をしっかりと前に向けていた。

マルティノは喜びのあまり笑みが込み上げてくるのを堪えるのに必死だった。ローマ中の人々が見守る中を行進しているのだ、ふぬけた笑い顔をさらすわけにはいかぬ。生真面目な顔を作っていたが、まるで天に昇るかのような信じられない気持ちであった。

——これは夢かうつつか、ほんとうにいま自分はローマにいるのであろうか……？

宗達はフラミニア街道を進んでいるときには、いつも通り、しきりに頭を巡らせて周囲を眺めていたが、フラミニア門をくぐり、ポポロ広場に入った瞬間に、顔つきが変わった。口もとを引き締めて、きりっとしたまなざしで正面を見据えた。そのまなざしの先には、長い長い旅の目的地、ローマ教皇がおわすヴァチカンの建設中のドームがあった。

大歓声の中、一行は、カンピドリオの丘のふもとにある広場のジェズ聖堂へと歩みを進めた。この教会はイエズス会の本拠であり、教会の入り口では、イエズス会の総会長ほか、神父や修道士たちが一行の到着を待っていた。

総会長以下、イエズス会は会を挙げて一行を出迎えた。全員、さっそくジェズ教会の聖堂で、無事にローマに到着することができたことに感謝の祈りを捧げた。司祭たる総会長の祝福を受け、パイプオルガンが賛美歌を奏でる中、マルティノはずっと夢見心地であった。

――あとひと晩……今宵ひと晩眠って目が覚めたら。明日の朝を迎えたら。

ついに、ついに……教皇猊下との謁見がかなうのだ。

どれほど長いあいだ望み続けたことだろう。どれほど一途(いちず)に祈り続けたことだろう。

この命を賭(と)してもローマへたどり着くのだ。教皇猊下に謁見をたまわるのだ。

ただそれだけをかなえるために、今日のこの日まで生きてきた。

ああ……今宵ひと晩が過ぎれば、ついに……！

マンショも、ミゲルも、ジュリアンも、マルティノとまったく同じ気持ちだったに違いない。

宗達だとて、織田信長に託された屛風絵を教皇に届けるためにここまで来たのだ。信じられない思いでいるはずだった。

マルティノは、朝が早く訪れてほしいと思いつつも、眠ってしまうのが怖いような気すらした。目覚めたらすべてが夢だった……などということにならねばいい――と。

教皇との謁見を明日に控えたその夜、歓迎の晩餐会のあと、使節の四少年はロドリゲスのもとに呼び出された。

少年たちの顔は高揚して輝いていた。病み上がりのジュリアンの顔だけは少々色がなかったが、それでもうれしさを隠しきれない様子だった。

ところが、ロドリゲスは硬い表情でジュリアンをみつめると、彼に向かって言った。

「ジュリアン。そなたは明日の教皇猊下との謁見に臨んではならぬ」

一瞬にして少年たちの顔が強ばった。ジュリアンの顔は、みるみる真っ青になった。返す言葉をなくしてしまった彼の代わりに、マルティノが訊いた。

「なにゆえでしょうか、ロドリゲスさま。ジュリアンだけが謁見をたまわれないなど……さようなことは受け入れられませぬ」

ロドリゲスは切実な表情を浮かべて、マルティノに応えて言った。

「ジュリアンを思いやるそなたの気持ちはよくわかる。マンショも、ミゲルも、同じ思いであろう。むろん、私だとて、ここまで来たからには、そなたたち皆に教皇猊下との謁見の栄を等しく与えたい。されど……」

悲しげな目をジュリアンに向けて、ロドリゲスは続けた。

「ローマ教皇、グレゴリウス十三世猊下はご高齢ゆえ、お体のご容態が万全ではないということだ。ジュリアン、そなたの病はほぼ治ったとは申せ、万が一にも教皇猊下におうつしするようなことがあれば、お命にかかわることになろう。さようなことは断じてあってはならぬ。……わかってくれるな？」

ジュリアンは青白い顔をうつむけていた。が、くちびるを震わせて、「はい……」と消え入るような声で答えた。それが精一杯だった。

涙がはらはらとジュリアンの頰をこぼれ落ちた。

「失礼つかまつります……！」

ひと言ふり絞って、ジュリアンはロドリゲスの部屋から駆け出していった。

マルティノはすぐさま彼の後を追って部屋を出た。

「……ジュリアン！」

ジュリアンは回廊を走っていき、中庭の中央にすっくと佇んでいる月桂樹の木のもとへと駆け寄ると、大木の幹にしがみついて、声を放って泣いた。

マルティノは、うち震える背中に近づいて、その肩にそっと手を置いた。なぐさめの言葉を探したが、どんな言葉もみつからなかった。

ジュリアンの悔しさが痛いほどわかった。ここまで来ておきながら、教皇に会わずして、どうして日本へ帰ることができようか。

しかし、一方で、ロドリゲスの言っていることもよく理解できた。万が一にも教皇に病をうつすようなことがあっては一大事となってしまうだろう。

ジュリアンは、断腸の思いでロドリゲスの通達を受け入れたのだ。

マルティノは辛抱強く、ジュリアンの涙がおさまるのを待った。

さわさわと夜風が月桂樹の葉を揺らして通り過ぎた、そのとき。

「どないしたんや、ジュリアン？」

頭上から声が響いて、枝葉のあいだからひょっこりと宗達が顔をのぞかせた。

マルティノは、「うわっ」と声を上げた。ジュリアンは驚いて目を丸くした。宗達は、枝から飛び下りてふたりの目の前に立つと、にやりと笑った。

「明日は教皇さまにお会いする晴れの日やろ。何が悲しゅうてそないにさめざめと泣いとるんや？」

「いらぬことを言うな！」マルティノが思わず言い返した。すると、ジュリアンが「その通りだ、アゴスティーノ」と続けた。

「本来であれば、明日は私にとっても晴れの日であった。されど……もはやかなわぬ夢となった」

ジュリアンは、事情を知らぬ宗達に話して聞かせた。――病が完治していない身の上で教皇猊下に謁見たまわるわけにはいかぬ、万が一にも病をうつすようなことがあっては絶対にならぬ。残念至極ではあるが、お目にかからずにここジェズ教会にて使節団一行のお帰りをお待ちしようと思う――と。

宗達は黙ってジュリアンの話に耳を傾けていたが、

「ここまで来ておきながら、教皇さまにお会いせずにおこうと決めたのは……おぬし自身か？」

そう訊いた。

ジュリアンは、一瞬、身を硬くしたが、

「さよう。私が自ら決めたことだ」

きっぱりと言った。その目にはもう涙は浮かんではいなかった。

（よくぞ申した、ジュリアン……！）

マルティノは、ぐっと口を真一文字（まいちもんじ）に結んで、心の裡（うち）にジュリアンを讃（たた）えた。

宗達もまた、じっとジュリアンをみつめていた。ややあって、彼ははっきりとした声で言った。

「ようわかった。おぬしのぶんまで、わいはヴァチカンのすべてを見てこよう。そして、あたう限り絵に描いて、おぬしに見せよう」

宗達の力強い言葉に、ジュリアンは、ようやく微笑をこぼした。

「頼んだぞ、アゴスティーノ。私のぶんまで、しっかりと見てきてくれ……！」

一五八五年（天正十三年）三月二十三日

東の空に暁（あかつき）が訪れ、陽光が白々とローマ市街を照らし出す。

使節団一行は、ローマ教皇、グレゴリウス十三世にまみえる日を迎えた。

イエズス会の本拠となっているジェズ教会では、日の出まえにミサが始まった。香が焚（た）かれ、ろうそくの灯が揺らめく聖堂で、イエズス会総会長、クラウディオ・アクァヴィーヴァが司祭となってミサは執（と）り行われた。

馥郁（ふくいく）たる香りの中で、祭壇に向かって両手を合わせ、頭を垂れるマルティノの胸にさまざまな思いが去来した。

幼い頃、兄とともに家の近くで布教をしていたパードレのもとに通い、胸をときめかせながらイエス＝キリストの奇跡に聴き入ったこと。

セミナリオの生徒に選ばれ、うれしくてたまらなかった。学び舎（まなびや）での楽しく心躍る日々。

ローマ教皇に謁見するための壮大な旅について教えられ、使節団一行に自分が加わると知ったときの驚き。

出立の朝、長崎の浜辺で、涙を流しながらいつまでも手を振っていた母の姿。

長く苦しい航海。激しい嵐と雨。日照りと渇き。もうだめかもしれない、と何度も思った。しかし、そのたびに神の救いの手が差し伸べられ、生き延びた。訪れた国々の風景、風物。降るような星空。生暖かい潮風。咲き乱れる花々、珍しい食べ物。

初めて足を踏み入れたヨーロッパ。各地で受けたすばらしいもてなし。見るもの聞くもの、すべてが夢のような、驚きと感動の日々。

いまでは分かちがたい「兄弟」となった使節の三人、そして俵屋宗達との交流。ともに笑い、泣き、ときに怒り、畏れ、祈り続けた。どこまでも一緒に行こうと心に決めて。

必ず、たどり着こう。はるかな国へ。ローマへ。教皇のおわすヴァチカンへ。

その旅の到達点に、いま、自分たちはいる。そして、まもなくヴァチカンへ向かい、教皇猊下にまみえるのだ。

マルティノの胸にしびれるほどの感動がひたひたと迫った。同時に、ここまで導きたもうた神への感謝の気持ちがいっぱいにあふれていた。

この日の早朝のミサには、宗達も参加していた。聖堂の片隅、もっとも目立たぬ場所にひっそりと座り、荘厳な儀式の邪魔にならぬようにと、小さく縮こまるようにして手を合わせるのが宗達なりの作法になっていた。

ミサのあいだじゅう、宗達は頭を深く垂れ、一度も顔を上げなかった。一心不乱に何かを祈っているようだった。マルティノ同様、万感の思いが胸に迫っていたことだろう。

もうあと少しで教皇にまみえることができる……というところで、結局かなわぬ夢となってしまったジュリアンも、目を閉じて静かに祈りを捧げていた。いまはもう涙はなく、清々しい横顔を祭壇に向けていた。

ミサが終了し、イエズス会総会長のアクァヴィーヴァが使節たちの前に立った。彼は、凛々(りり)しく成長した少年たちの顔を眺め渡すと、厳かな声で言った。

「ローマ教皇、グレゴリウス十三世猊下は、そなたたちの来訪を心待ちにしておられる。聖書にある通り、『東方より三人の王』が来訪することは、教会にとってもこの上なき福音(ふくいん)であると……」

そこまで聞いて、マルティノは、(はて……?)と心に引っかかるものを感じた。

――いま、総会長さまは確かに「三人の王」と仰せになった。私たち使節は四人なのに……?

その瞬間、マルティノは、あっと声を上げそうになった。

――まさか。

聖書に登場するあまりにも有名なあの話。イエス＝キリストが誕生したとき、

「東方の三人の王」が礼拝のために参上した……というあの逸話を、ヴァチカンは自分たち使節の来訪に重ね合わせようとしている……？

とすれば、すべて合点がいく。ローマに入ったときのあの熱狂。まるでどこかの国の王たちを迎え入れるかのような贅を尽くしたもてなしと丁重な態度。そのための準備に時間がかかったからこそ、ローマにゆっくり来るようにと通達があったのではないか。

そして、ジュリアンにヴァチカンに来るなとの通達。――東方から来訪した王は、聖書の通り、三人でなければならないからだ。

自分たちは、はからずも「東方の三王」となって、ヴァチカンを訪問するのだ――。

そう気づいてしまったマルティノは、一瞬、頭の中が真っ白になった。そのまま、総会長の説法がまったく聞こえなくなってしまった。

「……どうした、マルティノ？」

マンショが声をかけた。いつしか説法は終わっていたが、それすらも気がつかないほどマルティノは動揺していた。

「顔色が失せておるぞ。具合が悪いのか？」

マルティノは顔を上げると、あわてて答えた。

「いいえ、大丈夫です」

「教皇猊下にお目通りするからと、心の臓が縮んでしまいおるのだろう」

ミゲルがからかうように言った。

「そう言うそなたも顔が引きつっておるぞ」

マンショがミゲルに向かって言うと、

「何、私は大丈夫だ。そなたこそ、いてもたってもいられぬのではないか」

ミゲルが負けじと言い返した。

「もうよいではありませぬか、兄上さまがた」

さりげなく割って入ったのはジュリアンだった。彼は三人に向かってなごやかに言った。

「皆さまがたにおかれましては、ご立派にご訪問を果たされることと信じております」

そして、小さく胸の前で十字を切ると、

「神のご加護を……お祈り申し上げます」

静かに頭を下げた。

マルティノは、ここまで来て教皇には会えぬという運命を受け入れたジュリアンの態度に胸が熱くなった。

（ジュリアン……たとえ、ともにヴァチカンへ赴くことができぬとも、吾らの心はそなたとともにあるぞ）

マルティノは心の裡でそう語りかけた。

「ジュリアン。……これを、おぬしに」

四人のすぐ後ろで声がした。そこには、いつのまにか宗達が佇んでいた。

宗達は、手にしていたいつもの帳面をジュリアンに向かって差し出した。

「私に……？」

不思議そうな顔で、ジュリアンはそれを受け取った。開いてみると、そこには、楽しげに笑っている四少年の姿が生き生きと描かれてあった。

「おお。これはすごい。……この四人の若者は私たちだな？」

帳面を横からのぞき込んだマンショが声を弾ませた。そして、帳面を指差しながら、

「真ん中におるのがジュリアンだろう？　これはマルティノだ、耳がとがっておるから。こちらの下ぶくれの顔はミゲルだな」

楽しげに言った。

「下ぶくれは余計だ」

ミゲルがわざとふくれてみせたので、皆、声を合わせて笑った。

ジュリアンは目を輝かせて、

「私の隣で笑っておられるのがマンショさまですね。凜々しい眉でそうとわかります」

うれしそうに言った。

すると、宗達が、

「凜々しい眉？　ゲジゲジ眉毛や」

そう言って、眉毛をひくひくと上下させた。

「なんだと。やまあらしのごときぼうぼう頭のおぬしに言われとうはないわ」

マンショが言い返した。

「お待ちくださりませ、兄上さまがた！」

再びジュリアンが割って入った。

「まったくもう……童（わらべ）ではないのですから。どうぞなごやかに。教皇猊下の御前でけんかはなりませぬよ」

「まことに。それだけは御免こうむりたいぞ」

ミゲルがおどけて言ったので、一同、また笑った。

マンショは、ジュリアンに向かって言った。

「案ずるな。そなたの分まで、しかと教皇猊下の謁見をたまわってくるゆえ」

ジュリアンは、応えて言った。

「はい。皆さまがご無事にお帰りになるまで、私も聖堂で祈りを捧げておりまする」

そして、帳面をしっかりと胸に抱いた。

マンショも、ミゲルも、そして宗達も、笑顔でうなずいた。

──腕を上げたな、宗達。

マルティノは、帳面の紙の上に描かれた一葉の絵が皆の気持ちをすっかりほぐしたことに感嘆した。そして頼もしく思った。

幾多の苦難を乗り越えローマに到達した宗達は、人の心を癒やすことのできる絵師となっていたのだ。

晴れ渡ったローマの空にジェズ教会の鐘の音が響き渡った。

教会前の広場には、ヴァチカンからの迎えの馬車とヴァチカンの騎馬隊が待機していた。

教会の聖堂の出入り口から幌なし馬車の乗り口まで真っ赤な絨毯が敷き詰められている。通路脇には枢機卿やローマの名士たちが居並び、使節団一行の登場をいまかいまかと待ちわびていた。

馬車と騎馬隊をぐるりと囲んで大勢のローマ市民が集まっていた。東の果てからやって来た少年たちをひと目見ようと、押すな押すなの盛況ぶりである。ぶどう酒やくだものを売り歩く行商人は大忙しで、さながら祭りの様相である。

「――来たぞ！『オリエントの三王』だ！」

誰かが大声で叫んだ。

聖堂の出入り口に、ヌーノ・ロドリゲスが現れ、続いてマンショ、ミゲル、マルティノが登場した。おおーっと歓声が上がり、割れんばかりの拍手が沸き起こった。

ロドリゲスは立ち止まって振り返ると、使節の三少年に目配せして合図をした。三人は、ぎこちなく片手を上げて、ローマ市民の喝采に応えた。再び歓声が上がり、拍手の嵐が一段と大きくなった。

（いやはや、どうにも面映ゆうてならぬ……）

マルティノは、心の中でつぶやいた。

出発まえに、マンショ、ミゲル、マルティノの三人は、ロドリゲスにいくつかのことを申し渡されていた。

ひとつ、毅然とした態度を保ち続けること。

ひとつ、無駄話はしないこと。

ひとつ、ローマ市民の喝采に対しては、片手を上げて応えること。

そして、最後にひと言、付け加えられた。

――自分たちを「オリエントからやって来た三人の王」であると思い込むのだ。よいな?

そう言われて、マンショとミゲルはすなおにうなずいていた。出発直前で緊張しているからか、自分たちが「オリエントの三王」になぞらえられていることに、さほど驚きはないようだった。

――やはり……そうだったか。

マルティノはようやく得心した。が、三人で謁見に臨むと決められたからには、もはや動じてはならぬ。

三人は、ロドリゲスとともに、拍手喝采の中、赤い絨毯の上を歩いてゆき、馬車に乗り込んだ。

装束は、この日のためにと持参して初めて身につけた新しい裃(かみしも)であった。マンショの裃は大友宗麟(おおともそうりん)より託されたもので、大友家の家紋が付いている。ミゲルの裃は大村純忠(おおむらすみただ)に託されたものであった。マルティノは副使ではあるものの、やはり大村家の家紋の付いた裃を着けていた。

ディオゴ・デ・メスキータ、ジョルジ・ロヨラ、そのほかの随行の神父と修道士たちがぞろぞろと聖堂から出てきて、それぞれに馬車に乗った。

ローマ市民たちがいっせいに「オリエントの三王」の馬車のほうへ殺到する中、聖堂の正面ではなく、脇の扉を開けて、最後に出てきたのは俵屋宗達であった。

当然ながら、誰も宗達には目もくれない。やはり新しい裃を着けていたが、そこに付いているのは「俵屋」の家紋である。母がひと針ひと針、心を込めて縫い上げてくれた晴れ着であった。

石畳の上をすたすたと歩いて、彼の定位置、行列の最後尾で待っている栗毛の馬にひらりと騎乗した。慣れたものである。

彼の前には荷馬車があり、そこには革張りの立派な箱が積まれていた。ここに〈洛中洛外図屛風〉が収められているのだ。

ヨーロッパ上陸まで、屛風は布に包まれて木箱に入れられていた。木箱は寄港先でそのつど開けられ、中にすきまなく詰められていた真綿を新しくし、ときおり虫干しされた。そのいっさいの作業を宗達が手がけてきた。畏れ多くも織田信長からローマ教皇への献上物である。教皇の御目（おんめ）に触れるまでは、何人（なんぴと）たりとも目にすることはできぬ。屛風を託された宗達だけが開梱（かいこん）することを許されていた。

一行をヨーロッパの地まで運んだポルトガル船は、絹織物や工芸品など、繊細な素材の品々、珍しい宝物（ほうもつ）を数多く運んできた。長い航海のあいだには激しい風雨に遭(あ)って船が浸水することもあるが、沈没しない限り水を被らないように設計されている船底の棚があった。屛風の箱は、紋付の裃が入った箱とともに、その特別な棚に安置されて守られてきた。そして、スペインに滞在中に、新しく作られた革張りの箱に入れ替えられたのだった。

沿道を埋め尽くすローマ市民の大歓声の中、使節団一行の行列は、ローマ教皇、グレゴリウス十三世がおわすヴァチカン宮殿前の大広場へとやって来た。

広場の中央にはサン・ピエトロ大聖堂の堂々とした姿が見えている。まるで山のようにすら感じるほどの大きさであるが、まさにいま建設途中の巨大なドームがいっそう建物を大きく異様に見せていた。

ドームの周辺に幾重にも足場が組まれているのを目にして、マルティノはめまいを覚えた。

職人たちはあれほどまでに高いところへ上って仕事をするのか。いや、そもそもあれほどまでに大きな聖堂を造ってしまうとは……。

ヴァチカンの、そして教皇の持つ計り知れない力が巨大な建造物に如実(にょじつ)に表れていた。

やがて一行の行列はヴァチカン宮殿の入り口に到着した。入り口には衛兵たちが槍を手に直立不動で佇んでいる。

まず、ロドリゲスが馬車を降りた。続いて、マンショ、ミゲルが下車した。最後にマルティノが降りた。

足もとにはやはり赤い絨毯が敷かれ、入り口の向こうに連なる階段へと続いている。

教皇は宮殿を出入りするさいに、日々、この階段を上り下りしていらっしゃるのだ。そう思うと、マルティノの胸は高鳴った。

出迎え役の枢機卿たちが何人か、一行の到着を待ち構えていた。その中のひとりが歩み出て、少年たちにラテン語であいさつをした。

「いばらの道をたどりて来りし者たちに、神の栄光を。アーメン」

アーメン、と三人は唱和した。随行の人々が次々に到着して、入り口が混雑し、ざわざわし始めた。

できるものなら、最後に到着する宗達を待って、一緒にこの階段を上っていきたい。が、その気持ちをぐっと堪え、マルティノは、まるで天国の門へ繋がっているかのように長い階段を上っていった。

階段を上りきった三人の使節は、案内役の神父、パオロに従って、宮殿内の廊下をしずしずと歩いていった。

廊下の壁や天井は美しい装飾画で満たされていた。しかしながら、もはやマルティノは驚かなかった。

リスボンやマドリード、ピサやフィレンツェの宮殿を訪い、絢爛たる装飾や心震える肖像画、数々の見事な絵に触れてきたのだ。ちょっとやそっとのことでは動じぬようになっていた。

しかも、フィレンツェでは、あの忘れがたい「天才」絵師の絵を目の当たりにした。レオナルド・ダ・ヴィンチというその名は、マルティノの胸に深く刻まれた。レオナルドの絵を見てしまったあとでは、どんな絵を見ても平凡に見えてしまうほどであった。

一行の列を率いていたパオロが大きな扉の前で止まった。彼は振り向くと、使節たちに向かってラテン語で話しかけた。

「この扉の向こう側は礼拝堂となっています。まずはそちらで、『東方より来りし三王』の到着を祝福するミサを行います。そののちに、教皇猊下、グレゴリウス十三世の謁見をたまわります。よろしいですね」

「はい」と三人は声を合わせた。マルティノは、ここまで来たからには堂々と構えて動じぬつもりであったが、痛いほど胸が高鳴っていた。

豪華な宮殿にも立派な絵にも動じはせぬが、この扉の向こうで自分たちを待ち受けている奇跡を思うと、汗が噴き出し、体じゅうが震えてくるのだった。

案内役の神父が、扉の取っ手に手をかけて、一気に開ける——かと思いきや、もう一度振り向いた。そして、小声で言った。

「先に申しておきますが、礼拝堂の中に入られたら、驚いて声を上げたり、きょろきょろしたりせずに、立ち止まらず進んでください」

三人は、また「はい」と答えた。どういうことだろうか、とマルティノはいぶかった。何か驚くような仕掛けがあるのだろうか？

「よろしい。それでは、参りましょう」

ぎいい……ときしんだ音を立てて、扉が開いた。

扉が開け放たれた瞬間、光り輝く風に正面から吹きつけられたような気がして、マルティノは思わず目を細めた。

美しいオルガンの調べ、厳かな聖歌隊の歌声が響き渡っている。

——キリエ　エレイソン（主よ、あわれみたまえ）

——クリステ　エレイソン（キリストよ、あわれみたまえ）

細めた目を見開いて、マルティノは、自分の前に広がっている教皇の私的な祈りの場——システィーナ礼拝堂の光景を見た。そして、息を止めた。

祭壇、四方の壁、そして天井。そのすべてがまばゆいばかりの絵で埋め尽くされていた。

ふわりと体が宙に浮き上がる感覚が四肢を巡る。まるで天国そのものに足を踏み入れたかのような感覚だ。

堂の側壁には明かり採りの窓が並んでおり、そこから陽光が射し込んでいる。が、まぶしいのは窓からの光ではなく、堂内を埋め尽くす絵だ。絵そのものが発光しているかのように、その輝きがマルティノを包み込んだ。

祭壇の背後を覆い尽くす壁には〈最後の審判〉の図が描かれている。中心部には天使たちに囲まれたたくましい男がいて、腰に布を巻き付け、上半身は肌をあらわにし、善悪をさばいている。――つまり、この美男神のごとき姿はイエス＝キリストなのだろうか。そのかたわらに寄り添う見目麗しい女人は、それでは聖母マリアということになろうか。

善き行いをした者は天国へ、悪行に手を染めた者はひとり残らず地獄へ。みつめていると、自然と懺悔せずにはいられない気持ちになる。

南北の側壁は、預言者モーセの生涯にまつわる場面とキリストの生涯にまつわる場面が連なり、呼応し合っている。南の壁面はモーセの物語。「エジプト脱出」「モーセの試練」「紅海横断」「シナイ山から下山したモーセ」「反逆者たちの懲罰」「モーセの死と遺言」。北の壁面はキリストの伝説。「キリストの洗礼」「キリストの誘惑」「使徒の改宗」「聖ペテロへの天国の鍵の授与」、そして「最後の晩餐」。

どれもフレスコ画だが、少しずつ描き方が違う。ひとりではなく、複数の絵師がかかわったのだとわかる。

そして――。

まさに驚くべきは天井画であった。

礼拝堂の正面、側面、すべての壁に施された壁画。キリスト、聖母マリア、聖人たち、多くの群像の圧倒的な描写と、迫りくる力。

が、そのすべての壁画を凌駕（りょうが）しているのは、天井いちめんに描かれた物語であった。

マルティノは、目に見えない手にすくい上げられるようにして真上を向いた。

――わ……あ……！

降り注ぐ光に全身をさらして、マルティノは「天国」を仰ぎ見た。

そこに広がっているのは、神の創りたもうた楽園と、神の為された奇跡の数々。

神は世界を光と闇にわかちたもうた。

さらに神は太陽と緑を創りたもうた。

また神は水と大地をわかちたもうた。

天と、地と。光と、緑と、水と。

神の御手で創り出されし、いとも麗しきこの世界よ。

そして神は、最初の人間たるアダムを創造したもうた。

また神は、アダムの一部でイヴを創りたもうた。

しかし、アダムとイヴは、禍々しき蛇にそそのかされ、知の果実をかじってしまった。

神の楽園を追放されるふたり——愚かしき人間よ。

失楽園の情景と隣り合って、ノアの物語も描かれている。

堕落した人々に神の天罰が下る。これらの人々を大洪水で滅ぼすと神は決めた。

しかし、神は、正しき人、ノアに方舟を作るように命じたもうた。

ノアは、家族とすべての動物のつがいをそこに乗せ、四十夜続いた大洪水のあいだ、沈まずに堪え抜いた。

神はノアを祝福し、もう二度とすべてを滅ぼすような大洪水は起こさぬとのたもうた。

そらんじるほど読み続けた聖書の物語が頭上に広がっている。この天井画こそ、奇跡にほかならぬ。

ふと気がつくと、マルティノの隣に宗達が立っていた。そして、同じように天井を仰ぎ見ていた。幾筋もの涙が頬を伝い、光っていた。

宗達は、泣いていた。

システィーナ礼拝堂の天井に描かれた〈天地創造〉に惹きつけられ、いっさいの言葉を奪い去られて、ただただ、涙を流していた。

マルティノの目には、宗達がまるで不思議な光に抱かれているかのように映った。

大地が尽き果てるはるかな東、その先にある島国、日本。きっと、この国の人々は、誰も知らぬであろう国。

その国を出て、幾多の嵐を、日照りを乗り越え、大洋を削る荒波にも屈せず、いくつもの孤独な夜を越えて、ここまでたどり着いた、ひとりの絵師。

――ああ、そうだ。

きっと、宗達は、このために……この絵を目にするためにこそ、ここまでやって来たのだ。

誰も知らぬ国の少年絵師、俵屋宗達。

たとえその名を天下人、織田信長より下賜されたとて、まだ世界の誰にも絵師として認められてはいない。

それでも、彼はやって来た。いかなる危険も顧みず、命をかけて。

あたたかな父にも、やさしい母にも、なつかしいふるさとにも別れを告げて。

もはや二度と帰れぬかもしれぬと、わかっていながら。

彼は、とうとう、ここまで来たのだ。

——なにゆえ、なにゆえ？

なにゆえ、彼はそうまでして来たのだ？

来なければならなかったのだ？

何が彼をそうさせたのだ？

その答えが——ここにあった。

すべては、おもしろき絵を見るために。この国のすばらしき絵師にまみえるために。

そしていつか、もっとおもしろき絵を描くために。

彼は、ここまで来なければならなかったのだ。

マルティノは、いつしか自分の頰も濡れていることに気がついた。

マンショも、ミゲルも、堪えきれずに涙を流していた。

少年たちの涙につられるようにして、長い旅路のあいだ、苦楽をともにしてきたロドリゲスも、メスキータも、ロヨラも、皆、目に涙を浮かべていた。

礼拝堂内に入ったら、決して立ち止まらず、まっすぐ進んでください——と、入り口の扉の前でわざわざ言い添えていた案内役の神父、パオロは、使節の少年たちばかりか随行の神父たちまでが立ち止まり、涙にくれているのを、こうなることをわかっていたかのように、ただ静かに見守っていた。

やがてオルガンの音が鳴りやみ、聖歌隊の歌声もやんだ。涙をぬぐって、マンショが顔を上げた。

「申し訳ございませぬ、パオロ神父さま。……立ち止まるなと言われておりましたのに……」

そこまで言うと、真っ赤な目を天井に向けて、

「あまりにも……神のお姿がまばゆく……神の創りたもうたこの天地が愛(いと)おしく……創造主たる神への感謝の気持ちがあふれてしまい……」

新たな涙がその目に浮かんだ。

「よいのですよ、ドン・マンショ」

パオロはやさしく微笑んだ。

「この礼拝堂に初めて足を踏み入れた者は、それが誰であれ、立ち止まらずにはいられなくなるのです。それがわかっていたからこそ、私は、そなたたちにあえて『立ち止まるな』と申しました。されど、もしもそなたたちが立ち止まらずに進んでいったとしたら……そなたたちには神を敬う心がないのかと、いぶかったかもしれません」

そして、マンショとミゲルの肩にそっと手を添えると、言った。

「そなたたちは、正しく清らかな心を保ったままで教皇猊下に謁見たまわるのだとよくわかりました。猊下もさぞやお喜びになることでしょう」

パオロの言葉に、使節の少年たちはまた涙した。宗達は、ずっと天井を仰いだまま、流れ落ちる涙をぬぐおうともしなかった。

神の行い「天地創造」は、使節の少年たちの胸に深く沁み渡った。が、その名は知らねども、おそらくはこの国の絵師が描き上げた「天地創造の天井画」は、その場にいる誰よりも、少年絵師、俵屋宗達の心の隅々まで響き渡っていた。

マルティノは、手のひらで涙をぬぐうと、

「教えてくださりませ、パオロ神父さま」

と、問いかけた。使節の手前、常に一歩下がって沈黙している宗達に代わって。

「妙なる神の御行いと人間の愚かしさとを、これほどまでに見事に描き出したる絵師の名を」

見上げただけで、その者の言葉を奪い、涙を流さしめ、また天高く連れ去るほどの力がある天井画。

まるで神の御業のごとく筆をふるった絵師の名を尋ねながら、マルティノの胸には、あの「天才絵師」の名が浮かんでいた。

そう――フィレンツェのヴェッキオ宮殿、メディチ家の礼拝堂で目にした未完成の聖母子像。

あの絵を描いた絵師の名。――レオナルド・ダ・ヴィンチ。

あの絵を見たときも、やはり宗達は涙した。これほどまでに心を揺さぶる絵はいままで一度たりとも目にしたことはなかったと。

システィーナ礼拝堂の天井画はあの聖母子像とは規模がまったく違う。が、心をわし摑みにする迫力とまばゆさ、圧倒的な絵であることは両方に共通している。

この天井画もまた、あの天才絵師によって描かれたのかもしれぬ。

案内役のパオロ神父は、マルティノの問いに答えて、ラテン語で言った。

「絵師の名は――ミケランジェロ・ブオナローティといいます」

マルティノの隣で天井を仰ぎ見たままだった宗達が、パオロのほうを向いた。彼は、濡れた頰を両手でぬぐうと、マルティノに日本語でささやきかけた。

「いま、神父さまはなんと申されたんや？」

ヴァチカン内では誰もが当然のようにラテン語を話していた。宗達は、相変わらずラテン語はからきしわからなかった。

「天井画を描いた絵師の名をお教えくださったのだ。ミケランジェロ、というらしい」

マルティノが答えた。初めて聞く名であった。

「ミケランジェロ……」

宗達は小声で繰り返した。そして、すぐにまたささやきかけた。

「神父さまに伝えてくれるか。どないかして、その絵師にただちに会いたいと」

「なっ……何を申すのだ、おぬしは」

マルティノはあわてて返した。

「これから教皇猊下の謁見をたまわるのだぞ。さような無茶なことを……」

「何もたったいまとは言うとらへん。むろん、教皇猊下にお目通りがかなって、そのあとや」

宗達は、マルティノの裃の肩をつかんで早口でささやいた。

「これほどまでの絵師であれば、さぞや立派な工房を構えておるのやろう。ミケランジェロという名はローマじゅうに轟いておるに相違ない。なんとしても訪って、直にまみえたい。頼む、マルティノ。神父さまにそう伝えてくれ」

それから、目をきらりとさせて言った。

「それがためにこそ、わいは、ここまでやって来たんや」

——こやつ、本気だ。

宗達の言葉に、マルティノは否と言うことができなかった。

自分たちはローマ教皇にまみえるためにこそ、苦難を乗り越えてここまでたどり着いた。が、宗達の命がけの旅は、何をもって成し遂げられたと言うことができるだろうか。

教皇から礼拝堂の装飾を依頼されるほど信用され、きわめてすぐれた絵を手がけている絵師に会うためにこそ、宗達は命を捧げたのだ。

それを思えば、ミケランジェロに会わなければ宗達の旅の目的は達成されたとは言えぬ。あのレオナルド・ヴィンチは七十年近くまえに天に召されたと聞いた。とすれば、このミケランジェロこそが、宗達が会うべき絵師ではないか。

「お伺いいたします、パオロ神父さま」

マルティノはパオロのほうを向くと、思い切って尋ねた。

「おそらくは、ミケランジェロ公は天下一の絵師。教皇猊下のご寵愛もめでたく、この国じゅうにその名を轟(とどろ)かす絵師なのでござりましょう。願わくば、ミケランジェロ公のもとへ、ここにおりまするアゴスティーノとともに訪うことはかないませぬでしょうか」

パオロはちらりと宗達に視線を向けた。宗達は期待のこもった目でパオロをみつめ返している。

「その者は従者ではないのですか」

「従者ではありませぬ。絵師です」

マルティノはすぐにそう答えた。

「日本の大殿たる織田信長さまより、教皇猊下に献上する絵を描きたる〝天才絵師〟にございます」

「絵師？　その少年が？」

パオロ神父は驚きを隠せないようだった。

この国の同じ年頃の若者に比べると背も低く幼い顔立ちの宗達を、従者の童子か何かだと思っていたのだろう。絵師、しかも「天才」と言われても、にわかには信じられぬようであった。

「はい。この者、アゴスティーノは、比類なき絵師でござります。水辺の鳥も、風にそよぐ花も、それはそれは生き生きと描きます。どれほどすぐれた絵師であるか、こののち、教皇猊下の御前にて披露奉る献上画をご覧になれば、ひと目でおわかりになるはずです」

実はその「献上画」を一度も見たことはないものの、すばらしいに違いないと信じて、マルティノは訴えた。

「アゴスティーノは命をかけて、献上画をここまで守り抜き、運んで参りました。東の天才絵師の労に報いようと、もしも思し召されれば、西の天才絵師、ミケランジェロ公に、どうかお引き合わせくださりませ」

思いもよらぬ言葉がすらすらと口から出た。本心からそう願っているからこそであった。

パオロは、じっとマルティノの言葉に耳を傾けていたが、

「残念ながら、そなたたちの願いはかないません」

きっぱりと言った。

「なにゆえでしょうか」

口を挟んだのはマンショであった。彼もまた、宗達がどれほどミケランジェロに会いたがっているか、いまやよくわかっていた。

「なにゆえ私たちの願いはかなわぬとおっしゃるのでしょうか。謁見使節の正使は私です。私から教皇猊下に正しく申し入れよと仰せになるならば、是非にもそういたします」

「お願いいたします、パオロさま」

ミゲルも口を揃えた。

「私たちは、宗達……いえ、アゴスティーノが、ミケランジェロ公と言葉を交わす、その場に立ち会いたく存じます」

マルティノは胸が熱くしびれるのを感じた。

この旅が始まった頃には、キリシタンではない宗達が一行に加わることに反発し

ていたふたりが、いまはなんとかしてやりたいと必死に訴えているのだ。

食い下がる三人の背後にいて、宗達は期待を込めたまなざしをパオロに向け続けた。

「これ、そなたたち。さようにパオロ神父を困らせてはならぬ」

見かねたロドリゲスが三人を制した。

「まもなく教皇猊下がお出ましになるというのに……心静かに祈りを捧げて、謁見のときを待つがよい」

「むろん、承知しております、ロドリゲスさま」

マンショが応えて言った。

「されど、この礼拝堂に足を踏み入れた者は、心静かに落ち着くことなどできませぬ。何人(なんぴと)たりとも心が躍り、天にも昇る気持ちになりましょう。ミケランジェロ公は、ここを訪れし者の思いを察して、天井画を描いたに相違ございませぬ」

マルティノも、マンショに続いて言った。

「はるかな東の国より、はるばるやって来た絵師に会えば、必ずやミケランジェロ公も喜ばれることでしょう。お願いいたします、ロドリゲスさま、パオロさま。どうか、アゴスティーノの……私たちの願いをお聞き入れくださりませ」

少年たちの熱意に押されて、ロドリゲスはパオロのほうを向くと、提案した。

「これほどまでに熱心に申しておりますゆえ……いかがでしょうか、パオロ神父。教皇猊下謁見ののち、使節たちとアゴスティーノを、ミケランジェロ公のもとへお連れくださいませんでしょうか」

パオロはなおもさびしそうな表情を浮かべたままだったが、やがて静かな声で言った。

「私だとて、できることならば、そなたたちの願いを聞き入れたいのです。されど、できません。なぜなら……ミケランジェロは、もはやこの世にはおらぬからです」

少年たちは、一瞬、突風を受けたように体を強ばらせた。マルティノは目を瞬（しばた）かせた。

——なんと……すでに、神に召されたと……？

使節たちが戸惑う様子を感じ取って、宗達は怪訝そうな顔になった。

ピサで見た肖像画を描いたブロンズィーノも、フィレンツェで見た聖母子像の作者レオナルド・ダ・ヴィンチも他界していた。

そして、このミケランジェロも——。

宗達は誰ひとり絵師に会えぬのか。せっかくローマまで来たというのに……！

「どないしたんや、マルティノ？　パオロ神父さまはなんと言わはったんや？」

呆然（ぼうぜん）となっているマルティノに、宗達はひそひそ声で尋ねた。

マルティノはすぐには答えられなかったが、力なく返した。

「――ミケランジェロ公は……すでに神に召された……と仰せだ……」

宗達は、一瞬、顔を強ばらせた。そして、がっくりと肩を落とし、うなだれた。

「……そうか……」

親しい友の死を知らされたかのように、うちひしがれてつぶやいた。

宗達が落胆する様子をみつめていたパオロは、

「ドン・マルティノ。アゴスティーノ絵師に、私の言葉を伝えてくださいますか」

と言った。マルティノは、「はい」とうなずいた。

パオロもうなずいて、語り始めた。

「ミケランジェロ・ブオナローティは、いまから二十年も前に死去しました。八十八歳の死の直前まで仕事を続け、歴代教皇、メディチ家や各国の諸侯からの依頼を精力的にこなしました」

その天才ぶりから「万能の人」「神に愛された人」と称されていた。

フィレンツェ共和国のカプレーゼに生まれ、ローマに没したミケランジェロは、彼が手がけてきたのは絵画ばかりではなく、建築、彫刻、詩歌などにも比類なき才能を発揮した。ゆえに、彼の職能を「絵師」とひと言で表すことはできない。

彼が手がけるものにおける、神がこの世に遺わせしめたかと思われるほどの卓越した技巧と感性は、彼より少し早い時代に活躍したレオナルド・ダ・ヴィンチに匹敵すると目されている。

しかしながら、レオナルドが多くの絵画を未完のまま遺してこの世を去ったのに比べると、ミケランジェロは数多くの建築、彫刻、絵画などをしっかりと遺していった。

早くから才能を発揮し、次々に完成度の高い作品を仕上げた彼のもとには注文が殺到した。特に歴代教皇の寵愛を受け、それによく応えたので、ヴァチカンにはいくつもの作例が遺されている。

「ドーム部分はまだ工事中ですが、サン・ピエトロ大聖堂の設計も、もとは彼が手がけたものなのです」とパオロは語った。

ミケランジェロに天井画と、それに続く祭壇画を依頼したのは、教皇ユリウス二世である。

いまをときめく絵師たちの筆による最高の壁画で埋め尽くされたシスティーナ礼拝堂そのものは、約百年まえに教皇シクストゥス四世によって建造されたものである。天井画を依頼された当時、ミケランジェロは三十三歳。ちょうどユリウス二世の霊廟の設計と彫刻を手がけており、多忙を極めている時期だった。

ユリウス二世は、自らの死後に安置されることになる霊廟ばかりか、私的な礼拝堂のもっとも重要な装飾画も任せたい、ミケランジェロ以外には考えられぬと言い張ったという。「神に愛された人」ミケランジェロへの教皇の執着は際立っていた。ミケランジェロは、カトリックの世界における最高権力者からの極めて困難な依頼を、悩んだ末に引き受けたのだった。

天井に接近して画を描くために、ミケランジェロは自ら足場の設計をし、天井ぎりぎりに接近できるようにして、首を曲げて上を向き、立ったままで描いたという。

作画に用いられたのはフレスコ画という技法で、生乾きの漆喰（しっくい）の上に顔料を含ませた筆で描いていく。漆喰が乾くと顔料が定着するので、保存が利（き）くのだが、描いたさきからどんどん線も色も定着してしまうので、すばやく描かなければならない。そして描き直しができない。構図を決め込み、正確な筆運びと高い技術が必要とされる技法である。

ユリウス二世は、当初、天井画には十二使徒を描いてほしいと自らの構想をミケランジェロに伝えた。が、ミケランジェロはそれに従うことなく、もっと複雑な、もっと大胆な構想を打ち出した。聖書の「創世記」に取材した、神がこの世界を創り、人間を創ったその瞬間を描こうというのである。

そのような難しい場面を、はたしてひとりの人が――「万能の人」とはいえ――描くことができるのだろうか。ヴァチカンはさすがにいぶかった。

失敗は決して許されぬ。もしも失敗すれば、即座にローマを追われて、二度と再び表舞台には還（かえ）ってこられぬだろう。

しかし、ミケランジェロは、超人的なすばやさと驚くべき技術で、四年の歳月をかけ、たったひとりでこの天井画を完成させたのだった。

パオロ神父のラテン語の説明を、宗達のために通訳しながら、マルティノは全身が粟立（あわだ）つのを感じた。

ミケランジェロがシスティーナ礼拝堂の天井画を引き受け制作した背景と過程は、さまざまな違いはあれど、狩野永徳と宗達が〈洛中洛外図屏風〉を手がけた話を思い出させた。

ミケランジェロが最高の権力者の寵愛を受け、悩みながらも難しい仕事を引き受けたことは、宗達が天下人、織田信長に気に入られ、特別な一作にかかわるように命じられたことに近いものがある。

教皇が想像していたでき上がりをはるかに凌駕（りょうが）する画を完成させたことは、〈洛中洛外図屏風〉を目にした信長を驚かせた、という話に似通っている。

ミケランジェロがたったひとりで天井画を描き上げたのに対して、〈洛中洛外図屏風〉は、狩野永徳と宗達のふたりがかりで仕上げられた、というところは異なってはいるものの、本来ならば多くの職人が手分けして作画するような困難な画を、それぞれに中心となる絵師が深く細やかに筆を運んだという点では、同じであると言いたくなる。

西の天才絵師と、東の天才絵師。奇しくも、自分はそう表したが、すべてが異なっているようで、すべてが似通っている。

生まれた国も、育った場所も、仕事の仕方も、生き様も異なるふたり。

かたや「神に愛された人」と呼ばれ、名声をほしいままにし、八十八年の人生をまっとうして、栄誉のうちに神に召された、まごうかたなき天才。

かたや扇屋の家に生まれ、名声など皆無で、誰もまだその存在すら知らぬ少年絵師。

もはやこの世では会うことのないふたり。

しかし――ふたりの魂の化身である「絵」が、この場でまもなく出会うのだ。

神にもっとも近い場所、ヴァチカンの天井に広がる〈天地創造〉。

大海を渡り、苦難を越えて、ここまでたどり着いた〈洛中洛外図屏風〉。

西と東が、天の国と地の都が、ここであいまみえるのだ。

――これこそが、奇跡。

神が為したもう奇跡だ――。

そう気がついた瞬間、マルティノの心は震えた。

ミケランジェロが、どのようにして、かくも壮麗なシスティーナ礼拝堂の天井画と壁画を仕上げたのか。

まさしく「神業（かみわざ）」と呼ぶほかはない、彼が人生をかけて成し遂げた大仕事について、マルティノは宗達のために通訳した。

宗達は一途に耳を傾けていたが、途中からまぶたを閉じて深く静かに聴き入っていた。その様子は、まるでミケランジェロの魂に触れようとしているかのように、マルティノには思われた。

パオロ神父も、宗達を見守りながら、

「ミケランジェロは、生前、想像もしなかったでしょう。聖書にあるがごとく、遠き東の果てより三人の王がこの場所へやって来るなどとは。……王たちが、ひとりの絵師を伴い、東方の絵師が手がけた絵がここに捧げられようとは……」

一瞬、声を詰まらせ、最後に言った。

「神の御業。……これこそは奇跡です。神の栄光を、ともに讃えん。アーメン」

――アーメン。

使節たち、同行の司祭、修道士、その場にいたすべての人が唱和した。

それを合図に、再びオルガンが美しい旋律を奏で始めた。

合唱の歌声が耳に、胸に、全身に沁み渡る。マルティノは、ミケランジェロが後年になって手がけた祭壇画――〈最後の審判〉のたくましいキリスト像に向かって、深く頭を垂れた。

その隣で、宗達は、閉じていたまぶたを開け、いま一度天井を仰ぎ見た。

彼の真上にあるのは――「アダムの創造」。

火炎のごとき空飛ぶ衣を背にまとい、天使たちに伴われて、姿を現したもうた神。

最初の人類たるアダムは、均整のとれた見事な裸身をさらし、その到来を待ち構えている。

神はアダムに向かって右手を差し出したもうた。アダムもまた、引きつけられるようにして、その左手を差し出している。

目には見えぬ霊力が神の指先から放たれ、いましもアダムの指先にそれが注ぎ込まれる。

アダムに命が吹き込まれる瞬間。神の妙なる力によって人間が創造される、まさにその瞬間。

宗達もまた、引きつけられるように、右手を天井に向かって差し出した。

「……ミケランジェロ・ブオナローティよ……」

賛美歌の歌声に混じって、宗達が絵師の名を呼ぶ声がマルティノの耳に届いた。

少しうるんだ熱のこもった声で、宗達は、イタリア語で天井に向かって語りかけた。

「私は誓います。いつかきっと、あなたのように、私だけの絵をみつけることを――」

私にしか描けぬ絵。

この世界にたったひとつの絵画を――。

ふと、無風のはずの礼拝堂の中にかすかな風が起こった。

オルガンに立てかけられた楽譜の頁(ページ)をかすめ、枢機卿たちの法衣の裾を揺らし、使節たちの着物の袖に触れる微風を、マルティノは感じた。その風は、宗達の鬢(びん)をそよめかせ、通り過ぎていった。

と、その瞬間。

天井に向かって差し出された宗達の右手。その指先に向かって、一条の光が閃(ひらめ)いた。

あっ。

マルティノは息をのんだ。

オルガンの音色に混じって、ざああっ——と通り過ぎる風の音と、遠ざかる雷鳴の轟きが確かに聞こえた。

ああ——いま。

神話の中の神々がここで交差した。

この世界を創りたもうた吾らが父なる神のみもとで、風神(アイオロス)と雷神(ユピテル)が出会ったのだ。

カトリックの教義における「神」と、ヨーロッパ各地で目にした絵の中にあった神話の「神々」とは、まったく異なるものであるとわかっている。

自分にとっての神は、父なる神。この世界を創りたもうた創造主だけが神である。

それでも、太古の昔から人々の信仰と物語の中に息づいてきた「風神」や「雷神」がこの場にやって来たのだという思いが、マルティノの胸にふっと浮かんだ。

そしてそれを、吾らが神も歓迎したもうているのだと感じることができた。

東と西の神々が巡り会った、いま、この瞬間。

神がアダムに命を吹き込みたもうたがごとく、宗達に「絵師の命」が吹き込まれたのだ。

命を吹き込まれた宗達の横顔にはもはや涙はなかった。清々しく、凜々しく、輝いていた。

天に届かんばかりに響き渡るオルガンの音色と、神を讃える合唱隊の歌声がやんだ。

礼拝堂内は、しんと静まり返った。

礼拝堂に隣接する「帝王の間」の扉が開き、ひとりの神父が現れた。

彼は、堂内を眺め渡すと、使節たちに向かって厳かに言った。

「教皇猊下のお出ましの準備が相整いました。これより、グレゴリウス十三世のご謁見をたまわります」

堂内に居並んでいた枢機卿、神父、修道士、メディチ家を含むイタリアの名士たちが、たちまち居ずまいを正した。

使節の三人もまた、背筋を伸ばし、顔を上げて前を向いた。

――ついに。

ああついに、このときが訪れた……！

マルティノの胸は、激しく鼓動を打ち始めた。

なつかしい故郷、長崎の港を出て、およそ三年の歳月が流れていた。

この礼拝堂の天井画を仕上げるのに、ミケランジェロは四年をかけたと聞かされた。

とすれば、自分たちが日本を出て、今日のこの日、ローマ教皇の謁見をたまわるこの瞬間、それを超えてなお、さらに長きにわたって彼は絵を描き続けたのだ。

そのときは、いま、この瞬間に、脈々と繋がっているのだ——。

そう気づいたマルティノは、まるでミケランジェロがこの場にやって来て見守ってくれているような心持ちになった。

まっすぐに瞳を上げて、「帝王の間」の扉を見据えているマンショ。

頬を紅潮させながら、呼吸を整えて佇むミゲル。

そして、目を、顔を輝かせて、これから献上奉る「信長殿の箱」にしっかりと寄り添う宗達。

それぞれが待ち焦がれたその瞬間を、ともに迎えるのだ。

夢なのだろうか？

——いや、違う。

夢ではない。これは、現実(まこと)なのだ。

ローマへ、はるかなローマへ。神の国へ。

ひたむきなその思いが、夢が、いま、ここに現実になったのだ。

ロドリゲス神父を先頭に、マンショ、ミゲル、マルティノは、システィーナ礼拝堂に隣接する「帝王の間」へと歩みを進めた。

使節団の面々がそれに続き、車輪のついた荷台に載せられた「信長殿の箱」、そのほかの献上品の数々がヴァチカンの従者たちに伴われて運ばれていった。

宗達は革張りの箱が載せられた荷台にぴたりと寄り添って、謁見の部屋へと入っていった。

部屋に入ると、正面に窓があり、ゆるやかな光が射し込んでいた。それを背にして、赤いびろうどの天蓋が下がり、赤い絨毯が敷き詰められていた。そして、一段高いところに赤い玉座があった。マルティノは、主人を待つ玉座を目にしただけで、ふいに目頭が熱くなるのを感じた。

使節の三少年を中心にして、一行は玉座の前に整列した。

枢機卿、ヴァチカンの高官たち、貴族や名士が参列すると、部屋は息をするのも苦しいほど人でいっぱいになった。誰もが謁見の瞬間を待ち構えて、少年たちを見守っている。

マルティノは、ついさっきまで心がおろおろと落ち着きをなくしていたのに、いまは凪いだ海のように平穏を取り戻しているのを不思議に思った。

きっと自分は、生まれたときからこの場所に来る運命だった。ここにこうして佇むことが決められていたのだ。

父なる神によって定められた道を、神によって導かれ、ここにこうして、いま、自分はいるのだ。

——進んでいきなさい。

ふと、なつかしい声が耳の奥に蘇った。それは、灼熱の国、ゴアで別れた恩師、アレッサンドロ・ヴァリニャーノの声だった。

——決してあきらめずに、進みなさい。そうすれば、きっと道は拓かれる。その道は、目には見えぬ。されど、ローマへと続く栄光の道なのだ。ローマで教皇猊下が待ちたもう。猊下に謁見たまわるそのときまで、何があろうとあきらめてはならぬ。

進んでいきなさい、マンショ、ミゲル、ジュリアン、マルティノ。

そして、宗達。

私の息子たちよ——。

恩師、ヴァリニャーノの声。

心の耳を傾けるうちに、マルティノの胸は熱いものでいっぱいに満たされていった。

故郷の父の声が、恩師の声に重なる。

——一命を賭しても、ローマにたどり着くのだ。そして、必ずや、殿の御文書を教皇猊下にお届けするのだぞ。

母のやさしい声が、さざ波のように重なって聞こえてくる。

――無事で。……マルティノ、どうか無事で。

そなたのために、朝も夜も、母は祈りを捧げ続けます……。

込み上げる涙を堪えながら、マルティノは胸の裡でその声に応えた。

――父上。母上。

仰せの通りに、あなたがたの息子は、これより教皇猊下にまみえます。

ヴァリニャーノさま。……仰せの通りに決してあきらめなかった私たちを、教皇猊下にご覧じたまわるときを迎えました。

あなたさまのお言葉に、どれほど励まされたことでしょう。

どうか、お見守りくださりませ……！

「――教皇猊下、グレゴリウス十三世のご光臨なり」

厳かな声が響き渡った。

玉座の前に整列していた使節団一行は、全員、手を合わせ、その場にひざまずいた。

マンショを中心に、右脇にミゲル、左脇にマルティノ。ミゲルの横にロドリゲス神父。マルティノの横にメスキータ神父。

その他大勢の参列者の後方に宗達がひっそりと佇んでいた。彼も、一同がひざまずくのと同時に正座して、両手を大理石の床についた。

奥の間より、従者であろう、煙を立てた銀の香炉と、宝石に彩られた金色の十字架を両手に、ふたりの少年が現れた。それに続いて、法衣を着た高位の枢機卿が次々に部屋に入ってきた。

ひとり。もうひとり。――またひとり。

おだやかに凪いでいたマルティノの胸に、再び高潮が押し寄せてきた。

枢機卿の入室が、ふと途切れた瞬間。

やわらかな白絹の衣に、赤いびろうどのカズラ（法衣）をまとった「いとも尊き方」が――ついに現れた。

――グレゴリウス十三世。

第二二六代ローマ教皇。

イタリアのボローニャに生まれ、ボローニャ大学に学び、教鞭（きょうべん）を執った経験を持つ彼は、学問をこよなく愛し、信徒たちに学問することを奨励してきた。

イタリアのみならず、世界各地に学び舎であるセミナリオ、コレジオを開設し、学徒たちの教育に力を注いでいるイエズス会は、グレゴリウス十三世の強い後ろ盾（うしろだて）を得て、活動を世界に広げてきた。

イエズス会が日本にセミナリオを開設できたのは、むろん織田信長やキリシタン大名たちの許しを得たからこそである。

が、もとはといえば、日本の信徒たちにも教育を施すべきであるとのヴァリニャーノの思想に、教皇が賛同したからである。

グレゴリウス十三世は、カトリックの教学のみならず、地理学、政治学、天文学などにも関心を寄せていた。そして、新しい暦（グレゴリウス暦）を導入し、数百年も以前から「ずれが生じている」と指摘されていた古い暦（ユリウス暦）を刷新した。

カトリック世界の頂点に君臨する彼こそは、この世界の帝王。神の国、ヴァチカンの王である。

グレゴリウス十三世が「帝王の間」に足を踏み入れた瞬間、その場の空気がびりびりと震えるのをマルティノは感じた。

教皇は、白髪の頭にカズラと同じ赤いびろうどの帽子を被り、白いひげをたくわえていた。端正な容姿は、淡い光の衣に包まれているかのように、うっすらと輝いて見えた。

供の者に手を取られて、教皇は、一段高い壇上にある玉座に座った。

すでに八十余歳である。ゆっくりとした動きは、寄る年波を感じさせた。

——ああ、このお方こそが教皇猊下なのだ……！

マルティノの胸は感動にうち震えた。歓喜が体じゅうを駆け巡り、気が遠くなるほどであった。

「東の果ての日本なる国より、三王、教皇猊下のご謁見をたまわらんと、ここに参じ奉る」

　引導役の司祭が、朗々としたラテン語で発声した。

「正使、ドン・マンショ、猊下の御前へ」

「は……はいっ」

　マンショは、思わず日本語で返事をしてしまい、あわてて、「イタ（はい）」と答え直した。

　ひざまずいていたマンショは立ち上がろうとしたが、膝ががくがくと笑ってしまい、なかなか立ち上がれない。ミゲルも緊張が頂点に達しているのだろう、じっと下を向いたまま、顔を上げることすらままならぬ様子だ。

　マルティノは、「失礼つかまつります」とラテン語でささやいて、マンショを支えて一緒に立ち上がった。ただそれだけだったが、場内はざわめいた。

　東方からやって来た三人の「王」といっても、西欧人の目から見れば子供のように見えるだろう。いったいどのように上奏（じょうそう）するのか、一挙手一投足に注目が集まっている。

教皇は何も言わず、ひび割れたくちびるを結んで、少し白濁した鳶色の瞳を、ただじっと少年たちに向けていた。

マンショは、晴れ着の懐に忍ばせていた文書を取り出した。震える手の中で、墨で書かれた縦書きの文書は釣り上げられた魚のように勢いよく跳ねた。列席者のあいだからかすかな笑い声が漏れ聞こえてきた。

マンショはたたんである文書を開き、どうにか読み始めようとして、やめた。そして、すっかり血の気が引いた顔をマルティノのほうへ向けた。

「よ……読めぬ。これは……ラテン語ではないゆえ……」

震える声で、マンショは言った。

何を言っているのかわからず、マルティノはあせった。が、マンショのほうがもっとあせっているのだ。ここは自分がしっかりしなければならぬ。

マンショが読み上げようとした文書は、彼を正使としてローマへ遣わせたキリシタン大名、大友宗麟からグレゴリウス十三世に宛てた文であった。むろん、それは日本語で書かれてあった。

この文をローマ教皇の御前にて奉ずる――というのが、使節のもっとも重要な使命であった。

マンショは、くちびるをぶるぶるさせながら、かすれた声でマルティノにささやいた。

「よ……読めぬ。いや、読める、むろん殿の御文書は日本の言葉ゆえ、読める。されど、ラテン語で読むことはできぬ」

マルティノは、すぐにささやき返した。

「かまいませぬ、そのままお読みくだされ。私が通訳してしんぜましょう」

マンショはすっかりのぼせ上がってしまって、なかなか声を発することができない。

場内はざわめき始めた。教皇の秘書官のまなざしがいら立っている。宗達は、後方でつま先立ち、いったい何が起こったのかと窺っている。

「大丈夫です。さあ」とマルティノはもう一度ささやいた。

「必ずや神がお見守りたもう」

マンショは大きく息を吸い込むと、おそるおそる読み始めた。

「こ……こたびの、己（おの）が名代、どん伊東まんしょ、畏れながらローマ祇候（しこう）に就（つい）て、懇（ねんご）ろに御謁見たまいし候（そうろう）、恐悦至極候……」

マルティノがラテン語ですぐに続いた。

「このたびは、吾が名代、ドン伊東マンショが、畏れ多くもローマに祇候いたしまして、教皇猊下の謁見をたまわりますこと、まことにありがたく存じます」

すらすらと流れるようなラテン語だった。場内のざわめきがすっと収まった。

宗達はつま先立ちをやめて、マンショの声と、それにぴたりと続くマルティノのラテン語に聴き入った。

最初はたどたどしく読み始めたマンショだったが、声はしだいに朗々となり、自信を持って読み上げた。マルティノの声は、教皇の御耳に、御心に、殿の御言葉をお届け奉りたい、その一心で、清らかに、なめらかに、流れるように放たれて、列席者の胸をひたしていった。

グレゴリウス十三世は、白濁した目をマンショとマルティノに向けたまま、まるで彫像になってしまったかのように微動だにしない。

けれどマルティノは、教皇が全身を耳にして自分たちの言葉に聴き入っているのがわかった。そして、雨が大地に沁み入るように、ひと言、ひと言が法衣の内側に届いていると感じられた。

大友宗麟がしたためた文の最後のひと言までをしっかりと読み上げると、マンショはそれを元通りたたみ、額の高さに捧げ持った。

銀の盆を両手にした少年がマンショの前に歩み出て、文を盆の上に受け取った。それは静々と壇上の玉座へと運ばれた。

教皇は手を伸ばして文を受け取った。心なしか指先が震えているようだった。マンショも、ミゲルも、マルティノも、息を詰めてその様子を見守った。

「……もっと近う」

教皇は、ラテン語でささやきかけた。

「近くへ来よ、私の息子たちよ……」

マンショは体を小さく縮こまらせながら、壇に上がった。そして、教皇の足もとに平伏し、法衣の裾からのぞいている絹の靴のつま先にくちづけをした。

ミゲルとマルティノもそれにならって、教皇の足もとに接吻した。法衣からは芳しい香りが立ち上り、足もとはやわらかな光に包まれているようにマルティノには感じられた。

教皇は、前屈みになって、手を伸ばした。その指先がマンショの頭に触れ、続いてミゲル、マルティノの頭に触れていった。教皇が触れたところがたちまち熱を発し、そこから光が放たれるようなまぼろしをマルティノは覚えた。

「いかなる苦難も厭わず、汝らは、かくも長き道のりをただひたむきにここまで来た。その道に幸いあれ。汝らに幸いあれ……」

教皇の声はうるんでいた。マルティノはそっと顔を上げた。

白濁した瞳、深いしわが刻まれた口もと。教皇の尊い顔がすぐ目の前にあった。

初めて間近に見るその顔。それなのに、なぜかマルティノの胸は不思議ななつかしさで苦しいほどであった。

教皇の目にはいっぱいに涙が浮かんでいた。それを認めたとたん、マルティノの目にも涙があふれた。

――教皇猊下……！

呼びかけたくとも声にならない。マルティノの頬を幾筋もの涙が伝った。

マンショも、ミゲルも、もう涙を堪えることはできなかった。

三人の使節は、教皇の足もとにすがって泣いた。

深いしわが刻まれた教皇のまなじりから、涙が光ってこぼれ落ちた。

「そなたたちの来訪を、どれほど待ちわびただろうか……よくぞ……よくぞ来てくれた……」

教皇の言葉がマルティノの胸にあたたかく沁み入った。その言葉は光そのものだった。

――教皇猊下が、自分たちをお待ちくださっていた。

ヴァリニャーノさまが、日本のキリシタンの神学生たちを使節としてローマへ遣わせ、謁見たまわりたい――と猊下へ文を送られたのは、もう三年(みとせ)も四年(よとせ)もまえのことであろう。

その長い年月(としつき)のあいだ、猊下は、吾らの到着をお待ちくださっていたのだ。

吾らが乗ったあの船が、波を越え、嵐を耐え、日照りを堪えた日々を、このローマでお待ちくださっていたのだ。

幾百もの朝を迎え、また幾百もの夜を過ごしてきた。苦しいこと、辛(つら)いこと、悲しいこともあった。

けれど、それらはすべて波に洗われるように、いまはもう遠くなった。

苦難を乗り越え、生き延びてきた。その経験のすべては、このいっときのためにあったのだ。

いま、このいっとき。

神がもたらしたもうた、この輝けるいっときのために——。

少年たちを見守る周囲の人々の目にも涙が光っていた。さきほどまで厳しい目つきでにらんでいた秘書官も、枢機卿も、貴族も、誰もが皆、うるんだまなざしで三人をみつめていた。

教皇は、涙に濡れた顔を上げると、厳かに告げた。

「この若き王たち……そして、彼らを導いてきた者たち、彼らとともに遠き道程をここまでともに来し者たちすべてに、神の祝福を」

アーメン。

ついに使節たちが謁見の栄に浴するのを見守っていた引率役のロドリゲス神父

は、涙声で応えた。

「ありがたき幸せでございます、教皇猊下。この日は、ヴァチカンと日本、双方の歴史に刻まれる日となりましょう」

　ロドリゲスは、続けて言った。

「イエズス会の東インド管区の巡察師、アレッサンドロ・ヴァリニャーノ師が、東の果ての国、日本で、もっとも清らかな信仰の心を持ち、向学心に満ちあふれたるこの三人の使節を、猊下のお膝もとに遣わし奉ると心を決められてより、四年の年月が流れました。いま、こうして、もったいなくも謁見が実現し、神に感謝せずにはいられません」

　有馬のセミナリオで日々研鑽を重ねていた少年たち。彼らをローマへ遣わすという、ヴァリニャーノのとてつもない計画を認め、援助を惜しまなかったのは、やはり敬虔なキリシタンである大名たちであった。

　大友宗麟、大村純忠、有馬晴信。この三人の「殿」が、どれほど熱心に信仰を重ね、ヴァチカンに帰依の誓いを立てているか。ロドリゲスは、あらん限りの熱を込めて、教皇に語った。

　そして、これからも日本のキリシタンのために、さらにはかの地での布教を拡大するために、教皇のご指導とヴァチカンのご支援をたまわりたい――と上奏した。

ロドリゲスの熱弁に、教皇は、熱心に聴き入っていた。そのあいだじゅう、三人の使節は、教皇の御前でひざまずき、胸の前で両手を合わせ、一心に教皇を見上げていた。

ロドリゲスの言葉は、すなわち、ヴァリニャーノの言であった。ヴァリニャーノは、はるかな東の果ての国にも敬虔な信徒がいることを教皇に知らせたがっていた。そして、いかなる苦難も厭わずにローマにたどり着いた勇気のある少年たちのことを、教皇の目に、胸に焼き付けたいと願っていたのだ。

マルティノは、教皇の膝もとでその顔を見上げながら、いまこそ神に祈った。

――どうかヴァリニャーノさまの願いが、教皇猊下の尊き御心に届かんことを……！

「日本において、イエズス会を支援したもうのは、三人の『殿』ばかりではありません」

ロドリゲスは上奏を続けた。

「日本の国を統べる『大殿』、織田信長さまも、彼らがローマへの渡航を寛容にもご許可くださり、あまつさえ、教皇猊下へ献上する珍しき品を、吾らに託されました。幾多の嵐を乗り越え、海賊の魔の手から逃れて、ここまで携えて参りましたその御物を、いま、ここに献上奉ります」

——日本よりここに届けられし御物。

「帝王の間」を埋め尽くしていた参列者たちがかすかに色めき立った。

ここヴァチカンに日本から献上物がもたらされたことはかつてなかった。ましてや、国を統べる「大殿」、つまり「皇帝」のような立場の権力者から教皇へ献上品が届けられることなど、あろうはずもない。

秘書官が、取り澄ました顔つきでロドリゲスに告げた。

「献上物をここに奉れ。教皇猊下がご高覧あそばすゆえ」

「ありがたき幸せ」ロドリゲスはその言葉を受けると、列の後方に向かって呼びかけた。

「——ドン・ノブナガの箱を、これへ」

室内がざわめき始めた。教皇の足もとにひざまずいていた使節の三人は、いったん壇上から下り、ロドリゲスの隣に並んだ。

従者が四人、艶やかな革張りの大きな箱を輿(こし)に載せて運んできた。そして、その箱を慎重な手つきで輿から下ろし、教皇が座している玉座の前に、そうっと置いた。

従者たちが箱のそばを離れると、世にも珍しき御物を間近に見ようと、参列していた人々は、教皇の御前であることも忘れて、いっせいに箱の周囲へと押し寄せた。

「お静かに――諸公、お静かに！　畏れ多くも教皇猊下の御前ですぞ！」

秘書官が大声で制したので、いったん騒ぎは収まったが、それでも、少しでも近くで見たいと、誰もがにじり寄ったりつま先立ったりしている。

献上物が収められた箱が登場したのに、肝心の宗達が出てこない。マルティノは、はらはらと室内を見回した。

――どうしたのだ、宗達？　まさか、教皇猊下の御前で、臆したのではあるまいな。

教皇は、玉座の前に運び出された革張りの箱を――それ自体はスペインで作られたので珍しいものではなかった――さも珍しいものでも見るような目つきで眺めている。「信長殿の箱」が教皇の関心をじゅうぶん引きつけているのを認めてから、ロドリゲスは、もう一度、列の後方に向かって、今度はイタリア語で呼びかけた。

「日本が誇る絵師、アゴスティーノ。これへ」

「絵師」――？

室内が再びざわめき始めた。無理もないことである。まさか、使節とともに遠き日本から絵師がわざわざやって来たなどと、誰も想像できなかったはずだ。

――そうだったか。

いよいよ教皇の御前で献上物を披露する段になって、よもや宗達が姿をくらませてしまったのではないかと気をもんだマルティノは、こっそりと胸をなでおろした。

――宗達、おぬしは、ロドリゲスさまがお召し出しになるまで、御前へ出てくるのを控えておったのだな。

公の場で、宗達はいつもそうだった。使節の面々を立てて、自分はいちばん後方からついていった。求められない限り、自分から何か発言するようなこともいっさいなかった。それでいて、ちっとも卑屈ではない。場をわきまえ、気を配り、なおかつおおらかな宗達を、いまではマルティノばかりでなく、マンショも、ミゲルも、そしてここにはいないがジュリアンも、大切な仲間であると感じていた。

だから、ロドリゲスが宗達を「随行者」としてではなく、「絵師」として――しかも「日本が誇る」とのひと言まで添えて教皇に紹介したことを、マルティノは心からうれしく思った。きっと、マンショも、ミゲルも、同じ気持ちであろう。

が、どこに隠れてしまったのか、宗達はなかなか姿を見せない。いったいどんな人物が出てくるのか、教皇猊下の覚えもめでたかった偉大なる絵師、ミケランジェロのごとき者であろうかと、人々は口々にささやき合い、好奇心は最高潮に達した。

と、そのとき。

絹の法衣や重々しいマントのあいだをすり抜けて、「スクージ（失礼つかまつる）、スクージ」と小声で言いながら、髷を揺らし、ちょこまかとやって来たのは——。

参列者は、皆、目を見張った。

教皇の御前に現れたのは、なんと——少年ではないか！

宗達は、教皇の目の前に歩み出ると、その場に正座をした。そして、織田信長に初めてまみえたときそのままに、両手を分厚い絨毯の上にぴたりと揃えて、まっすぐに教皇に向き合った。

「Est videre gloriam, Ave Papa（お目にかかれて光栄に存じます、教皇猊下）」

すらすらと、ラテン語のあいさつが宗達の口からこぼれ出た。

マルティノたち、使節の三人は驚いた。それまで宗達はラテン語はまったく解さなかったはずだった。いつのまに習得したのだろうか？

教皇は、興味深げなまなざしを宗達に注いでいる。何を見せてくれるのだ？と、その目が語りかけている。歴代の教皇同様、グレゴリウス十三世もまた、絵画をこよなく愛しているのだ。

と、宗達がマルティノのほうを向いた。その目が（おい、ここへ来てくれ）と訴えている。

（な、なんだ？）マルティノが目で返すと、

（ええから、早よう）とまた目で訴える。

マルティノは、「失礼つかまつります」とラテン語で言ってから、宗達のそばへ行き、同様に正座をした。それだけで、何が起こるのだろうかと、またざわめきが起こった。

「すまぬ。ここからさきは、いつものように通詞を頼む」

宗達がひそひそ声で言った。マルティノは、教皇の御前であることも忘れて、思わず吹き出しそうになった。

「見栄（みえ）を切ったのか。いかにもラテン語を操れるがごときあいさつだったぞ」

マルティノが笑いを堪えてささやくと、

「そう言うな。一生に一度くらい見栄を切りたかったんや」

宗達が正直に言った。

「承知した。なんなりと話せ」

「恩に着るで。ほな、京言葉で……」

「いや、京言葉は勘弁してくれ」

「わかったわい」

宗達は、改めて前を向くと、朗々とした声で上奏した。

「こたびの使節諸公の教皇猊下ご謁見の栄に、もったいなくも、わたくしも浴することと相成りまして、まことに恐悦至極に存じまする」

マルティノは、さきほどのマンショのときと同様、なめらかなラテン語で宗達の言葉を通訳した。

室内はしんと静まり返った。教皇の顔には何が始まるのかと期待の色が浮かんでいる。

教皇の御前にて、宗達は、革張りの箱の中に収められている献上の品が、いったいどのようなものであるか、よどみなく、また切々と語った。——日本語で。

それにぴたりと寄り添って、マルティノが流れるようなラテン語で追いかけた。

「帝王の間」は水を打ったように静まり返り、ふたりの少年の上奏の声が二重奏の調べのように響き渡った。

——これなる箱の中に収められたるは、日本国の皇帝たる大殿、織田信長さまより、教皇猊下へ献上奉る品であります。

吾らが国、日本は、東西南北各地に領主あり、領主同士がにらみ合い、戦(いくさ)をし、定まらぬ世の中が長らく続いております。

群雄割拠（ぐんゆうかっきょ）の中にあって、「上さま」、すなわち信長さまは、まもなく天下を取り、吾らが国を統べんとされるお立場になられました。そして、吾が国の中心たる京の都にほど近い安土の地に、それはそれは立派な城を建造されました。

この城にある幾百の部屋の装飾を、信長さまはひとりの絵師に託されました。その名を狩野州信（くにのぶ）と申します。

絵師、州信の描きたる絵は、絢爛豪華、豪儀（ごうぎ）にして緻密（ちみつ）、あでやかにして深遠。西欧の絵師のそれとはまた異なりて、見る者の心を躍らせずにはいられぬほどの見事さです。

絵師、州信は、信長さまの覚えめでたく、安土城の装飾を一任されたばかりにあらず。このローマの街にも匹敵する吾らが国の都、京の微々細々を画紙に写し取り、六曲一双（ろっきょくいっそう）の「屏風絵」を、わずか三月（みつき）のうちに描き上げよ——とご下命を受けました。

普通の絵師ならば、受けられようはずもありませぬ。わずか三月のうちに京の町のすべてを写し取りたる絵を仕上げるなど、いかに速い仕事を誇る絵師であれ、あたうはずがござりませぬ。

されど、絵師州信はご下命を受け止められました。信長さま直々（じきじき）のご下命を辞退申し上げることは断じて許されぬがゆえ、絵師、州信は覚悟を決め、この難題に挑みました。

そして――見事、三月のうちに完成させた屏風絵、〈洛中洛外図屏風〉。天下の絵師、狩野州信畢竟（ひっきょう）の傑作が、この箱の中にございます。

いかにして世にもまれな傑作が生み出されたか、宗達は、精一杯熱を込めて、また、立て板に水が流るるがごとく、すらすらと語った。

マルティノも、流暢なラテン語で、水の流れに乗った魚のごとく、すらすらとついていった。

教皇、グレゴリウス十三世の白濁した目が好奇心に満ち満ちてくるのをマルティノは見た。献上品を開陳（かいちん）するまえに、畏れ多くも教皇に向かってそれがどのようなものであるか説明をするとは、宗達も大それたことをしたものだが、じゅうぶんに功を奏しているようだ。

宗達は、単にこの箱のふたを御前で開くためにわざわざここまでやって来たわけではない。

なにゆえに苦難を乗り越え、この箱の中の絵を護（まも）り、献上しなければならなかったのか。

それは、ただただ、織田信長のために。信長の思いを伝えるために。

ごく少数の宣教師や商人を除いては、何人たりともいまだ訪れることあたわざる東の果ての国、日本。

「日本」という国の存在を、教皇にはっきりと知らしめたい。

日本は決してちっぽけな国ではない。この国を統べることがどれほど偉大なことであるか、教皇の胸に刻みつけたい。

そのためにこそ、日本の中心たる京の都と、それを雲上から眺めるがごとくそびえ立つ安土城を、天下一の絵師、狩野永徳に描かせたのだ。

屛風を開いてみせて、立派な絵だ、とひと言得られればそれでよし——ということではまったくない。

日本を——いや、この「世界」を、いつの日か吾がものにせん。

織田信長の見果てぬ夢が、この絵に——そして教皇への献上という行いに込められているのだ。

もっとも、その「見果てぬ夢」は、信長とふたりきりで話をした宗達だけがかすかに感じ取ったもので、マルティノもヴァリニャーノも、ほかの誰も及び知らぬことだ。

教皇は玉座から身を乗り出すようにして、宗達の話に聴き入っていた。

教皇とともに耳を傾けていた秘書官は、じりじりと焦れているようだった。この若造、焦らすにもほどがある、相手を誰と心得ているのか――とのいら立ちが顔に浮かんでいる。

宗達の前口上がひと区切りついたところで、「いかにも、承知した」と秘書官が口を挟んだ。

「ニッポンを統べるオオトノ、ドン・ノブナガの御心、しかと教皇猊下に伝わったと拝察する」

宗達は、まだ語り足りないようであったが、

「ありがたき幸せ」

と、そこは突っ張らずに、すなおに平伏した。

「しからば、御前にて箱を開け、御物を開陳せよ。猊下もお待ちかねである」

秘書官に申し付けられ、宗達は立ち上がった。それだけで周囲がざわめいた。教皇ばかりか、ヴァチカンの中枢たる枢機卿、イタリアの名士中の名士たちの期待がはち切れんばかりにふくれ上がっているのが、手に取るようにわかる。

――ついにこのときがきた。

マルティノは、体のすみずみまでじんとしびれるのを覚えた。

傑作――〈洛中洛外図屛風〉。

宗達が、狩野永徳とともに命をかけて描き上げた屛風。そして、命をかけて護

り、ここまで届けた宝のごとき一作。彼の命運をすっかり変えてしまった絵画。いったいどれほどのものなのか。ひとりの人間の命運を変えるほどの絵とは――。

誰よりも開陳の瞬間を待ちわびていたのは、宗達とここまでの道程をともにしてきたマルティノであった。

宗達は、そばに控えていた四人の従者に「たのもう」と声をかけた。従者たちは、すぐさま箱のふたを封印していたベルトと留め金を外し、ゆっくりとふたを開けた。

革張りの箱の中は、詰め物にしていた真綿がすっかり取り除かれ、晒し(さら)の木綿布(もめんぬの)にきっちりと包まれて、たたまれた状態の屏風が寝かされていた。

宗達は布の結び目をすばやく解(ほど)いて、また「たのもう」とイタリア語で言った。すぐに四人の従者が手を伸ばし、細長く平らな板状のそれの四隅を持って、そろりと箱から持ち上げ、教皇の目の前に寝かせた。

「そうではない。立てるのです。こうして……猊下のご尊顔のほうへ、合わさっている『タテフチ』を向けてください。こうです。猊下に向かって、縁(ふち)が手を合わせるように」

宗達が歩み寄り、身振りを交えて説明した。

これが西洋の絵画ならば、なんの細工もなく箱から出せばすぐに見られるところだろうが、屏風はそういかない。何しろこれは「六曲一双」、六枚の扇（せん）が番（つがい）で繋げられ、折りたたまれているのだ。

そして、それがふたつある。なぜひとつではなくふたつなのか、それを説明するにはもっと時間が必要だろう。

従者四人は戸惑いながら、ひとつ、もうひとつ、屏風を立ち上げた。ぴたりと合掌（がっしょう）した屏風の上椽の角に、ふたりの従者が左右から指をかける。もうひとつの屏風も同様に、ふたりの従者が角に指を置いて支えている。

教皇の目には、正面に竪椽（たてぶち）が二本、並んでいるようにしか見えない。（なんなのだ、これは？）と言いたげな表情が、教皇の顔に浮かんでいる。

枢機卿たちも、貴族たちも、ロドリゲスも、マンショも、ミゲルも、そしてマルティノも――固唾（かたず）を飲んで見守っている。

「帝王の間」は、しんと静まり返った。

すべての視線がふたつの屏風に引きつけられているのを確かめるかのように、宗達は、ぐるりと周囲を見渡した。それから、改めて屏風の脇に正座すると、両手を床につき、教皇に向かって朗々と声を放った。――ラテン語で。

「しからば、これよりご高覧くださりませ。織田信長さまが宝――〈洛中洛外図屏風〉でございます」

宗達の合図を得て、従者たちは、そろり……と合掌した椽を開いた。

マルティノは、息を止めた。

それは、神秘の扉が開く瞬間であった。

教皇の目の前で、ゆっくりと、左と右に画面が広がってゆく。少しずつ、少しずつ。

教皇は、日の出をみつめるように目を細めた。

「扉」の向こうに現れたのは、いちめんの金色。まばゆいばかりに輝く黄金の海。

——いや、金の雲。

雲上にすっくと佇んでいるのは、世にも妙なる美しき城、安土城。絢爛と光を放つ豪奢な構えのその城は、威光を放ち、天下四方を一望に見渡す。

雲の切れ間のあちらこちらにのぞいて見えるのは、不思議なかたちの建物の数々、大路小路。

庭には花が咲き乱れ、陽だまりの中、はらりはらりと花びらを散らす。こちらの庭では紅葉が真っ盛り、赤や黄色の錦の葉が木々を飾る。

大通りをゆく牛車、駕籠、大八車。軒を並べる店先には、見たこともない魚やくだもの、反物、扇。

帷子を着けた僧、袴姿の侍、羽織の商人、あでやかな着物の袖を揺らす女人、薪の束を頭に載せて歩く大原女。遊びはしゃぐ子供たち、地面に落書き、取っ組み合いのけんか、その周りを吠えながら走り回る犬。ひなたでのんびりくつろぐ老人、そのかたわらでのどを鳴らす猫。

魚釣りをする人、碁をさす人、ひげを剃る人、湯屋帰りの夫婦、凧を揚げる親子。

爛漫の春、さわやかな夏。豊穣の秋、静けき冬。

にぎやかな祭り、おだやかな暮らし、日々のいとなみ。都に暮らし、生きる喜び。この世に、この国に生を享けた幸せ。

美しい都。美しい国。――日本。

「なんと……なんと美しい……」

金色の画面をひとしきり眺めたあと、教皇の口から感嘆の言葉がこぼれ落ちた。

「汝……ソウタツよ……」

ふいに教皇が呼びかけた。

「はい、教皇猊下」

宗達は、両手を床についたまま返事をした。

「これが……汝の住む都か？」

思わずイタリア語で、教皇は問うた。その声は熱を帯びて震えていた。教皇の反応に驚いた周辺が、ざわざわとどよめいた。

「いかにも」と宗達は答えた。

「『京』という名の、天下一の都でござります」

「『キョウ』……美しき響きだ……」

宗達から日本の都の名を教えられて、教皇は独り言のようにつぶやいた。やはり、イタリア語で。

「この絵は、金の海の中に、実にさまざまなものが浮かんでおるようだが……よく見えぬ。もう少し、吾が目の前へ寄せよ」

従者がふたつの屛風、それぞれの角を持ち、教皇の前へと近寄せた。

「もっとだ。もっと……」と言われ、さらに近くへ寄せる。教皇は、ぐっと身を乗り出し、今度は食い入るようにみつめている。

教皇のそば近くに佇んでいる秘書官も、使節団の案内役のパオロ神父も、最高位の枢機卿も、従者の少年も、教皇につられるようにして、前のめりになり、目を皿のようにして画面をみつめている。ぽかんと口を開ける者、ありえない、というように首を左右に振る者、感激にうち震える者。どの顔にも驚きの色が浮かび、喜びに輝いている。

マルティノたち使節一行は、屏風の真裏に一列に並んでいた。その背後には人垣ができ、ひしめき合っている。教皇の両脇に控えている人々は屏風に描かれてある絵を隅々まで見ることができたが、屏風の背面にいる彼らからはまったく見ることができない。いったい何が描いてあるのだと、人々の好奇心と欲求は爆発寸前である。

「おい、マルティノ。そなた、旅の途上であの屏風を見たことがあるのか？」

我慢できなくなって、マンショがマルティノにひそひそ声で尋ねた。

「とんでもない。教皇猊下がご覧じるまえには誰も見てはならぬと、ヴァリニャーノさまが仰せだったではありませぬか」

マルティノは即座に打ち消した。そして、言った。

「しかし、いかような絵なのか……わかる気がいたします」

「はて、どんな絵だ？」マンショが重ねて訊くと、マルティノは微笑して答えた。

「おそらくは、見る者を幸福にする絵——ではありませぬか？」

マンショは、マルティノの目をみつめると、「いかにも」と笑みを浮かべた。

見る者すべてを幸福にする絵。——それこそが、宗達が己のすべてをかけて運んできた絵なのだ。

教皇は、くちびるをかすかに開けたままで、しばらくのあいだ視線を屏風の画面にさまよわせていた。

〈洛中洛外図屛風〉には、京の都のすべてが描き込まれている。町の風景ばかりではない。四季折々の人々の暮らしが、細やかに、ていねいに描かれているのだ。

西欧とはまったく違う暮らしぶりである。建物も、通りの様子も、人々の衣服も、髪型も、食べ物も、生活も、何もかもが違う。西欧人の目にはすべてが珍奇に映るかもしれない。

しかし、西欧人であれ、日本人であれ、異ならないものもある。

それは――「美」を愛でる心。

ミケランジェロが描いた〈天地創造〉を見て宗達が涙したのは、そこに永遠の美を見出したからだ。

ミケランジェロの絵には、西欧人であれ、日本人であれ、等しく心を揺さぶる美があった。宗達の心にまっすぐ飛び込んでくる美が。

そして、いま。

〈洛中洛外図屛風〉をみつめる教皇の瞳にも、うっすらと涙が浮かんでいた。

狩野永徳と俵屋宗達、ふたりの絵師が命を削り、心を通わせ合って描き上げた一双の屛風絵が、ローマ教皇、グレゴリウス十三世の心を揺さぶっていた。

どのくらい時間が経ったであろうか。

教皇は、大きく息を放った。

波乱の人生の幾星霜を過ごしてきた深いしわが刻まれたその顔を照らすように、静かに微笑が広がった。

「余は——いま、旅をした」

教皇は、あたたかな声で言った。

「はるかな東にある国、ニッポンへと……そして、すばらしき都である『キョウ』で、かの地に暮らす人々とともに、笑い、泣き、そして……祈った」

「帝王の間」を埋め尽くした人々は、教皇の言葉に耳を澄ました。マンショも、ミゲルも、マルティノも——そして宗達も。

「ドン・ノブナガに伝えよ。そなたの国——ニッポンに、永遠に神のご加護を」

第四章

IVPPITER AEOLVS VERA NARRATIO

一五八五年（天正十三年）七月二十五日

からりと晴れ上がった青空がどこまでも続いている。

乾いた西風が石畳の通りをなでて、縦列行進する馬のたてがみを揺らして通り過ぎる。

カッポ、カッポと軽快なひづめの音が表通りに響き渡っている。まるでいっせいに太鼓を打ち鳴らしているかのようににぎやかである。

それもそのはず、次から次へと途切れることなく騎兵隊の列が行進しているからだ。その数、五百騎。そのすべてが、たった四人の少年たちを護衛しているのである。

威風堂々、騎兵隊列の陣頭指揮を執っているのは、総督カルロ・ダラゴーナだ。

大切な日本からの客人であり、「東の王」たる使節の四人を、イタリア国内の他都市同様、いや、それ以上に手厚くもてなさなければならぬ。

いまやイタリア各地で熱狂的に歓迎され、大変な人気を博している東の四少年王――ローマ教皇グレゴリウス十三世に謁見ののちは「三王」ではなく「四王」であると容認されていた――を、ついおとといミラノ大司教に就任したばかりのガスパレ・ヴィスコンティに無事引き合わせねばならぬ。大司教は自身が執り行うミラノ大聖堂における初めてのミサに、使節四人を招くつもりであるから、それまでは無病息災、無傷で送り届けねばならぬ。それが総督たる彼の何よりも大切な使命なのである。

長い旅のあいだにすっかり騎馬が板についた使節たちは、四人とも白馬にまたがり、白い襟飾り（えりかざ）りを吹きくる風にたおやかに揺らしていた。

ローマを出発してからというもの、行く場所、行く場所で、歓迎の熱波がどんどん高まってきているのをマルティノは肌身で感じていた。

ヨーロッパに足を踏み入れたばかりの頃は、子供たちがからかいながら一行の後をついてきたものだ。初めのうちはつぶてを投げる童（わ）っぱもいた。

それがどうだろう、イタリアでの旅がほぼ終焉（しゅうえん）に近づきつつあるいまとなっては、総督を先頭に、勇ましい五百騎もの隊列が自分たちを擁護（ようご）しているのだ。

マルティノは誇らしく、自然と胸を張りたくなるのだった。

使節たちが乗った四騎の白馬から少し遅れて、宗達（そうたつ）を乗せた栗毛の馬がついてゆく。

相変わらずのざんばら髪の髷（まげ）を揺らし、着物に袴（はかま）姿で、いつもの通り周囲をきょろきょろと見回している。

イタリアに到着した頃と違うのは、もはや隊列のいちばん後ろについていないことと、帳面を広げてせわしなく木炭を走らせていないことだ。

いちばん後ろからついていくには、いまでは隊列が長くなりすぎていた。騎乗しながら描いていないのは、いまや目にしたもののかたちや色や特徴をしっかりと記憶することができるようになったからである。

イタリア国内で、特にローマで、宗達がありとあらゆるものを描き写した帳面は膨大な数になっていた。千冊ほどにもなったのではないかというそれを、どうやって持ち運ぶのかとマルティノは懸念したが、〈洛中洛外図屏風〉を入れて持ち運んだものと同様の革張りの箱を、なんとグレゴリウス十三世より下賜された。これにはさすがに使節たちも心底驚かされた。

もちろん、使節たちそれぞれにも美しいロザリオや宝石が埋め込まれた小箱などが下賜されたのだが、宗達だけに特別に立派な箱が与えられた。

謁見の後日、改めて御礼に参上したロドリゲス神父は、ヴァチカンからの下賜の品々を持ち帰った。その中に箱があったのだ。

「汝がこの国で描いた絵を箱いっぱいに入れて持ち帰るがよいと、教皇猊下が仰せだった」

ロドリゲスの言葉に、誰よりも驚いていたのは宗達だった。

少年たちは宗達を囲んで、口々に喜び合った。

「すごいな、よかったではないか」

「まことに立派な箱だ。これならば、いくらでも帳面が入るだろう」

「狩野州信(かのうくにのぶ)どのとおぬしが力を合わせて仕上げた絵を、教皇猊下がお認めになったのだ。信長(のぶなが)さまも、さぞやお喜びになることだろう」

初めの頃は、宗達のやることなすことすべてに反発をしていた使節の面々だったが、いまや吾(わ)がことのようにうれしそうだ。マルティノには、何よりそれがうれしかった。

結局、マルティノたち使節団一行は、〈洛中洛外図屛風〉を見ることはかなわなかった。

教皇、グレゴリウス十三世に向かって開かれた屛風の真裏に使節団一行は控えていた。彼らからはいっさい絵は見えなかった。教皇はなめるように隅々まで屛風絵を眺め、堪能(たんのう)し、感嘆した。その目には涙すら浮かんでいた。

教皇によって使節団一行と宗達に祝福が与えられたのち、屛風はたたまれて、元通り革張りの箱に収められ、従者四人に運ばれて、ヴァチカン宮殿の奥深くへと消え去った。

見なくてもよかった——と言えば嘘になる。織田信長をうならせ、ローマ教皇をそれほどまでに感激させた傑作を、ひと目でいいから見たかった。いや、いちにちじゅうでも見ていたかった。それがまことの気持ちであった。

しかし、屛風が開いた瞬間の教皇の顔の輝きと、側近たちが見せた驚きと喜びこそが、その絵がいかなるものかを語っていた。

——見る者を幸福にする絵。きっと、そうなのだ。

マルティノは、幻の絵を己の胸の中にある箱にそっと収めた。

見ることはできなかった。けれど、マルティノの心の目は確かにその絵を見たのだ。忘れがたき宝の絵を。

そして——。

ローマ教皇、グレゴリウス十三世についに謁見を果たしたそのわずか十八日後。

教皇は天国の門をくぐり、神のみもとに召されたもうた。

学問を奨励し、芸術を愛し、暦を新たにした偉大な教皇がこの世を去り、ローマの街は深い悲しみに閉ざされた。

祝福を与えられ、あたたかく迎え入れられた使節団一行は、突然の訃報に言葉もみつからぬほど衝撃を受けた。

ローマの街じゅうに弔鐘が響き渡った。マンショも、ミゲルも、ジュリアンも涙にくれていた。

ジュリアンは一行が謁見した翌日に呼び出されて、教皇との謁見を果たした。ひとりだけ会わぬわけにはいかぬと、教皇がわざわざ招いてくれたのだ。慈しみ深い父のごとき教皇を偲んで、ジュリアンは涙がかれるほど泣いた。

教皇を天国へと送る告別のミサがヴァチカンのサン・ピエトロ大聖堂で執り行われた。

使節団一行も永遠の別れの儀に参列した。皆、涙に泣きはらした目をしていたが、宗達だけは泣きもせず、ものも言わずに、参列者のいちばん後ろで岩のように固まっていた。

その日の夕暮れ、遠くで雷鳴が轟いた。これはひと雨来そうだと、マルティノはイエズス会の宿舎の中庭を囲む回廊を部屋へと急いでいた。ふと見ると、中庭の真ん中に立っている月桂樹に宗達がよじ登っているのが見えた。

「おーい、宗達！　何をしているのだ、雨が来るぞ！」

マルティノが声をかけると、

「おう、わかっとるわい！　だからここへ登っとるのや！」

思いのほか元気のいい声が返ってきた。マルティノは木の下まで歩み寄ると上を見上げた。

宗達は大きな枝にまたがって、空を見上げながら帳面に木炭を走らせていた。

「何が見えるのだ？」マルティノが訊くと、

「天翔る馬よ。金の馬車に乗りたもうた教皇猊下を、神々がお迎えたもう……」

「神々？」

宗達は、「せや。神々や」とほんの少し笑った。そして、マルティノの頭の上にばさりと帳面を落とした。

マルティノは帳面を広げて見た。

幾頭もの馬が引く馬車が悠々と茜空を駆け上ってゆく。窓には帽子を被り白いひげをたくわえたやさしげな表情の老人の姿。その馬車を迎えているのは、雲の切れ間から射し込むまばゆい陽の光。その光の筋の周りを、雲に乗って雷鼓を打ち鳴らし、風袋を担いで舞い飛ぶのは――。

――あ……これは。

マルティノは思わず笑みをこぼした。

「ユピテルとアイオロス……だな？」

宗達は、にっと笑顔になった。

「せや。風神雷神や」

遠雷がまた轟いた。ぽつ、ぽつと雨粒が落ちてきた。

「おっ、来たで、来たで！　ひゃあっ」
瞬く間にいちめんのどしゃぶりとなった。春の雨は悲しみを洗い流して通り過ぎていった。

グレゴリウス十三世が逝去してのち、教皇選出選挙が行われ、シクストゥス五世が新教皇に選出された。

前の教皇を喪って悲しみに沈んでいたローマの街は、一転して新教皇誕生の喜びに沸き返った。

枢機卿だったシクストゥス五世は齢六十五歳で、教皇としてはまだ若かったが、だからこそ期待が寄せられて就任したのだった。学問を尊び、ヴァチカンの新たな事業に着手する意欲を持った人物であった。

シクストゥス五世が新教皇に選出されたのは四月二十五日のことであった。コンクラーヴェは、ミケランジェロの〈天地創造〉〈最後の審判〉の絵で飾られたあのシスティーナ礼拝堂で行われるということで、枢機卿たちが協議の末に投票をし、決定すれば白い煙が、決定しなければ黒い煙が礼拝堂の煙突から合図として出される――とマルティノたちは聞かされた。

使節団一行は、イエズス会宿舎の礼拝堂で、つつがなくコンクラーヴェが行われるように祈りを捧げていたが、宗達はヴァチカンの広場まで煙突の煙を見に出かけていた。

正午を回った頃に、宗達が勢いよく礼拝堂に飛び込んできて、「エ・デチーゾ（決まりました）！」とひと声叫んだ。ローマじゅうに新教皇決定の祝福の鐘が響き渡り、通りでは人々が踊り出した。宗達は、このときとばかりに喜びに沸く人々の様子を帳面に写し取っていた。

翌二十六日、新教皇となったシクストゥス五世による使節一行のお召し出しがあった。まさかそれほどまでにすぐ新教皇との謁見がかなうとは思いもよらなかった使節たちは、大あわてでしたくを整え、先代との謁見のさいと同様に、家紋のついた裃を身に着け、今度はジュリアンも加わって、四人揃って再びヴァチカン宮殿へ参上した。新教皇への献上品が用意できていなかったため、宗達だけは再びの同行はかなわなかった。

が、驚くべきことに、宗達も含め、日本からやって来た一行全員が新教皇の戴冠式に招待された。これには宗達も飛び上がって喜んだ。まさか、ローマにいるあいだに教皇の戴冠式に臨めるとは、いったい誰が想像できたであろうか。壮麗な戴冠式に赴いたマルティノは夢見心地であった。宗達は帳面を何冊も携えて参列した。

結局、使節一行はローマに七十日余の滞在をし、イタリア周遊の旅を続けるため、六月二日に出発した。

五月には、由緒あるローマ元老院より使節たちに「ローマ市民権」が授与されもした。四人の少年たちは、いつまでもこの街に留まってもよいとの許可を得たのである。

しかしながら、使節たちには、まだ果たしえていないもっとも大切な使命があった。——日本へ帰り着くことである。

世界随一の都たるローマ、その王たる教皇との謁見の様子を、使節を送り込んだ故郷の君主に報じ奉らなければならぬ。教皇は日本のキリシタンを永遠に守りたもうとお伝えせねばならぬ。

宗達も同じである。

織田信長の下命により、無事教皇に〈洛中洛外図屛風〉を届けることができた。が、さらに重要な命は、帰朝してローマの様子を信長へ報じることである。ローマの、西欧のありとあらゆる人、もの、ことを、あたう限り絵に写して、持ち帰らねばならぬ。それこそが、「真の天下」を狙う信長が密かに待ち望んでいるものであった。

いつまでもローマに、教皇猊下のお膝もとにいたい——という気持ちを振り切って、使節団一行はローマを発った。

出発の儀式が行われたポポロ広場は、人、人、人で埋め尽くされた。ローマじゅうの市民が集まったのではないかと思われるほどであった。

大歓声の中、一行は夢の都を後にした。

「もう二度とは来られますまい。……何か物悲しい気がいたします」

馬上でマルティノがつぶやくと、マンショが応えて言った。

「悲しんでいるいとまはないぞ。これから帰路につくのだからな」

イタリア各地をもうしばらくは周遊してはいくものの、ひとたびローマを出れば、それはすなわち「帰路につく」ということになるのだ。

――必ず帰ってくるのだぞ。

父の声がふいに聞こえてくる気がした。

長い旅のあいだ、生きてローマにたどり着くことなどできるはずはない――と心のどこかで思っていた。一方で、必ず生きて帰るのだ、という思いもあった。日本へ。故郷へ。両親のもとへ。

ローマを出発した一行は、まずは東へと向かい、少しずつ北上していった。チヴィタ・カステッラーナ、ナルニ、テルニ、スポレート、モンテファルコ、フォリーニョ、アッシジを訪れ、ペルージャに到着。

その後、カメリーノ、トレンティーノ、マチェラータ、レカナーティと移動して、ロレートに入った。そこでは、聖母マリアが受胎告知を受けたとの言い伝えがある「サンタ・カーザ（聖なる家）」を訪問した。

アンコーナ、セニガッリア、ファーノ、ペーザロ、リミニ、フォルリ、イモラに立ち寄りながら、大学都市であるボローニャへ。

その後、フェッラーラからはポー川を船で下り、キオッジャに着く。そこからは海路で、水の都、ヴェネツィアに入った。

ヴェネツィアでは、共和国大統領、ニコロ・ダ・ポンテとの謁見を果たす。ポンテは、サン・マルコ広場での「聖マルコの出現」の祝賀行事の日取りを調整し、一行が参加できるようにしてくれた。大絵巻が繰り広げられるがごとく華麗な祝典に、一行は酔いしれた。

ヴェネツィアからはブレンタ川を遡ってパドヴァに到着。その後、ヴィチェンツァ、ヴェローナ、マントヴァ、クレモナ、ローディと移動してゆく。植物園訪問、オリンピコ劇場で観劇、湖上の花火大会。夢かうつつかわからぬほどにすばらしい体験が次々に続いた。

そして――。

ローマを出発して五十四日目となる七月二十五日。

「ああ、ついにここまでやって来たなあ」

ミラノの中心部にあるイエズス会の教育施設「ブレラ」の中にある宿舎に落ち着いて、開口一番、ミゲルが言った。

「この国を離れるまで、あと少しでございますね」

いままではすっかり履き慣れた革靴を脱ぎながら、ジュリアンが応えた。西洋の履物に慣れたとはいえ、使節たちは寝所に入ればすぐに靴を脱ぐのが習わしだった。

「まことに」と、マルティノがすぐさまイタリアの地図を卓上に広げた。

「ジェノヴァから出港するゆえ、このあとはパヴィーアとトルトーナ、二カ所に立ち寄るのみだ」

マンショ、ミゲル、ジュリアンは、すぐに卓の周りに集まって、マルティノとともに地図をのぞき込んだ。

ポルトガルで手に入れたその地図は、海上に飛び出した足のように見えるイタリアの各都市の名前が印刷されたものだった。

マルティノは、使節団一行が訪れた街の名前にインクをつけたペン先で点を打ち、到着した日付と出発した日付も記しておいた。こうしておけば自分たちの足跡がわかる。訪れた場所を記録することは、いつしかマルティノの役目になっていた。

ヴァリニャーノに勧められて書き始めた日記も、よほど疲れていない限りは、どんなに短くとも忘れずにしたため続けていた。

「こうして見ると、瞬く間にイタリアを渡り歩いたかのごとく思われるな」

マンショが感慨深げに地図を眺めて言った。

ミゲルが「いかにも」とうなずいた。

「初めは、はてどうなることかと思うたが……ローマを出てからは、どこを訪うても大歓迎、大歓待であったな」

気の遠くなるほど長い道のりをものともせずに、ローマまでやって来た使節一行は、真の勇者、そして深く強い信仰を持ちえた若き王たちとして、各地で熱狂的な歓迎を受けた。

どこへ行ってもその土地でもっとも権威ある人物が最大限にもてなしてくれた。宮殿に泊まり、使用人にかしずかれ、贅沢な食事が卓を埋め尽くした。

贈り物もたくさん届けられた。礼状を日本語で書くのはマンショの役目であったが、それをラテン語に直すのはもっぱらマルティノであった。

ヨーロッパの地に初めて足を踏み入れたときには、使節たちは、右も左もわからずに不安なことも多かった。が、もはや石造りの街並みにも石畳の通りにも慣れ、地図を見ずとも馬を飛ばしてどこへでも行けるような気がするほど自信がついていた。

有馬のセミナリオでは、あれほどまでに驚きと畏怖の念をもって、手を合わせて拝み見ていた聖母子像の絵にも、いまではすっかり目が慣れてしまっていた。もちろん聖母子に対する崇拝の気持ちは変わらない。しかし、すぐれた図像とあまり心が動かない図像があることは否めなかった。

「それにしても……長崎の港を発ったのは、もうずいぶん昔のことのように感じられます」

ジュリアンが遠い目をしてそう言った。

「まことに」と、マンショが応えて言った。

「イタリアを離れる日が近づくにつれ、私はこの頃、国もとのことばかりを思い出すのだ。……吾が殿はつつがなくお過ごしであろうか、と」

一行が長崎を出港してから、すでに三年もの歳月が過ぎていた。その間、ずっと移動を続けていたため、日本の情勢を知ることはほとんど不可能であった。

もとより、戦国の世である。今日は何事もなかったといっても、明日にはどうなっているか誰にもわからない。家も、君主も、日本の国そのものも——音沙汰がまったく聞こえてこない西欧にあっては、国もとが平穏無事であることをただ神に祈るほかはなかった。

「……私は、ときに怖いのです」

　地図に視線を落として、ふいにジュリアンがつぶやいた。

「神のご加護を得て、私たちはおふた方の教皇猊下に謁見たまわりました。それだけでもじゅうぶん幸運であるのに、もったいなくも、猊下よりあたたかなお言葉もたまわり、数々の宝物も下賜されて……」

　その上、各地を回れば万雷の拍手と歓声に迎えられ、手厚いもてなしを受ける。王侯貴族と同様の待遇を受け続け、体も心も甘んじてしまっているのではないか。ときおり我に返ると空恐ろしい気持ちになるのだと、ジュリアンは正直に心情を告白した。

「ジュリアン。そなたの気持ちはようわかる。……私とて、同じ気持ちだ」

　マンショが静かに言った。

「贅を尽くしたもてなしを受けるのをあたりまえのように感じている己自身に、はたと気がつくときがあるのだ。そのたびに、いいや、私たちの旅はまだ終わってはおらぬ、日の本へ帰り着かねばならぬのだと、己で己を戒め、神に懺悔しているのだ」

　四人は卓上に広げられた地図をみつめた。

　再び過酷な航海を経て、日本に帰り着かねばならぬ。そのためには己を律することを忘れずに旅を続けなければならぬのだ。

ミラノに到着したその日、イエズス会の学び舎(まなびや)「ブレラ」付属の礼拝堂で夕べのミサを終えて、少年たちは講堂へと集められた。

いつものことであるが、ミラノに到着してまもなく、一行を率いるロドリゲス神父から滞在中の予定に関する詳しい説明があった。さまざまな儀式や宴(うたげ)、訪問、面会予定の人々など、どの街でも短い滞在にもかかわらず、招待や面会希望者が殺到し、とても応えきれない状態になっていた。

「ミラノにおいてもっとも重要な儀式は、つい先だってミラノ大司教に就任されたガスパレ・ヴィスコンティさまの初めてのミサに参加することだ」

予定が書き込んである帳面を見ながら、ロドリゲスが少年たちに向かって言った。いちばん前の席には、マンショ、ミゲル、マルティノ、ジュリアンが横一列に並んで座っている。宗達は、やはりいちばん後ろの席にひとり離れて座っている。

「ほかには、かつてミラノ公であられたフランチェスコ・スフォルツァ公がお造りになったスフォルツェスコ城を、在ミラノスペイン軍の指揮官、サンチョ・デ・パディヤ・イ・ゲヴァーラどのと訪問する。そなたたちも知っての通り、ミラノ公国は、現在、スペインの支配下にあるのだ」

マルティノは、眼光鋭く、信仰心が篤(あつ)く、好奇心も旺盛(おうせい)なスペイン王、フェリペ二世のことを思い出した。スペインに到着した一行を、それはそれは手厚くもてなしてくれたものだ。

このミラノはいっときフランス王の配下に降った時期もあったが、いまではスペイン王に服従している。ゆえに、ここではスペイン軍とその指揮官が権勢をふるっているのだ。

ミラノ滞在は九日間の予定だったが、一分のすきもなく予定が詰め込まれていた。が、ミラノは北イタリアではもっとも大きな街であり、織物や刺繍、作陶、鋳金などの産業も盛んである。しっかりと見聞して、国もとに伝えねばならぬ。

ロドリゲス神父の説明が終わってのち、宿舎へ戻ろうとするマルティノを宗達が呼び止めた。

「おい、マルティノ。ちと話を聞いてくれへんか」

「何用だ？　早く戻って晩餐に赴くしたくをしなければ……おぬしもそうであろう」

「わかっとる。せやけど……」

宗達は眉根を寄せた。その顔にはかすかにあせりが表れていた。

マルティノと宗達は西日が射し込む回廊で向かい合わせに立っていた。宗達は長く伸びたふたりの影法師をみつめながら言った。

「……わいは……この国で為すべきことをいまだにしてへん。このままこの国を離れるわけにはいかへん」

マルティノは、宗達の言葉の真意を測りかねて、

「何を申しておるのだ。ローマで教皇猊下へ織田信長さまよりの御品を献上奉ったではないか。それこそがおぬしの為すべきことだったのであろう」

そう念を押した。

すると宗達は、「それだけではないんや」と返した。

「上さまにお伝えせねばならぬ。この国の絵師がいかようにして絵を創っとるのか……その手業を覚えて、それを上さまのみもとに持ち帰らなあかんのや。詳しくこの国のすべてを写して帰らなあかん。そのために、わいはこの国へ来たんや……」

マルティノは、はて、と首をかしげた。

「おぬしは、ずっと帳面にこの国のあれこれを写しておったではないか。それでは足りぬというのか？」

「あんな帳面は、なんの役にも立たへんのや！」

突然、宗達は声を荒らげた。

「紙に炭で写して何になる？　水を被れば消えてしまうやないか。国もとにたどり着くまでに消えてなくなってしもうたら、上さまに申し訳がたたぬわ！」

マルティノは驚いて口をつぐんだ。宗達は、はたと我に返って、「すまぬ……」と詫びた。

「わいは、どうにかして絵師の工房とやらを訪うて、油絵の具で布に絵を描いているところを見てみたいと思うとったのに……今日の今日まで、そのいとまがあらへんかったもんやさかい……」

西欧の地に足を踏み入れるまえからずっと、宗達は、どのようにして西欧人の絵師が作画するのか、その手業を知りたいと願い続けてきた。

絵師の「工房」を訪問したいとロドリゲス神父に頼み込んだところ、もっともすぐれた絵師はローマにいるから、ローマで訪問すればよいと言われた。宗達はその機会を辛抱強く待ったが、結局、それが実現することはなかった。

絵師の工房に絵を注文するのは王侯貴族や裕福な商人である。したがって、大公や大司教がおわすような規模の大きな街でなければ工房はないし、絵師に会って話を聞くことはできまい。

となれば、この国ではここミラノがその最後の機会を得られるであろう場所となる。

しかし、イタリアを離れる日が近づけば近づくほど、使節一行に会いたい、来てもらいたいとの人々の熱狂は高まっていくばかりで、予定がどんどんふさがっていく。とてもではないが、絵師と交流する機会など持てそうもない。

宗達はいら立ちを隠しきれない様子で言った。

「いちにちだけでもええさかい……わいは、ここの絵師とまみえるためにひとりで街なかへ出かけたいんや。ロドリゲスさまにお願いしようと思うとる」

マルティノには、宗達のあせる気持ちが痛いほどわかった。

そもそも宗達は洗礼を受けてはおらず、使節の一員でもない。織田信長の命を受けたからこそ一行に加わったのだ。

いまではすっかり一行の面々となじみ、マルティノは宗達も自分たちと同じ「使節」なのだという気になっていた。

しかし、宗達自身は違っていた。

いまでも隊列の後ろから一行に付き従い、ミサでは出入り口に近い席で、見よう見まねで頭(こうべ)を垂れて手を合わせている。神父の説法が始まればいちばん後ろの席で静かに聞いている。権力者に会うときは従者のように正座を崩さずに畏(かしこ)まっている。晩餐会に出席するときも末席でおとなしく食事に集中している。自分は使節とは違うのだという姿勢をきちんと保っていた。

危険をものともせず、日本から命がけで絵を持参し、ローマ教皇に献上した少年絵師が使節団一行に同行している――といううわさが伝わり、その少年絵師に会いたい、絵を描いてもらいたい、という要望が申し入れられることもあった。

しかしながら、宗達が同行していることは表立っては知らせないとの方針をロドリゲスは貫いた。万が一、大公や枢機卿など大権力者から作画の依頼を受けてしまったら、宗達はその土地に留まらざるをえなくなる。宗達だけを残して帰国するわけにはいかぬ。ゆえに、宗達はその存在を公には消した上で一行に加わっていたのだ。

うなだれる宗達に向かって、マルティノはきっぱりと言った。

「心得た。私からもロドリゲスさまにお願いをしよう」

宗達は顔を上げて、マルティノを見た。

「まことか？」

マルティノはうなずいた。

ふたりはともにロドリゲスの部屋へと赴いた。

扉の向こうに神妙な顔つきで佇(たたず)んでいるふたりをみつけて、ロドリゲスは彼らを部屋の中に招き入れた。すぐにマルティノが「おりいってお願い事がございます」と切り出した。

「宗達は、ここミラノに留まっておるあいだに、絵師にまみえたいと望んでおります。そもそも、宗達が私たちとともに各地を訪(おとの)うておりますのは、この国の絵師の手業を学びたいとの思いがあったがゆえ。それはまた、日本国の大殿たる織田信長さまのお望みでもあるのです」

ロドリゲスは黙ってマルティノの言葉を聞いていたが、

「そなたの申すことはわかる。……しかし、いまとなっては難しいのだ」

けわしい表情で答えた。

「なにゆえでしょうか」

マルティノは思わず訊き返した。

「私たち使節とすべてをともにせずとも、宗達ひとりで絵師の工房を訪うてもよいではありませぬか。せめていちにちだけでも……」

「それができれば、とっくにそうさせてやっている。もはやそうできぬのだ」

ロドリゲス厳しい口調で言った。

かりに宗達がひとりで街なかへ出かけたとして、西洋人でない彼は人目を引く。ミラノに使節団が到着していることは市民皆が知るところであるから、すぐにうわさになり、人だかりができるだろう。騒ぎになって、思いもよらぬことが起こったら、このさきの旅程が狂ってしまうかもしれぬ。

「そなたたち全員が無事に帰国の途につくためにも、そうなっては困るのだ。……わかるであろう？　宗達よ」

ロドリゲスの言葉に、宗達はくちびるを噛んでうつむいた。が、マルティノは食い下がった。

「ならば、せめて……ミラノ随一の絵師が描いた絵を見ることはできますまいか」

絵師にまみえることが難しいのであれば、せめてすぐれた絵を見て、それを写し取ることはできないだろうか。

宗達もマルティノと同じことを考えていたようだった。宗達は石の床の上に正座をすると、両手をつき、ロドリゲスを見上げて言った。

「お願いでござります、ロドリゲスさま。これまでイタリア各所ですぐれた絵の数々を目にして参りました。……ミラノには、きっとイタリア随一の絵があるはずです。仰せの通り、絵師の工房を訪うことはあきらめましょう。されど、せめて……名画を見に行かせてはいただけませぬか」

ロドリゲスは難しい表情を変えずに問い返した。

「ミラノにイタリア随一の絵があると、なぜわかるのだ?」

宗達はロドリゲスの目を見て、はっきりと答えた。

「かつて、この街にレオナルド・ダ・ヴィンチという絵師がいたとのことを、フィレンツェに滞在せしおりに耳にいたしました」

マルティノの胸に、フィレンツェでメディチ家の礼拝堂を訪問したときの思い出がありありと蘇(よみがえ)った。

あのとき——描きかけだという聖母子像を目にして、宗達は涙した。この絵に命を吹き込んだ絵師の名を教えてほしいと、案内係のルチアーノに尋ねた。

そして、その絵師、レオナルド・ダ・ヴィンチは、百年もまえにフィレンツェを出てミラノへ行き、その後フランスで天に召された——と教えられたのだった。

レオナルド・ダ・ヴィンチはかつてミラノに滞在していた。であれば、彼が描いた絵がこの街に遺(のこ)されているはずだと、宗達は初めから考えていたのだ。

ロドリゲスは宗達の燃えるような瞳をみつめ返した。しばらく思案してから、彼は言った。

「よろしい。そこまで申すのであれば、レオナルド公の絵を見に行く手はずを整えよう。ただし、一度きりだぞ。よいな?」

ミラノ滞在七日目となった日の朝。

礼拝を終えた使節一行は、その日、スフォルツェスコ城を見学に行く予定となっていた。

かつてミラノ公がおわした城は、いまではスペイン軍の拠点となっていた。ロドリゲスは、この訪問から宗達とマルティノを外した。

軍事施設の見学に宗達は行く必要がないとの判断である。マルティノは「体調不良」ということで欠席とさせた。

宗達ばかりでなく、マルティノまでも欠席を許可したのは、宗達のために懸命に懇願をした彼にも、軍事施設よりも「名画」を見せておこうとのロドリゲスの配慮であった。

一行がスフォルツェスコ城へと出かけたあと、マルティノと宗達は、供の者に連れられて、カトリック教会の別の会派であるドミニコ会の教会、サンタ・マリア・デッレ・グラツィエ教会へと赴いた。

目立ってはいけないので、宗達は、いつもの着物に袴姿ではなく、イタリア風の服装をさせられた。それを見たマルティノは大笑いだった。

「これはおもしろい。その格好で国へ帰ったらどうだ。皆、驚くぞ」

宗達は顔を赤らめて、「やかましいわい！」といかにも着心地が悪そうである。

ふたりは羽根飾りのついた帽子を目深に被り、出発した。やがて美しい石造りの教会に到着した。

――私は見たことはないのだが、ドミニコ会の教会にレオナルド公の絵があると聞いている。

前日の夜、ロドリゲスがマルティノと宗達を呼び出してそう告げた。

——ドミニコ会の神父に、そなたたちにその絵を見せてやってほしいと依頼しておいた。同じ神のしもべとして歓迎するとの返答を得ている。

しっかりと見てくるのだぞ——。

ロドリゲスの配慮とドミニコ会の寛大さに、マルティノは胸が熱くなった。

たった一度きりの訪問である。このさき、もう二度と訪うことはない。となれば、レオナルド・ダ・ヴィンチの絵を見ることも、このたった一度きりである。

どのような絵なのかわからない。けれど、この目と胸とに焼き付けて帰ろう。

マルティノは、そう心に誓った。

フィレンツェでメディチ家の礼拝堂に通されたときのように、胸の鼓動を高ぶらせながら、マルティノと宗達は礼拝堂へと入っていった。

ここはミラノ市民も礼拝に訪れることができる場所である。堂内では祈りを捧げる人々が祭壇に向かって頭を垂れていた。マルティノと宗達もまずはひざまずき、手を合わせた。

当然、そこにレオナルド・ダ・ヴィンチが描いた祭壇画があるものと思っていたのだが、大きな木の十字架が下がっているのみであった。

「おい、レオナルド公の絵はいずこにあるのや？」

マルティノの肩をつついて、宗達がささやいた。

「わからぬ。側廊の祭壇ではないのか？」

マルティノがささやき返した。

頭を巡らせて堂内の側廊を眺め渡したが、それらしきものはない。宗達は首をかしげた。

と、ひとりの修道士が音もなく歩み寄ってきた。彼はふたりのそばに佇むと、

「こちらへ」とイタリア語でささやいた。

ふたりはうなずいて、彼の後について礼拝堂の外へ出た。

修道士は、静かな微笑を浮かべてあいさつをした。

「ようこそお越しくださいました。私はドミニコ会の修道士、マルコと申します。あなたがたのことは、イエズス会のロドリゲス神父より伺っています」

マルティノと宗達が手を合わせて頭を下げると、

「なるほど、それが東方の国のあいさつなのですね」

と興味深そうに言った。

「このたびは私たちの願いをお聞き入れいただき、感謝にたえません」

マルティノが礼を述べると、

「礼には及びません」とマルコは応えた。

「なんとしてもレオナルド公の絵を見たいと、はるかな東方からやって来たあなた

がたから申し入れがあったことは意外でした。ずいぶん昔に天に召されたレオナルド公の名を知っておられるとは、まったく驚きです」

そして、その絵はミラノの絵師たちのあいだではつとに知られていて、レオナルドが遺したすぐれた技法を学ぼうと、ときおり若い絵師が見学に来るのだと教えてくれた。

マルティノと宗達は、マルコ修道士に導かれて、礼拝堂の裏側へと進んでいった。

「こちらから入ってください」

マルコに示された出入り口には質素な木の扉があるだけで、礼拝堂やドミニコ会の院長の部屋などではなさそうだ。マルティノは不審に思いながら、宗達とともにその「裏口」めいた扉を開けた。

一歩足を踏み込んで、ふたりはあっと驚いた。なんとそこは厨房(ちゅうぼう)だったのである。

石窯(いしがま)が並び、薪(まき)がくべられ、銅の鍋からはもうもうと湯気が上がっている。料理人たちが野菜を刻んだり、麺(パスタ)を打ったり、忙しく昼食のしたくをしている真っ最中である。

「こ……ここにレオナルド公の絵があるのだろうか？」

マルティノが思わずつぶやくと、

「聖なる料理人……を写した絵、やろか？」

あっけにとられながら、宗達がそう答えた。

「さあ、こちらへ。足もとが滑るので気をつけて」

マルコがふたりを先へと促（うなが）した。

「はい」と返事をしつつ、宗達はパスタをゆでこぼした汁に足をとられてあやうく転びそうになった。宮殿での豪奢（ごうしゃ）な晩餐会にはすっかり慣れたものの、厨房に通されたのはこれが初めてのふたりであった。

厨房の奥の扉まで行くと、マルコが言った。

「ここから入ってください」

開けられた扉を通って、ふたりは隣室へ入っていった。

そこは、広々とした食堂であった。細長い木の食卓が四列並んでいる。修道士の姿はなく、がらんとした殺風景な空間が広がっている。

突き当たりには漆喰（しっくい）の白い壁が見えるが、絵はどこにも飾られていないし、壁画も天井画もない。

マルティノと宗達は、やはりあっけにとられて突き当たりの白い壁をぽかんと眺めていた。

「そのまま、まっすぐ歩いていってください。あの突き当たりの壁まで」

後ろ手に扉を閉めて、マルコがまた促した。言われるままに、ふたりは長い食卓のあいだをどんどん歩いていった。

（なんなのだ、いったい？）とマルティノは、狐につままれたような気分だった。

食堂の突き当たりにある殺風景な壁の前まで歩いていくと、マルティノと宗達は顔を見合わせた。

（どこにレオナルド公の絵があるんや？）

宗達の目がそう訊いている。

（わからぬ。からかわれているのだろうか？）

マルティノの目にも疑いの色が浮かんでいる。

「よろしい。では、そこで振り向いてください。こちらのほうへ」

マルコ修道士の声がした。彼は、さきほどふたりが通ってきた厨房に通じる扉の前に立っていた。

マルティノと宗達は、声のしたほうへ振り向いた。と同時に、あっと息をのんだ。

ふたりが立っている場所と反対側の壁、食堂を見下ろす高い位置に壁画があった。

――食卓を囲む一群。十三人の聖なる人々。

横長の卓の中央で、何かを語りかけるように、またすべてを受け入れるように、両手を広げ、思慮深いまなざしを放つその人。いとも美しく、またさびしげな表情を浮かべたその人こそは、イエス＝キリスト。

救い主の周りに集まっている人々は、キリストに愛されし十二人の弟子たち。ヨハネ、ペトロ、アンデレ、小ヤコブ、バルトロマイ、トマス、大ヤコブ、フィリポ、マタイ、ユダ・タダイ、シモン。そして――イスカリオテのユダ。

――よくよくあなたがたに言っておく。

イエスの聖なる言葉、あの「預言」が、まるでいまその口から放たれたかのように、マルティノの耳朶を打った。

――あなたがたのうちのひとりが、私を裏切るであろう。

十二使徒たちは、信じられない、というように、互いの顔を見合わせ、震えるまなざしを交わし合う。怒濤のような驚きと不安の嵐が一気に押し寄せる。

――主よ、主よ！　ああ、まさか、そんなことはありえませぬ！

――誰なのですか、いったい？　主を裏切るなどという恐ろしいことをしようとしているのは？

ある者は身を乗り出し、ある者は全身で驚きを表し、ある者は不安に眉を曇らせる。

その中で、ただひとり、邪悪な顔に暗い影を浮かべて体を引いているその男――イスカリオテのユダ。

――いや、わからぬ。あれがイスカリオテのユダなのだろうか？

マルティノは、胸の鼓動が全身に響き渡るのを感じながら、目を凝（こ）らして一心に「その場面」をみつめた。

それは、イエス＝キリストが十二使徒と晩餐をともにしているとき、弟子の中のひとりが自分を裏切ると預言し、それがイスカリオテのユダであると暗示する「最後の晩餐」の場面であった。

その衝撃的な場面は、古来、絵師たちが繰り返し描いてきた画題であった。

イエスを裏切るという行為は、主君や親を裏切るにも等しい恐ろしい行為である。決してあってはならぬことなのだと、マルティノは幼い頃からパードレに教えられてきた。

マルティノと宗達は、それまでにもイタリア各地で「最後の晩餐（ばんさん）」が描かれた絵を少なからず目にしてきた。

それまでに見てきた絵では、食卓を囲むイエスと弟子たちの中で、ひと目でイスカリオテのユダがそれとわかった。イエスと弟子たちには、頭上に金色に輝く光輪（ニンブス）

が描かれて、聖なる存在であることが示されているのに対し、裏切り者のユダにはニンブスがない。また、イエスは弟子たちに囲まれて食卓に着いているが、イスカリオテのユダだけは同じ側の席にはいない。反対側か、ひとり離れて別の場所に座っている。裏切り者をイエスと同列に座らせるのは畏れ多いことであるから、絵師たちがそう描いたのは無理からぬことである。

また、ユダは背中を向けて顔を描かれていなかったり、描かれていてもひときわ醜い顔をしていたりするのが普通であった。

「最後の晩餐」の絵を目にするたびに、世にも醜いユダをたちどころにみつけて、マルティノは、恐ろしさに身が縮む思いがした。ユダの行いに激しい怒りを覚え、直視できない気さえするのだった。

が、いまふたりがみつめている絵は、いままで見たどんな「その場面」の絵とも違っていた。

気高く厳かなイエス、彼を囲む従順で敬虔な使徒たち。彼らの誰にも――そう、救い主にさえも、あるはずのニンブスがない。

そして、驚くべきことに、イスカリオテのユダを含む十三人全員が食卓の同列に着席している。

だが――ひとりだけ離れた席に座っていなくとも、また醜くなくとも、この壁画に描かれているイスカリオテのユダは、いままで見たどんなその男の姿よりも、邪悪で穢れた者である。

なぜそうとわかるのか。——それは、その姿が縮こまっているからである。衝撃に全身をすくませているのだ。

ほかの弟子たちの誰よりも、ユダこそがイエスの預言に震撼した。と同時に、彼の体の中に悪魔がすとんと入った。

悪魔の姿は描かれてはいないが、その瞬間、ユダは身をすくめて、おののきながらイエスを呆然とみつめている。戦慄が体を駆け抜け、その左手はすっと卓上のパンに伸びている。

——私が一切れの食べ物をひたして与える者が、それ（裏切り者）である。

そうのたまって、イエスは、あの卓上のパンをいましがた水にひたした。そして、まるで引き寄せられるように、ユダはそれに手を伸ばしてしまう。

——ならぬ……。

息をこらして「その瞬間」をみつめるマルティノの額に汗が噴き出した。

——ならぬ……ならぬ！

体を小刻みに震わせ、マルティノは声には出さずに胸の裡で叫んだ。

——去れ、裏切り者よ！　主を売り飛ばす恐ろしき所業を行うまえに！

ああ、主よ！　なにゆえ邪悪な者にパンをお与えになるのですか？　その者は悪魔です！　人間の姿をした悪魔なのだと、あなたさまもご存じなのに……！


しかし、イエスは、すべてを悟り、すべてを受け入れて、凪いだ海のごとく厳かに静まり返っている。裏切り者がともに食卓を囲むことを、ただ赦している。

そして、自ら進んで受難の道へ、一歩、踏み出そうとしている。

罪なき罪を背負い、受けざるべき罰を受ける覚悟を決めた主は、この食卓の席を立ってのち、いばらの冠を被り、ゴルゴダの丘へと続く道を、たったひとりで歩いていくのだ。


ああ……とうめいて、マルティノはくずおれた。両手を固く組み、床にひれ伏して体を小刻みに震わせた。

まるで、たったいま「その瞬間」に居合わせてしまったかのような衝撃と、何もできない自分の非力さが堪えきれぬほどの苦しみとなって、マルティノの中で爪を立て、襲いかかってきた。

冷たい石の床の上にうずくまって震えるマルティノの背中に、宗達の手がそっと触れた。

びくりと肩を震わせると、「すまぬ……」とマルティノは声を絞り出した。

「私は、いま……悔いているのだ。なにゆえ私は、主があの男に裏切られしときに、主のおそば近くにいて、それを止められなかったのか……」

なにゆえ、はるか後の世に生まれてしまったのか。主のおわした場所ではなく、はるかかな東方の国に生まれてしまったのか。

そして何も……主のおんために、何もして差し上げることができぬのか……。

マルティノの悔悛めいた言葉を宗達は黙って聞いていた。やがて、ぽつりとつぶやいた。

「おぬしの気持ちは……あのとき、あの食卓に同席しておられた御弟子さまたちのお気持ちそのもの……なんやろうな……」

それから、ふうっと長いため息をついて、

「……マルティノ。告解してもええか」

と訊いた。

マルティノは固く閉じていた目を開けた。そして、ゆっくりと体を起こすと、宗達のほうを向いた。

宗達は不思議な光を瞳にたたえて、マルティノをじっとみつめていた。それから、少しうるんだ声で告げた。

「わいは……長いこと、ようわからへんかった。おぬしたちが信じ奉る『神』のことが……」

　――神のみ光、キリストの栄光。

　祈りのたびに、パードレが、マンショが、ミゲルが、ジュリアンが、マルティノが口にする言葉。

　キリシタンである彼らは、苦渋（くじゅう）に満ちた困難な航海とはるかな道程を、ただひたすら神を信じ、神の国にいちばん近い場所、ローマへとひたむきに歩んできた。

　神を信じる者は必ず救われる。そう説いた救い主、イエス＝キリストは、気の遠くなるほどの昔、想像もできぬほどの苦難を受け入れた。その聖なる行いに励まされ、キリシタンたちはイエスが歩んだ苦難の道を同様にたどってきたのだ。

　――なにゆえに？

　キリシタンがそうまでして神への信仰を誓い、救い主の歩んだ道筋をたどるのは、なにゆえなのだ？

　使節一行と苦楽をともにしながらも、宗達にはどうしてもわからなかった。

　彼らの中に灯（とも）っている信仰の灯火（ともしび）が、何が起ころうとも決して消えず、揺らめきさえしないのはなぜなのか――。

「せやけど……わいは、ようやくわかった。おぬしたちの『神』は、昔むかし、ずっと、ずうっとまえから、皆の心の中におわして、いまも変わらずに皆とともにあると……」

イエス＝キリストは、尊い教え、「愛」を人々に伝えるために、この世に遣わされた神の御子(みこ)。

だからこそ、すべてを受け入れ、すべてを赦したもうたのだ。――弟子の裏切りさえも。

宗達は、まぶしげなまなざしを〈最後の晩餐〉に向けた。

食卓の上に両手を広げ、自らの預言に弟子たちが恐れおののくのを静かに受け止めるイエスの姿。

悟りと赦(ゆる)し、そして「愛」が、淡いヴェールのようにその顔(かんばせ)を包み込んでいる。

マルティノと宗達は、ふたり、並んで壁画を見上げた。

およそ百年もの昔、ここにひとりの絵師がいた。

その名は、レオナルド・ダ・ヴィンチ。

いかなる絵師であったのか、彼が天国の住人となってしまったいまとなっては、知ることはできない。

けれど、この絵をみつめていればわかる。その筆には神が宿っていたのだと。

この絵がこの世に誕生した、その事実こそは、まさしく神の御業(みわざ)。

そして、はるかな国、日本から、ふたりの少年がこの絵にまみえるために、こうしてここにいることもまた、神のお導きなのだ。

宗達は胸の前に両手を合わせると、壁画に向かって静かに目を閉じた。言葉にできないあふれる思いが胸にあたたかく伝わってきた。

マルティノもまた、両手を合わせ、目を閉じた。

——神よ。感謝いたします。

こうして宗達とふたり、ここにいる幸運を。

——と、そのとき。

ぎいい……と音を立てて、ドアが開いた。

壁画の中央、ちょうどイエスが食卓に両手を広げている真下、さきほど、マルティノと宗達がマルコ修道士に導かれ、食堂へと通されたドアである。

目を閉じて祈りを捧げていたマルティノと宗達は、夢から覚めたように目を開けた。

ドアを開けて入ってきたのは、ひとりの少年であった。

栗色の短髪、鼻梁(びりょう)の通った端正な顔立ち。イタリア人らしき少年は、白いブラウスに黒いチョッキを身に着けていた。粗末な服装は、彼が修道士でも名士の子息でもないことを物語っている。ドミニコ会の下働きの少年だろうか。

向かい側の壁に見知らぬふたりの少年が祈りを捧げているのをみつけて、栗色の髪の少年の顔に驚きが走った。そして、その場に足を止めた。

それは、不思議な光景だった。

少年の頭上にはイエス＝キリストの姿があった。すべてを受け入れ、赦して、静かに開かれた両手。——その真下に少年が佇んでいた。まるで救い主に護られているかのように、少年は淡い光に包まれて見えた。

マルティノはどきりと胸を鳴らした。

どこかの宮殿で目にした絵の中の天使がふいに目の前に蘇った。

——神の……使者？

マルティノは思わず目をこすった。

しかし、壁画の真下に佇んでいる少年はまぼろしではなかった。

彼の背中に羽根はなかったが、その代わりに大きな画帳を小脇に抱えているのが見えた。

「……チャオ（やあ）」

先に声をかけたのは宗達だった。

少年はいぶかしそうなまなざしをふたりに向けるばかりで、返事をしない。

宗達は、にっと笑うと、臆せずにイタリア語で話しかけた。

「おれたちは、ここでレオナルド公の絵を見せていただいているんだ。……君は？」

少年はやはり何も答えず、天敵に鉢合わせしてしまった雄鶏（おんどり）のように、その場にじっとしたままふたりを凝視している。

「おれたちは怪しい者ではない。ドミニコ会のマルコ修道士さまにお願いして、ここにご案内いただいたのだ」

そう言ってから、宗達は一歩踏み出そうとした。

「――そこを動くな！」

たちまち鋭いイタリア語が飛んできた。宗達はびくっとして踏み出した足を引っ込めた。

「こちらが行く」

少年はぶっきらぼうに言って、つかつかとふたりのもとへ近づいてきた。

間近で見ると、少年は、自分たちと同じくらいか、もう少し年下のようにマルティノには思われた。艶やかな頰（ほお）は紅をさしたように明るんで、鳶色（とびいろ）の瞳は長いまつ毛に縁取られている。少女のようにきれいな顔には、疑いが濃い影を落としていた。

「お前たちは何者だ？　この土地の者ではないな」

マルティノは、「ああ、その通りだ」と帽子を取って、きれいに剃（そ）り上げた頭をさらしてみせた。

「私は、東方の国、日本の神学生だ。イエズス会所属、原マルティノと申す。日本よりローマ教皇猊下のみもとに遣わされた使節の一員だ」

「使節……」

少年はつぶやいて、

「イタリアを歴訪して、このまえミラノへ到着したという一行のことか？」

と訊いた。

「そう、その一行だ。君も知っていたのか」

うれしそうな声で宗達が答えた。

少年は、きっと宗達をにらんで、

「お前も帽子を取れ。神の御子の御前で着帽のままとは、失礼ではないか」

たとえ絵に描かれたイエス＝キリストであろうとも、まごうかたなき神の御子である。この絵――〈最後の晩餐〉の前では礼儀をわきまえよ、ということだろう。

宗達は、あわてて羽根飾りのついた帽子を取った。もともと被り慣れてはいないのだ、取ってしまってせいせいした様子になった。

「なんだ、そのぼさぼさの頭は？」

少年が突っかかってきた。宗達は「ああ、これか？」と束ねた髷を揺らして、

「おれたちの国では髪のかたちで身分がわかるのだ。おれは神学生ではないから、剃髪（ていはつ）する必要はないのだ」

朗（ほが）らかに答えた。少年は、じろじろと無遠慮に宗達を眺め回して、

「神学生ではないというなら、何者だ。なにゆえここに来ているのだ？」

そう尋ねた。

宗達は、よくぞ訊いてくれた、と言わんばかりに、高らかに返した。

「おれは絵師、俵屋宗達だ」

「……絵師？」

少年は長いまつ毛を盛んに上下させて、目を瞬（しばたた）かせた。そしてまた突っかかってきた。

「嘘を言うな。なぜ絵師がそんな遠くの国からわざわざここまでやって来る必要があるのだ」

少年の言葉に、宗達はむっとして、

「嘘ではない。おれは、日本の大殿たる織田信長さまの命を受けて、使節とともにローマに遣わされたのだ」

むきになって言った。それでも少年は信じようとしない。

「ニッポンのオオトノが、なぜ絵師をローマに遣わすのだ？　使者や商人ならとも

かく、絵師をわざわざ遠方へ遣わすなど、聞いたこともないぞ」

重ねて言った。

「それに、なぜお前たちはおれと同じ言葉を巧みに使うのだ？　お前たちの国はおれたちと同じ言葉を話すのか？」

「いや、それは……」

責め立てられて、宗達は口ごもってしまった。

「織田信長さまより教皇猊下へ献上奉る絵を、この者は描いたのだ」

マルティノが助け舟を出した。

「その絵は、吾が国の都を描いた絵で、緻密なること類を見ぬものであったがゆえ、大殿は、描き手である絵師本人を献上品に随行させ、教皇猊下に説明奉らせたのだ。さればこそ、長い旅のあいだに、この者はこの国の言葉を習得したのだ」

少年は、今度はじいっとマルティノをにらんで、

「お前は見たのか？」

と訊いた。

「何をだ？」

マルティノが訊き返すと、

「だから、その絵をだ」少年がすかさず言った。

「わざわざ絵師を随行させて説明しなければならぬほどの絵とは、どんなものなのだ？　それがまことだというのなら、説明してみてくれ」

今度はマルティノが口ごもってしまった。

ローマ教皇に献上された〈洛中洛外図屏風〉がどのようなものであるか、宗達からよくよく聞かされていた。ゆえに、それが都の様子を微に入り細に入り緻密に描き込んだ天下無双の一作であるとはわかっていた。

しかしながら、その絵が披露されたとき、マルティノは、教皇に向かって開かれた屏風の真裏に立っていた。つまり、ひと目も見ることができなかったのだ。

「み……見てはおらぬ」

マルティノは、正直に少年に向かって答えた。

「その絵は、教皇猊下にお見せするためのものだったがゆえ……私は見ることがかなわなかった」

「へえ、そうか」

少年は意地の悪そうな笑みを浮かべた。

「であれば、こやつの描いた絵がどんなものなのか、お前は知らぬということではないか。それなのに、教皇猊下の謁見がかなうほどの絵師だと、なぜ言えるのだ？」

少年はどんどん突っかかってくる。マルティノと宗達は圧倒されて、返す言葉がみつからない。

「教皇猊下に絵師がお目通りするなど、あのミケランジェロ公でもない限り、かなうはずがないわ。こんな猿の子のような顔をしたぼさぼさ頭の小童が、ローマに行って教皇猊下に絵の説明をしただと？　ふん、笑わせるな」

宗達が、じろりと少年をにらみつけた。

「小童だと？　お前のほうがよほど小童であろう。こう見えてもおれは十七だ」

それから前のめりになって、少年に食ってかかった。

「ぼさぼさ頭の猿？　それがどうした。お前のほうこそ、猫に追いかけられて逃げ回る雄鶏のような頭だぞ！」

「何を！　やる気か？」と少年。

「おうよ。表へ出ろ！」と宗達。

「ちょっ……ちょっと、ちょっと待った。待った待ったーーっ！」

ふたりのあいだにマルティノが割って入った。

「ここをどこだと心得ているのだ？　修道士さまたちの食事の場……畏れ多くもイエスさまの聖なる食卓の御前であるぞ！」

宗達と少年は額を突き合わすようにして、いまにも噛みつきそうににらみ合っている。

仲裁に入ったマルティノは、急におかしさが込み上げてきて、ぷっと吹き出した。それから、笑いが止まらなくなってしまった。

「なんだ？　何がそんなにおかしいのだ？」

少年がむくれた表情でそう訊いた。マルティノは腹を抱えながら、

「おぬしたち……まるで、小猿と雄鶏のけんかのようで……ああ、おかしゅうてたまらぬ」

そう答えた。笑いすぎて涙目になっている。

少年はいっそう怖い顔を作って、

「調子に乗るな！　お前など『子いたち』そっくりではないか！」

子いたち……と思いがけない譬え(たと)に、マルティノはきょとんとした。とたんに宗達が、あはは、と声を上げて笑い出した。

「ああ、そうか！　マルティノは何かに似ていると思っていたが、子いたちだったのか。こりゃあいいぞ」

今度はマルティノがぶすっとする番だった。が、宗達があまりにも楽しそうに笑うので、またもや笑いが込み上げ、一緒に笑い出してしまった。

いかにも楽しげに笑う日本人少年ふたりを、イタリア人少年はあきれたように眺

めていたが、

「お前たち、ほんとうにおかしなやつらだなあ」

そう言って、とうとう彼も笑い出した。

気持ちよく笑い合ったあとは、張り詰めていた空気がすっかりほどけた。

「突っかかってしまって、悪かったな」

少年は、宗達とマルティノに向かってすなおに詫びた。

「おれはここへ週に一度通っているのだが、いままでに先客がいたことなどなかったものだから、つい怪しんでしまったのだ」

「週に一度？　この食堂で働いているのか？」

マルティノが訊くと、

「いや、違う」

即座に答えが返ってきた。

「おれは……その、なんというか……」

少年は、ふと言葉をにごらせた。すると、宗達が言った。

「言わずともわかる。君も絵師なのだろう？」

少年は、驚きのまなざしを宗達に向けた。

「……なぜわかるのだ？」

「君が現れた瞬間から、きっとそうだろうと思っていた」

にっと笑って、宗達が答えた。そして、少年が小脇に抱えている画帳を指差して言った。

「それは画帳だろう？　それに、君の指には木炭と絵の具がついている。君が何者であるか、おれにはひと目でわかった」

マルティノは、なるほどと思った。彼もまた、宗達が帳面を抱えているのを見て、ひょっとするとレオナルド・ダ・ヴィンチの壁画を写しに来たのではないかと察したのだ。しかし、指先についている顔料にまでは気がつかなかった。

少年はじっと宗達をみつめると、言った。

「おれは、絵師ではない」

肩透(かたす)かしを食らって、宗達は「え？」と思わず訊き返した。

「違うのか？　では、なにゆえここにやって来たのだ？」

少年は、またしても言いよどんだが、

「おれは、ミラノの絵師、シモーネ・ペテルツァーノ工房の弟子だ」

と、ようやく自分の身の上を明かした。

さらに、少年は、なぜ自分がドミニコ会修道院の食堂に現れたのかも打ち明けた。

少年は、この春にペテルツァーノの工房に弟子入りした。が、あるとき、兄弟子をなぐってしまった。少年は叱責され、しばらく工房へは来なくてよいと親方に言い渡されてしまった。

少年は、いてもたってもいられなくなり、寄宿舎を飛び出した。

「それで、実家へ戻ったのか？」

マルティノが訊くと、少年は首を横に振った。そして、

「おれには、帰る家などない。……父も母も、死んでしまった」

弱々しい声で答えて、ここに至るまでのいきさつを話し始めた。

少年はミラノで生まれたが、五歳の頃、街で疫病が流行ったこともあり、近郊の村へ家族で移転した。父はその村のとある侯爵家の屋敷の管理人をしていたが、屋敷内の装飾も手がけていた。少年は、両親とふたりの弟とともに、侯爵家の敷地内にある管理人の家に住んでいた。

少年は侯爵家の子供たちと遊んでいて、屋敷内に掛かっている数々の肖像画や宗教画を目にした。これらの絵は、侯爵の依頼を受けて父がミラノの工房で買い求め、屋敷の壁を飾ったものだった。

いつしか少年は遊ぶことも忘れて絵を眺めるのに夢中になった。そのうちに紙にペンで絵を写すようになった。描くのが楽しくてしょうがなくなり、手本になる絵

を写さずとも、小鳥でも花でもパンでも、自分なりに紙に描いてみた。侯爵家の子供たちが、あれを描け、これを描けと注文をすれば、器用にすらすらと描いてみせた。

ある日、少年が描いた絵が侯爵の目に留(と)まった。すっかり彼の絵を気に入った子供たちが、父のもとへ持ってきて、父上、これを見てくださいと、さも自慢げに見せたのだ。かごにこんもりと盛られたいかにもおいしそうなくだものと、その近くに小鳥が留まっている絵だった。

侯爵はそれをつくづく眺めて、少年の父を呼び出した。

――お前の息子はたいそう作画が得手なようだな。

父に向かって侯爵は言った。

――早いうちにミラノの絵師の工房に弟子入りさせるとよい。そのときがくれば、私も口を利(き)いてやろう。

父の知らぬ間に、侯爵の子供たちばかりか侯爵までもが、少年の画力を認めるほどになっていた。

いずれミラノの工房に弟子入りする気はあるかと父に問われて、少年は即座にうなずいた。

家族と離れて暮らすのは心細いが、好きなだけ絵を描けるようになりたい。それが、そのときまだ十歳にも満たなかった少年の偽らざる気持ちだった。

父も息子をいずれ立派な絵師に仕立てようと心に決めていたはずだったが、それからまもなくして疫病にかかり、あっけなく絶命してしまった。

幼い息子三人を抱えて寡婦となった母は、実父から譲り受けた土地を売り、子供たちを養った。侯爵は少年の母を気の毒がって、三人の息子たちの教育の面倒をみようと申し出てくれた。家長を失った一家だったが、子供たちの将来はどうにか定まりそうだった。

ところがその後、子供たちが成長した姿を見ることなく、母もまた天に召されてしまった。

兄弟たちの周辺がにわかにあわただしくなった。財産分与、後見人の決定、そして子供たちの引き取り先などで、大人たちが手はずを整えるのに忙しくしていたのだろう。十歳になるかならぬかの弟たちにそんなことがわかろうはずもない。弟たちはただただ膝を抱えて泣いていた。

が、少年は違っていた。彼は涙を流さなかった。

「おれは……なぜかわからない、でもおれは、母さんが死んでしまった悲しみよりも……いよいよ絵師の工房に入るんだ、好きなだけ絵が描けるんだ、と思って、むしろ……心のどこかで喜んでいた気がする……」

少年は長いまつ毛を伏せて、懺悔をする口調でそう告白した。マルティノと宗達は、ただ黙って少年の話に耳を傾けていた。

「そうして、おれは……ミラノに出てきたんだ」

伏せた目を上げると、少年は話を続けた。

父との約束通り、家族が世話になっていた侯爵の口利きで、少年はミラノの絵師、シモーネ・ペテルツァーノの工房に弟子入りすることとなった。

弟たちはそれぞれに遠縁の親戚の家に引き取られていった。最後に残った少年は、侯爵のもとへあいさつに出向いた。

幼い頃ともに遊んだ侯爵家の子供たちは、すでにパドヴァの学校へと進学を果たしていた。侯爵は特別に少年を屋敷の大広間に招き入れ、面会してくれた。

それまで少年は、子供部屋や屋敷の裏手の厨房の周辺には入ったことはあったが、その部屋に通されたのは初めてのことだった。一歩足を踏み入れたとたん、少年は、はっとした。

壁いちめんを覆（おお）い尽くす大きな絵が掛けられていた。見たこともないような華やいだ絵。——豪奢（ごうしゃ）な美しい絵であった。

神殿のような場所、大きな食卓。大勢の人が食卓の周辺を行き交（か）っている。ある者はくだものが盛られた皿を運び、ある者は酒瓶から酒を杯に注（つ）ぐ。弦楽器を弾（ひ）く楽師、肩を組み、声を合わせて歌う男たち。可憐なドレスに身を包み、舞い踊る女たち。

人々が酒を酌み交わし、陽気に歌い踊っている様子から、婚礼か何かの祝祭の場面であると、少年はすぐにわかった。少年のまなざしは画面の中央へとごく自然に導かれた。

食卓の中央に、光り輝く光輪で頭上を輝かせ、白く清らかな衣服を身にまとった「その人」がいる。――イエス＝キリストが。

厳かな面持ちで座している救い主、そのかたわらには聖母が寄り添っている。そしてイエスの弟子たちも。聖なる人々だとわかるのは、そのいずれの頭上にもニンブスがあるからだ。

少年は、この壮大な絵の画題が、聖書の一節、「カナの婚礼」であることに気がついた。

イエスは聖母、弟子たちとともに、ガリラヤの街、カナで婚礼の宴に招かれる。そこで瓶の中の水をぶどう酒に変えてみせるという奇跡を行った。その場面に違いなかった。

すっかりみとれていると、侯爵が、それはヴェネツィアで求めた絵だと教えてくれた。

――パオロ・カリアーリ、通称ヴェロネーゼという絵師が描いたのだ。

――ヴェロネーゼの絵……。

侯爵に教えられた絵師の名を少年は復唱した。初めて耳にする名であった。

侯爵は笑って付け加えた。

――とはいえ、実際にはヴェロネーゼ本人が絵筆を取って描いたものではない。これは、ヴェロネーゼがヴェネツィアの教会のために創作した絵を彼の弟子たちが忠実に写したものだ。

ヴェロネーゼはヴェネツィアに大きな工房を持っていて、何十人もの弟子を抱えている。弟子たちはヴェロネーゼの作画を日々手伝いながら、その技を習得しているのだ。

ヴェネツィアには、ヴェロネーゼのように大きな工房を抱えた絵師がいる。ティントレット、ティツィアーノなどがそうだ。この屋敷にも彼らの工房で創られた絵が何枚かある。

お前がこれからミラノで弟子入りするシモーネ・ペテルツァーノは、ティツィアーノの工房で働き、すぐれた作画の技を習得して、ミラノで独立した絵師だ。ミラノにはヴェネツィアの絵師の流れを汲んだ工房がいくつかあるが、ペテルツァーノはその筆頭だ。

お前もこれからはせいぜい鍛錬（たんれん）して、作画の技を磨き、いちにちも早く一人前の絵師になりなさい。そしていつか自分の工房を開くときがきたら、私がまっさきに注文しよう――。

両親を失い、弟たちと離ればなれになる運命を引き受けざるをえない身の上をあわれんでか、侯爵は思いやり深い言葉を少年にかけてくれた。

「情け深いお方なのだな、侯爵さまは」

マルティノが感動してそう言うと、

「ああ、その通りだ。だが、おれは……正直、侯爵さまはおれのことをみくびっておられるのではないか……と思ったんだ」

意外な言葉が返ってきた。

「なぜだ？　一人前の絵師になったら絵を注文してくださると仰せだったのであろう？」

不思議そうに宗達が訊いた。すると、少年はきっぱりと言った。

「ほんもののヴェロネーゼの絵ではなくて写しを見せ、ヴェネツィアの一流絵師の工房ではなく支流のミラノの絵師の工房を紹介するとは、どういうことだ？　おれの才能をみくびっておられるとしか思えぬではないか」

少年の言葉に、マルティノと宗達は思わず顔を見合わせた。

（こやつ、なかなかどうして鼻っ柱が強いな）

宗達の目がそう言っている。

（ああ。これは相当なものだぞ）

マルティノも目で応えた。

「君は、油絵を描いたことがあるのか？」

宗達は少年に尋ねてみた。

「もしあるとすれば、それを侯爵さまにご覧いただいたことは？」

「ない」

きっぱりと少年は答えた。

「ミラノの工房に入ってからも、絵の具の調合はしても、絵筆を取ったこともない」

すっかり開き直っている。マルティノと宗達はまた顔を見合わせて、互いに目を瞬（しばたた）かせた。

「ずいぶんな自信だな」宗達が言った。

「油絵を描いたこともなければ、侯爵さまにご覧いただいたこともないのに、侯爵さまが君の才能をみくびっているなどと、どうしてわかるのだ？」

少年はじろりと宗達をにらんだ。

「君は、己を『絵師』だと言ったな」

宗達は、「ああ。それがどうした」と答えた。

「それこそずいぶんな自信じゃないか」

少年は、ふん、と鼻で笑った。

「さっき、君は十七だと言ったが、その年で工房を構えているのか？　弟子がいるのか？　この国では工房を構えて弟子を養わなければ、一人前の絵師とは言えないのだ。だからおれは、己を『絵師』だと人に言ったことなど一度もない」

少年の言い分に、さしもの宗達も返す言葉がなかった。

マルティノは、おそらくは宗達よりも若年なのに、もっと気が強い少年の態度に舌を巻いた。

と同時に、ふたりは少年の絵に対する並々ならぬ情熱と真剣さを感じ取った。

──こやつ、なにやらただ者ではなさそうだぞ。

宗達もマルティノも、そう直感していた。

「おれは、侯爵さまに見せられたヴェロネーゼの写し絵を見て、何かが違う、と感じたのだ。おれが求めている絵はこういうものではない。もっと違うものなんだと……。何がどう違うのか、はっきりとは言えなかったのだが……」

少年は話を続けた。

結局、少年は侯爵の取り計らいに従って、ミラノの絵師、シモーネ・ペテルツァーノの工房に弟子入りした。

父と母を喪い、弟たちはそれぞれに親戚のもとへ引き取られ、財産分与は親戚が勝手に進めて、少年にはもはや何も遺されていなかった。

それでも、絵を描きたいというただひとつの希求があった。少年は、これから存分に作画できるのだという期待で胸を熱く燃え上がらせていた。

ところが、ミラノの工房で少年を待ち受けていたのは退屈極まりない日々であった。

弟子たちの中でもっとも年少で新入りの少年は、朝は誰よりも早く起き、工房へ出向いて、かまどの火を熾し、桶に水を汲み、筆や顔料を揃えて、親方と兄弟子たちの到着を待つ。

二時間以上ものちに兄弟子たちがぞろぞろとやって来る。そして、経験を積んだ弟子たちが数名、画室にこもって作画を始める。

親方はもっとずっとあとになってやって来るのだが、いちにちじゅう姿を現さないこともある。兄弟子によれば、親方は作画以外の仕事をすることも重要なのだということだった。

注文主の要望を聞くために貴族の館へ出向いたり、自分よりも経験の長い絵師の工房へ行ってさばききれない注文を回してもらったりするのだそうだ。安息日を二回数えるあいだ、まったく絵筆を手にしないこともあるのだと。

――絵を描かないのに絵師と呼ばれるなんて、どういうことだ⁉　自分は筆に触れることすらできぬというのに……。

「手を伸ばせばすぐそこに絵筆がある。顔料もある。……おれならばもっと黒を強くする。おれならばもっと細かく描き込む。そう思っても手を動かすことは許されないのだ。……それが、どれほどの苦痛か……わかるか？」

描きたくても描くことができない日々を思い出したのか、少年は苦しげに顔をゆがめてそう言った。

マルティノも宗達も、なんとも答えようがなく、重苦しく黙り込んでしまった。

マルティノは吾が身に置き換えて考えてみた。

もしも、神に祈りたくても祈ってはならない――と止められたら、どんな気持ちだろうか？

己が情熱を傾け、それによって生かされていると感じられるもの。

それは、マルティノにとっては信仰であった。

神に祈りを捧げることは、もはやマルティノにとっては呼吸をするのに等しいことである。もしもそれができなくなってしまったら、どんな気持ちになるだろうか。

　もしもこの信仰を禁じられたら——。

　なぜかはわからない。が、ふいにそんな考えが胸をよぎり、マルティノは急に恐ろしくなった。

「どうした、マルティノ。顔色が悪いぞ」

　宗達が声をかけた。マルティノは我に返って、うつむけていた顔を上げた。

　宗達が心配そうなまなざしを向けている。少年も話を中断してマルティノをみつめている。

　マルティノは苦笑いをして、「ああ……すまない」と詫びた。

「君の話を聞きながら……自分にとって、いちばん大事に思っていることができなくなってしまったら、どうなるだろうかと考えたのだ」

　少年の鳶色の瞳をみつめ返して、マルティノは言った。

「私にとっての『信仰』が、君にとっての『絵』なのだと……そう気がついたら、苦しくなってしまって……」

　鳶色の瞳が、一瞬、風になでられた湖面のように揺らめいた。

　宗達は口を結んでいたが、

「……おれもマルティノと同じことを考えていた」

ふと、つぶやいた。

「おれは、物心のついた頃からずっと筆を握り続けてきた。気がつけば玩具の代わりに筆を手に取り、白いものがあればそれに何か描いている……そういう子供だった」

家業が扇屋だったこともあり、いつも手の届くところに筆と紙があった。

自分にとって最初の師匠は父であり、腕のいい職人たちが近くにいた。好きなときに、好きなだけ絵を描くことができた。職人たちに交じって扇に絵を描くこともした。

マルティノが信仰とともに育ったように、自分も絵とともに成長した。

もしも絵筆にさわるなと言われれば、どれほど苦しいことだろう。

本格的に絵を描くつもりで工房に弟子入りしたのに、絵筆に触れることすらできぬ日々。その苦しみを打ち明けたくても、友だちもいない。

めったに顔を見ることもない親方と、そっけない兄弟子たち。そんな中に、たったひとりで取り残されてしまった少年――。

「けれど……君はそんな中にあって、やはり絵を描きたいという気持ちに変わりはなかったのだろう？」

宗達は少年に向かってそう訊いた。

「なぜわかるのだ？」

少年が訊き返した。宗達は、にっと笑って、

「もしもおれが君だったら、きっとあきらめないからだ」

と答えた。

宗達の言葉に、マルティノは心中でうなずいた。――自分だとて、同じだから。もしも「祈るな」と……信仰を捨てよ、と誰かに言われたとしても、決してあきらめることはないだろう。

少年の顔が明るくなった。笑みを取り戻して、彼は答えた。

「では、おれたちは同類ということだな」

「ああ。その通りだ」と宗達が呼応した。

少年は安堵(あんど)したような表情になって言った。

「同類ならばわかってもらえると思うが……とにかくおれは、どうにかして絵を描きたいとばかり考えていた。だから、いちにちのおしまいに、自分の部屋に戻ってから絵を描くことにしたのだ」

工房で描けないのなら、自分で勝手に描くまでだ。

そう腹を決めて、同室の兄弟子が寝静まってから、ろうそくを灯し、かぼそい光のもとで、昼間に目にしたものを思い出しながら、画帳に木炭を走らせた。

どんなものでも手当たりしだいに描いた。人、動物、鳥、花、木々、街並み、石畳の通り、教会、家々、皿、パン、くだもの、小さな虫にいたるまで。

写しているわけではなく、あくまでも思い出しながら描いているので心もとなかったが、描くうちにどんどん熱中して、この世のすべてのものを絵にしてみたい、と考えるまでになった。

そんなある夜、思いがけないことが起こった。

少年と同室の兄弟子が工房の職人頭（がしら）に呼び出され、しばらくして、暗い表情で部屋へと戻ってきた。

どうしたのですか？　と尋ねると、うつむけていた顔を上げた。少年は息をのんだ。まぶたが赤く腫（は）れ上がっていたのだ。

――お前の部屋のろうそくの減りが早いと、頭（かしら）に叱（しか）られたんだ。

兄弟子はくぐもった声でそう言った。

――おれは知りませんと答えたら、いきなりなぐられた。口答えをするなと……。

そして、腫れ上がった目で少年をじろりとにらむと、憎らしげに言った。

――お前がひとりで毎晩何をやっているか知らないが、夜中にろうそくを余分に灯すのは金輪際（こんりんざい）やめてくれ。そんなことをしたら、もうおれたちはここにいられなくなるぞ。……わかったな？

そして、部屋をほのかに照らしているたったひとつのろうそくを吹き消すと、少年に背中を向けて、自分の寝床にもぐり込んでしまった。

少年は為すすべもなく、寝床で膝を抱えて暗闇をみつめるほかはなかった。

まんじりともせずに朝を迎えると、少年は寝床から出て、別の兄弟子のもとへ向かった。その兄弟子は寄宿舎のろうそく番を任されていた。どの部屋のろうそくの減りが早いか、頭にこっそり告げたのは彼に違いなかった。少年は彼の部屋の扉をせわしなく叩（たた）いた。

扉の向こうに寝ぼけ眼（まなこ）の兄弟子が現れると、少年は、いきなり顔の真ん中をこぶしでなぐりつけた。

派手な音を立てて兄弟子はひっくり返った。同室の別の弟子が、何をするんだ！と驚いて叫んだ。

――おい、誰か！　誰か来てくれ！　新入りが暴れているぞ！

たちまち数人の兄弟子たちが駆けつけて、少年を取り押さえようと必死になった。少年はめちゃくちゃにこぶしを振り回して、兄弟子たちのあごや鼻を手当たりしだいにぶんなぐったが、いちばん体格の大きな兄弟子に組み敷かれ、腕をきりきりとねじ上げられた。少年は悲鳴を上げた。

――腕を……腕を折るなっ。やめてくれーっ！

少年の話を聞きながら、マルティノも宗達も、知らずしらず全身に力が入ってしまった。

「まさか……ほんとうに腕を折られたのか⁉」

乗り出すようにして宗達が訊くと、

「いや。……もしそうなっていたら、おれはここにはいないはずだろう」

少年が答えた。マルティノと宗達は、ようやくほっと力を抜いた。

馬乗りになった兄弟子に腕をへし折られそうになった瞬間、騒ぎを聞きつけた職人頭が飛んできて、やめろ！　とどなった。

びっくりした兄弟子は、あわてて立ち上がった。そして、少年がいきなりろうそく番の兄弟子の顔をなぐりつけたことを話し、ほかの弟子たちも巻き込んで暴れたので、仕方なく押さえつけたのだと言い訳をした。周りに集まっていた弟子たちも、こいつが悪い、この新入りはとんでもない悪童だと口々に言って怒りをあらわにした。そのあいだじゅう、少年は力なく床にはいつくばっていた。

この一件はすぐに職人頭から親方に伝えられた。

本来ならば、すぐにでも出ていけと言われるところであろう。が、侯爵の紹介で工房に入ったということもあり、当分の間工房への出入りを禁止する、ということで収まった。

——なんということだろう……。

マルティノは、少年をあわれに思った。

もとはといえば、絵を描きたいがために、誰にも邪魔されない夜中を選んで、ほそぼそと画帳に描きつけていただけなのに……。

たかがろうそく一本で、それほどまでの大事（おおごと）になってしまうとは。

「……やはり、厳しいものなのだな、ミラノの工房は」

腕組みをして、宗達がうなった。

「仕方がないさ。……おれが先に手を出したのは間違いないんだ。辞めさせられなかっただけましだったと……いまは思っているのさ」

少年は、ふっ切れたようにそう言った。

「それでも君は、絵を描くことをあきらめたりはしなかったのだろう？」

宗達が念を押すように尋ねると、

「ああ、もちろんだ。だから、おれはここにいるのだ」

少年は明るさを取り戻した声で答えた。

出入り禁止を命じられた少年は、しばらくのあいだ虚（むな）しく無為の日々を部屋で過ごした。

最初は画帳に絵を描いていたが、気持ちが晴れず、何を描いても思うようには描けない。

そのうちに、自分はほんとうに絵を描くのが得意だったのだろうか、ほんとうに絵を描きたいのだろうか、という思いにとらわれた。

――ひょっとすると、自分がここにいることは間違っているのではないか？

物心のついた頃からいままでずっと、絵を描くことだけを追いかけてきたのに。ミラノに行けば思う存分絵を描けるのだと、喜んでここまで来たのに。

なぜだ。――なぜなんだ？

「どうにも苦しくなってしまって……どうしたらいいかわからなくなって……懺悔をするためにこの教会に来たんだ」

外出を禁じられていたものの、安息日にミサに出かけることだけは許されていた。

いつも行っている工房の近くの教会ではなく、離れたところにある教会へ行ってみようと思い立った。懺悔をするのに兄弟子たちと鉢合わせしたくなかったのだ。

とぼとぼと石畳の通りをどこまでも歩いていくうちに、美しい外観の立派な教会が現れた。それがサンタ・マリア・デッレ・グラツィエ教会であった。

建物の壮麗さに心打たれた少年は、少し離れたところからドームを見上げていたが、何か呼ばれているような気がして、吸い込まれるように中へ入っていった。

礼拝堂内では、ミサを終えてなお幾人かの人々が思い思いに祈りを捧げていた。祭壇には大きな木の十字架が下がり、そこにはいばらの冠の下で血を流すイエス＝キリストの彫刻があった。

少年はいちばん後ろの席でひざまずき、祭壇に向かって手を合わせた。それから、こっそりと側廊を眺め渡した。側廊には聖母マリアの立像や、聖母子やさまざまな聖人の絵があり、それぞれに祭壇が設けられていた。

「実は……おれは教会に行くといつでも、イエスさまや聖母マリアさまや聖人を、祈るより先に『絵』として見てしまうのだ……どうしても」

少年は正直にそう言った。

祭壇のキリスト像も、側廊の聖母子の絵も、何ひとつ心を動かされるものはなかった――と少年は、続けて告白した。

「もうここまで言ってしまったから、ついでに言うと……つまらんなあ、とも思ってしまったのだ。あまり感じ入るところがないなあ、これなら侯爵のお屋敷で見たヴェロネーゼのほうがすばらしかった……そんなふうに考えて、なんとなく懺悔する気持ちが失せてしまったのだ」

これを聞いて、目を白黒させたのはマルティノだった。

祭壇に掲げられているのは神聖なる信仰の対象である。それが実際には「絵」であっても、つまらん、などというのは不謹慎極まりないことだ。

――こやつ、とんでもないぞ。これは文句のひとつも言ってやらねばならぬ……！

が、マルティノが文句を言うよりも早く、あっはは、と笑い声を上げたのは宗達だった。

「おもしろい。実は、おれもそうなのだ。いつも、祈りを捧げるよりも先に、つい『絵』として見てしまうのだ。……おれは信徒ではないから、なおさらそうなのかもしれないが……」

「なっ……何を申すのだ、宗達⁉　おぬし、さように思っておったのか⁉」

マルティノは思わず日本語で食ってかかった。

「すまない、許してくれ」と宗達はイタリア語で返した。

「だが、おれはいつも尊敬の気持ちを忘れたことはない。聖なる方々と、それを絵に描いて教会に奉納した絵師に対して。……君もそうだろう？」

宗達の言葉に、少年は、「ああ、そうだとも」と返した。

「教会に奉納するくらいなのだ。その絵に自分が感じ入るかどうかは別として、絵師の仕事そのものには敬意を持っているさ」

しかし、自分はいままで教会の祭壇画を見て心の底から感動を覚えたことはないのだ、と少年はやはり正直に言った。

故郷の教会でも、ミラノの教会でも、心が震えるような体験をしたことがない。が、この教会の佇まいを目にしたとき、強く引き寄せられた。

もしかするとここの祭壇画は、見たこともないようなすばらしいものかもしれないと、期待したのだが——そうではなかった。

せっかく教会まで来ておきながら、罪の告白をすべきか、このまま帰ったほうがよいのか、少年は考え込んでしまった。

と、近くを通りかかった修道士が、少年に声をかけてきた。

——そなたは初めて見かけるが、どこから来たのだ？

その修道士が、マルティノと宗達をドミニコ会修道院の内部へと案内してくれたマルコであった。

少年はなんとも答えられずにもじもじしていた。するとマルコは微笑（ほほえ）んで言った。

——何か困り事でもあるのか？　私でよければ聞いてしんぜよう。

そう言われて、少年は答えた。告解（コンヒサン）を受けるべきかどうか迷っているのです、と。

すると、告解室に入るまでもなく、マルコは礼拝堂の片隅で少年の話を聞いてくれたのだった。

初めて会った相手ながら、少年は不思議なくらいこの修道士に自然に心を開くことができた。

少年は堰を切ったように話し始めた。自分の生い立ちに始まって、絵が好きで好きでたまらなかったこと、故郷の侯爵に絵の才を認めてもらったこと、両親の死、弟たちとの別れ、ミラノの絵師の工房に弟子入りしたこと、そしてそこでの不祥事……。

話すうちにどんどん熱を帯びてきて、どうしても自分は祭壇画を「絵」として見てしまう——ということまで、つい話してしまった。そして、この礼拝堂の「絵」は、自分の心にちっとも入ってこなかったと正直に言った。

少年の話が続いているあいだずっと、マルコ修道士はひと言も発さず、熱心に耳を傾けてくれていた。

どのくらいの時間が経っただろうか。少年がすべてを話し終えたところで、ようやくマルコは口を開いた。

——そなたに見せたいものがある。私についてきなさい。

つと立ち上がると礼拝堂を出て、修道院の別の棟へと歩いていった。

少年は不思議に思いつつも、引き寄せられるようにして彼の背中についていった。奥へ、奥へと導かれ、たどり着いたのは修道院の厨房だった。

厨房へ連れていかれた――と聞いて、宗達が「おれたちと同じだ」と口を挟んだ。

「おれたちも、やはりマルコさまのお導きで、礼拝堂から厨房へと連れられていったのだ。ほかの礼拝堂にお連れくださるのかと思いきや、なにゆえ厨房なのだろうと、マルコさまのお考えがわからずに面食らってしまった」

「ほんとうに、その通りだ」

少年が同意した。

「まさか、パスタの聖人の絵でも掛かっているのだろうかと疑ったよ」

あはは、と宗達は笑い声を立てた。

「そんなところまで同じだな。おれもそう思ったよ」

ふたりは声を合わせて笑った。

マルティノも一緒に笑いながら、なんとなくこのふたりは似ているな、と思った。

生まれた国も、生い立ちも、何もかも違ってはいるものの、絵に対するひたむきさは寸分違(たが)わない。マルティノにはそう感じられてならなかった。

少年は、いっそう明るい声になって話を続けた。

「マルコさまは、パスタをゆでる湯気が上がっている厨房を通り抜けて、小さな扉のところまで行くと、この扉から出てまっすぐ歩いていきなさいと仰せになったのだ」

――突き当たりの壁まで行ったら、そこで振り返ってみなさい。

マルコは少年にそう言った。

少年はわけがわからぬまま、扉の向こうへ歩み出た。と、そこは修道院の食堂だった。

少年は再びあっけにとられたが、さあ早く行きなさい、とマルコに急かされたので、がらんとした食堂を突っ切っていき、殺風景な壁に突き当たった。そこで立ち止まると、いま来たほうへ振り向いた。

そして、少年が目にしたのは――目の前の壁の上に広がる〈最後の晩餐〉の風景だった。

「……そうだったのか」

宗達は小さくため息をつくと、つぶやいた。

「君とおれたちは……まったく同じようにしてここへ導かれ、そして、あの絵を……レオナルド・ダ・ヴィンチ公の絵を見たのだな」

少年はこくりとうなずいた。

「初めてあの絵を目にしたとき……いったい誰が描いたのか、なぜここにあるのか……そんなことは、おれにはどうでもよかった。おれは……ただただ、あの絵につかまってしまったのだ」

少年は、向かい側の壁に広がっている聖なる晩餐の光景に視線を投げながら、熱を帯びた声でそう言った。

食堂の壁に描かれたその絵を見たとき、少年は激しく動揺した。

――これは……なんなのだ？

絵か？　壁に描いてあるあれは……絵……なのか？

いいや、違う。あれは……。

あれこそは、救い主。イエス＝キリストのお姿だ……！

少年は、正面の壁を仰ぎ見ながら、一歩、二歩、よろめくようにして、晩餐の食卓の中心に座している聖なる姿に向かって近づいていった。

すべてを悟り、すべてを赦したその顔。頭上に光輪（ニンブス）はなかったが、その尊い姿が目に見えぬ光を放ち、食卓を、食堂を、仰ぎ見る少年までをも包み込むようだった。

――あなたがたのうちのひとりが、私を裏切るであろう。

ふっと、ささやき声が少年の耳にこだました。

——けれど、私はその者を赦す……。

少年の目に涙があふれた。

父が、そして母が天に召されたときでさえ、少年は涙を流さなかった。どこか遠いところで起こった出来事のように感じられたからだ。父が、母が、この世からいなくなってしまったということが、どうしても実感できなかったのだ。

——なんという冷たい子だろう。

葬儀に集まった人々は、ふたりの弟が泣きじゃくっているのに涙ひとつ見せない少年を目にして、ひそひそとささやき合った。

——絵ばっかり描いていて、親の言うことをろくに聞かなかった悪童だそうだ。

——弟たちは引き取り手もあるだろうが、あんな子を引き取る者があるのだろうか。

陰口は少年にも聞こえていた。少年は黙ってくちびるを噛んでいた。

絶対に泣くものか。いま、涙を流したら「負け」だ。——そう思って、目を伏せ、耳をふさいだ。

それなのに、〈最後の晩餐〉を初めて目にしたとき、少年は泣いた。

悲しかったわけではない。辛かったわけでもない。怒りも悔しさも、微塵もなかった。

それなのに、涙は少年の頬をとめどなく濡らした。あたたかく、清らかな涙であった。

涙の意味は、わからなかった。けれどその瞬間に、少年の中で何かが変わった。

「おれは、そのとき……あの壁の上にあるものは、『信仰の対象』でもなければ、単なる『絵』でもない……『ほんものの何か』を見た気がしたんだ」

うるんだ声で、少年はそう語った。初めて〈最後の晩餐〉を目にしたときのことを思い出したのだろう、その瞳には涙が浮かんでいた。

マルティノの中に、この食堂で反対側の壁を振り返ったときの心の震えが蘇った。

少年と同様、あのとき、マルティノも涙が込み上げてしまった。

弟子の中に裏切り者がいる、とイエスが預言した「その瞬間」に、まるで自分も立ち会ってしまったかのような。そして、イエスの運命を知りながら、何もできない己のふがいなさに歯ぎしりするような――。

「――まったく同じ気持ちだ」

宗達も声をうるませて、そうつぶやいた。

「『ほんものの何か』……そうなんだ。それが『何か』はわからない、けれど『ほんもの』なのだと、それだけがわかったんだ」

少年は、腕でごしごしと目をこすって、清々（すがすが）しい笑顔を見せた。

「その通りだ。わかってくれたのだな、君も」

宗達は、黙ってうなずいた。

この「ほんもの」を描いたのは、いったい誰なのか？

少年をここまで導いてくれたマルコ修道士が、少年の涙が通り過ぎるのを待って、教えてくれた。

画家の名は、レオナルド・ダ・ヴィンチ——「ヴィンチ村のレオナルド」といった。

すぐれた絵師は、同じ名前の別の人物と区別するために、出身地とともに呼びならわされることもある。レオナルドも、出身地のヴィンチ村とともにその名を覚えられていた。

稀代（きたい）の天才絵師、レオナルド・ダ・ヴィンチ。

その驚異的な作画の手技と卓越した表現によって、イタリア各地の権力者から引きも切らずに依頼が舞い込んだという。

少年が〈最後の晩餐〉の絵師にまつわるそんな話をマルコ修道士から聞かされたのは、この修道院に通い始めて七度目のことだった。

少年は、なおもうるんだ瞳でレオナルドへの思いを語った。

「おれはどうにかしてレオナルド公にお目見えしたいと思った。おれが師と仰ぐのはこの方以外にはいないと……それで、レオナルド公の工房に弟子入りできないかと、マルコさまに伺ったのだ。するとマルコさまはお答えになった。残念ながらレオナルド公は、もうずいぶん昔に外国で天国へ旅立たれたのだと……。この〈最後の晩餐〉も、いまから九十年近くもまえに描かれたということだった」

マルティノと宗達は、少年の話に静かに耳を傾けていた。ややあって、宗達が言った。

「おれたちもフィレンツェで初めてレオナルド公の絵を目にした。そして、おれもどうにかしてお目にかかれないかと思ったのだ。しかし、やはり答えは『否（いな）』だった。もうとっくに神のみもとへ行ってしまわれたのだと……」

えっ、と少年は驚きのまなざしを宗達とマルティノに向けた。

「見たのか？　君たちは……レオナルド公の絵を、フィレンツェで？」

「ああ、確かに見た」マルティノが答えた。

「私たちはこの春からイタリア国内をずっと旅して回っているのだが、ローマへ向かう途上でフィレンツェに立ち寄った。そのとき、ヴェッキオ宮殿の礼拝堂で、レオナルド公が描かれたという聖母子像を見たのだ」

少年は絶句した。そして、穴のあくほどふたりの顔をみつめていたが、

「……君たちは……何者なのだ？」

いまさらながらにそう尋ねた。

「私は、ローマ教皇猊下に謁見たまわるために、日本からやって来た使節だ」

少年に向かって、マルティノは改めて言った。

「そして、宗達は教皇猊下へ献上する絵を描いた絵師……」

「いや、わかっている。それはさっき聞いた」

少年がさえぎった。

「しかし、それは、ほんとうにほんとうのこと……だったわけだな？」

マルティノと宗達は、少年と会ってすぐに身の上を明かしたが、まさか真実であるとは思わなかったのだろう。

さもありなん、とマルティノは思った。

少年はこの食堂へレオナルド・ダ・ヴィンチの絵を写すために週に一度来訪している。いつも通りやって来たら、見たこともないような顔つきの少年ふたりがそこにいたのだから、さぞかし驚いたはずだ。使節団のうわさは耳にしていても、その使節がドミニコ会の食堂にいるとは思わなかったのである。

マルティノは、まっすぐに少年の目をみつめると、「ああ、ほんとうだ」と答え

た。

「……神に誓って」

少年は、突然、飛びかからんばかりに前のめりになって、

「お……教えてくれ、もっと！　レオナルド公の絵のことを！」

熱っぽい声でそう叫んだ。

「どんなふうだったんだ？　どんな絵だったんだ？　聖母子像と言ったな、マリアさまはどんな様子だったんだ？　かたちは？　色は？　大きさは？」

「それは、ええと……」

宗達が答えようとすると、

「いや、いやいやいや、ちょっと待て、ローマだ、ローマが先だ！」

少年はなおも勢いよく続けた。

「教皇猊下の謁見をたまわったのか？　とすれば、ヴァチカンへ行ったのだな？　うわさに聞いている、ヴァチカンにはすごい絵があるのだと……それはほんとうか？　どんな絵だ？　ああ、なんというやつらなんだ、君たちは。ローマに行っただなんて！」

少年のあまりの勢いに、宗達もマルティノも思わず腰が引けてしまった。

「ちょ……ちょっと待て、落ち着け」

ふたりに飛びかからんばかりになっている少年の肩を両手で押さえて、宗達は言った。

「君は……ヴァチカンはともかく、ローマへ行ったことがないのか？」

肩で息をついて、少年はいったん口を結んだ。それから「あたりまえではないか」と、一転、弱々しい声になって答えた。

「ニッポンのオオトノの命を受けて教皇猊下との謁見がかなった君たちとは違うのだ。……おれは、このミラノと故郷の村以外には知らぬ」

この国の、いや、この世界の中心たる花の都、そして教皇がおわす場所、ローマ。そこにはカトリックの宮殿たるヴァチカンがある。

各地からすぐれた絵師が集められ、腕を競い、それはそれは見事な絵の数々があるのだと、少年はかつて父に聞かされ、世話になっていた侯爵からも教えられていた。

ミラノの工房の兄弟子たちも、いつかローマで腕試しをしたいものだと語り合っていたのを耳にしたことがある。

ローマ。……ああ、ローマ！

いったい、どんなところだろう。どんな絵師がいて、どんな絵があるのだろう。

一度でいい。……行ってみたい。

少年はローマへの思いを募らせていた。ローマに行きさえすれば、辛いことも、悲しいことも、何もかも忘れることができるような気さえしていた。

が、しかし――。

いったいどうやってローマへ行けばよいというのだ？

身寄りもなく、銭金もない。行き方もわからない。――どんなに行きたくとも、それはかなわぬ夢だった。

「だから、信じられなかったのだ。おれとそう年も変わらぬ君たちが、ニッポンなどという聞いたこともない国からわざわざやって来て、ローマ教皇に謁見したなんて……しかも、そこへいたるまでにレオナルド公の絵を見ただなんて……まるで奇跡のようではないか」

奇跡――と少年は言った。

マルティノには、その言葉の重さと切実さがよくわかった。

日本に生まれた自分が、キリシタンの両親に育てられ、セミナリオに学び、そしてローマを目指して仲間とともに長い旅をした。長く苦しい旅路の果てに、ついにローマにたどり着いた。そして偉大なふたりのローマ教皇に謁見したのだ。

これを「奇跡」と呼ばずして、なんと呼べばよいのだろうか。

自分がここにいたるまでの経験のすべては神がもたらしたもうた奇跡なのだと、

マルティノには思えてならなかった。

宗達は、少年の目をみつめて、

「おれには『奇跡』という言葉はわからないが……ローマまで旅をしたことは、成し遂げなければならないことだったのだと思う」

と、言った。

京の都の扇屋に生まれ、両親も自分もキリシタンとは縁もゆかりもなかった自分が、なぜローマまで旅をして、なぜいまここにいるのか。

無論、日本の大殿たる織田信長の命を受けてのことではあった。しかし、いまはそれだけが理由であるとは思えない。

ピサの宮殿で目にしたブロンズィーノの美しき肖像画。フィレンツェの礼拝堂で見たレオナルド・ダ・ヴィンチの聖母子像。そしてヴァチカン宮殿の礼拝堂で圧倒された、ミケランジェロの〈天地創造〉。

見る者を励まし、一歩前へと動かす絵。みつめるうちに、涙が込み上げ、たまらなく心が震える絵。

そんな絵の数々に出会うためにこそ、自分はここまでやって来た。そして、そのすべてを自分の目に、心に焼き付けた。

なんのために？

この感動と体験を、故郷へ、日本へ持ち帰るために。

そして——。

「こうして、いま、レオナルド公の絵の前で君に出会った。おれには、それが何か『運命』のようにも思われる」

少年は、震える瞳で宗達をみつめ返した。

「運命……」

少年がつぶやくと、

「そう、きっと『運命』だったのだ」

宗達がもう一度繰り返した。

イタリアの片隅に生まれ、父を、母を亡くし、弟たちとも別れて、ひとり、ミラノの絵師の工房に入った少年。

数奇な命運に導かれるようにして、ローマへの使節に随行してここまでやって来たものの、この国の絵師にまみえたいという望みがかなえられずにいた宗達。

生まれも育ちもまったく異なるふたりが、ただひとつ、求め続けているのは——絵をみつめ、絵を描くこと。

ただそのためだけに、ふたりの少年は命を燃やしているのだ。

本来ならば、決して出会うことがなかったはずのふたりである。

それなのに、ドミニコ会の食堂で、いま、こうしてともにいる。

そして、目の前にあるたったひとつの絵をみつめている。――レオナルド・ダ・ヴィンチが描いた〈最後の晩餐〉を。

それは、確かに予期せぬ出来事であった。

けれど、きっと宗達は、そのためにこそここまでやって来たのだ。

それは、きっと「運命（さだめ）」であったのだ。

そう気がついたとたん、マルティノはすべてが腑（ふ）に落ちた。

自分たち使節には、ローマ教皇に謁見するという大きな目的があった。それを果たしたいま、もはやいつこの命が尽きてもよい、という気持ちがあった。

しかし、宗達はどうだったであろうか。

教皇に織田信長からの献上品を届けたものの、使節団に随行し、いつも一歩引いた立場にあって、いまだに自分の目的を果たせずにいると悩み続けていた。

いまこうして、自分と同様、ひたむきに絵に向き合う少年と出会って、宗達はようやく得ることができたのだ。

もっとおもしろい絵を見たい。もっともっとおもしろい絵を描きたい。――その思いを分かち合える「友」を。

「――レオナルド公が……おれたちをこうして引き合わせてくださったのかもしれ

ないな」

そう言って、宗達は微笑んだ。

「ああ。……そうかもしれないな」

応えて、少年も微笑み返した。

ふたりの清々しい笑顔を目にして、マルティノの胸にほのぼのとあたたかなものが込み上げてきた。

そのとき、食堂の窓から淡い光が射し込んできた。

薄暗かった室内に、なめらかな光のヴェールが広がった。その光の中に三人の少年たちは佇んでいた。

宗達とマルティノ、そして少年は、いま一度ともに〈最後の晩餐〉を仰ぎ見た。

やさしく、おだやかな救い主の顔。もっとも悲しく苦しい場面にあっても、静かに光を放ち、ただすべてを受け入れているその姿。

胸震わせるこの光景は、ひとりの絵師によって生み出されたのだ。

――たった一本の絵筆によって。

その事実にこそ宗達も少年も励まされているのだと、マルティノにはわかった。

絵が好きなだけの少年だったのに、織田信長に認められてその名を下賜され、いつしか「絵師」になってしまった宗達。

自らを絵師と名乗ることはできぬ、しかしいつの日か絵師になりたいと一途に願う少年。

そのふたりに向かって、描きなさい――とレオナルド・ダ・ヴィンチのささやく声が、どこからか聞こえてくるようだった。

――描きなさい。

まっすぐに、己の信ずるままに。

絵師であろうとなかろうと、ただ、描けばよい。

それが汝らに与えられた「運命」なのだから。

「――ところで、君はどんな絵を描くのだ？」

ふと、少年が宗達に向かって尋ねた。

「ああ、そうだったな。……自分は『絵師』だとえらそうに言っておきながら、おれの描いたものを君に見せていなかった」

宗達は、笑って答えた。

「しかし、いまは帳面のようなものしか持っていないのだ。君に見せられるような、ちゃんとしたものではないのだが……」

宗達が珍しくもじもじしているので、マルティノはおかしくなってしまった。ふくみ笑いしながら彼は言った。

「よいではないか、宗達。帳面を見せてやれよ。ちゃんとしたものではなくとも、じゅうぶんおもしろいではないか」

いつもならば自分の描いたものを平気で誰にでも見せるのに、宗達はなかなか帳面を開こうとしない。

「なんだ、おぬしらしくないぞ。どうしたのだ？」

マルティノが訊くと、

「いや……見せなくともよい」

宗達ではなく、少年がそう答えた。

「きっと、君が描いた絵は……いままでに見たことがないほどおもしろい絵なのだと、おれにはわかる」

少年の言葉に、宗達はにやりと笑った。

「おれにもわかる。おれだとて、君の絵を見たことはないが……いままでおれが見たどんな絵よりもおもしろい絵のはずだ。……そうだろう？」

少年は宗達を見据（みす）えた。そして、かたわらに抱えていた画帳を取り出して、そっと開く素振りをした。

宗達とマルティノが思わずのぞき込もうとすると、ふたりの鼻先でぱたんと帳面を閉じて、くすくすと笑い声を立てた。

「なんだ。見せてくれるのではないのか」

宗達が不満そうに言うと、

「見せるわけにはいかない。――いまは」

少年が答えて言った。

「君と同じく、この画帳には完成した絵は一枚もないのだ。ここに描かれてあるのは、すべて、この食堂でレオナルド公の絵を写したものばかり……つまり、おれの絵ではない」

そして、もう一度正面に宗達を見据えると、はっきりと告げた。

「いつか、必ず『おれの絵』を君に見せよう。その代わり、君もまた、『君の絵』をおれに見せてくれ」

宗達は、少年をみつめ返すと、「ああ、いいとも」と気力のこもった声で返した。

「君の絵と、おれの絵。どちらがおもしろい絵か、比べてみようじゃないか」

「おう。望むところだ」少年も力強く応えた。

宗達は、少年の目をまっすぐにみつめた。少年もまた、宗達をまっすぐにみつめ返していた。

おもしろき絵を見、もっとおもしろき絵を描くことを希求してやまぬ少年たち。

ふたりのあいだに目に見えない精霊のごとき何かが佇み、ふたりを結び合っているのを、かたわらのマルティノは感じていた。

この場で巡り会った縁（えにし）。

そしてともに絵を追い求める命運。

レオナルド・ダ・ヴィンチが描いた〈最後の晩餐〉のもと、窓からこぼれ落ちる光に包まれたふたりの「友」のために、マルティノは祈りの言葉を胸の裡につぶやいた。

――天にましますわれらが父なる神よ。

どうか、このふたりを末永く守りたまえ。

東と西、はるかに遠く離れた地にそれぞれ生まれしふたりが、こうして、この場で巡り会い、絵を介して思いを分かち合った。

この何ものにも代えがたき、宝のごときひとときに会遇（かいぐう）したことを、私もまた、この命が尽きる日まで決して忘れませぬ――。

ぎいい……ときしむ音がして、厨房へ続く扉が開き、マルコ修道士が顔をのぞかせた。

「――そなたたち、話が尽きぬようだな」

いつしか三人を食堂に残し、その場を去っていたマルコだったが、頃合いを見計らって現れたようだ。

「マルコさま。長居をいたしました。ありがとうございました」

マルティノが詫びると、「なんの、なんの。いっこうにかまわぬ」と、マルコは笑って返した。

「だが、まもなく午餐（ごさん）の時間だ。この食堂は修道士とパスタの湯気でいっぱいになるぞ」

また日を改めて来ればよいとマルコは言ったが、マルティノは首を横に振った。

「いいえ。私たちは、二日ののちにはミラノを発（た）ち、ジェノヴァに向かいます。ミラノでの残りの日々はさまざまな行事が続きますゆえ、こちらへ伺うことはかなわないでしょう」

「二日ののちに……」

少年がつぶやいた。鳶色の瞳に、ふいにさびしげな色が浮かんだ。

「……行ってしまうのか」

宗達は黙ってうなずいた。

「おれたちは、この国で色々な場所を訪れ、色々な人に出会い、色々なことを学んだ。……ほんとうに、たくさんの大切なことを」

旅の途上のさまざまな出来事を思い出しているのだろう、宗達は、遠い目をしてそう言った。

ポルトガルからスペインを経て、地中海を渡り、初めてイタリアの地に足を踏み入れた日のことを、マルティノもありありと思い出した。

——夢ではないだろうか。夢ならば、どうか覚めないでほしい。

いくたび、そう思ったことだろう。

見るもの聞くもの、すべてが珍しかった。すべてが胸に迫った。

壮麗な宮殿、教会、街並み、石畳の路……眺めるたびに、胸の裡で神に感謝した。いま、この国にいられる己の幸運を。

自分ですらそうだったのだ、宗達の感動はいかばかりだったであろうか。

目にしたすべてを忘れまいと、彼は帳面にあらゆるものを写し続けた。建物、調度品、食べ物、草木、生き物……そして人々の様子。

各国各地の王侯貴族に会い、美しい貴婦人たちにもまみえた。が、宗達が好んで写したのは、彼らではなく、市井（しせい）の人々の姿であった。

街を行く行商人、剣を下げた兵士。くだものかごを抱えた女人（にょにん）、赤子（あかご）に乳をやる母親、走り回る子供たち。広場に響き渡る陽気な歌声、着物の裾（すそ）をひるがえして腕を組み踊る男女。幼子たちに物語を聞かせる老婆。

にぎやかに笑い合い、ときには取っ組み合いのけんかをし、悔し涙を流す。ありのままの日々、ありのままの人たち。

この国に生を享け、この国に生きる喜び。

そのすべてを写し取らんと、宗達は描いていた。

――なんのために？

そうだ。――吾らが国、なつかしい日本へ持ち帰るために。

「おれたちは、まもなくこの国を発つ」

宗達は、少年の震える目を見て言った。

「……そのまえに、君に会えてよかった」

少年は、こくりとうなずいた。

「おれのほうこそ。君たちに会えて、ほんとうによかった」

少年は、宗達に向かってそっと手を差し出した。

骨ばった華奢な手。いつも木炭を握っているのであろう、その指先は薄黒く汚れている。

宗達は、しばしみつめてから、その手を握った。

少年はぎゅっと力を込めて握り返した。そして、こぼれ落ちる陽光のような微笑みを投げかけた。

宗達もまた、顔いっぱいに明るい日差しのごとき笑みを広げた。

固く手を握り合うふたりをみつめるマルティノの心の中に、ヴァチカン宮殿の礼拝堂で見たあの絵――ミケランジェロが描いた天井画が蘇った。

神は、天地を、人を創りたもうた。そして、「最初の人」たるアダムに命を与えたもうた。

神から人へ、生きる力と生き抜く智慧（ちえ）とが吹き込まれるその刹那（せつな）。指先と指先がかすかに触れ合い、アダムは覚醒したのだ。

西欧では手を握り合って親しくあいさつを交わす。日本にはない慣習に、初めのうちは戸惑いを感じた。

しかし、自分たちを迎え入れてくれる人々の手はあたたかかった。別れゆくときには手を握る力強さに励まされもした。

手と手を握り合う、それはひょっとすると、神が人に教えたもうたやさしさなのかもしれぬ。

人をあたたかく受け入れ、またあたたかく励ましてやりなさい――と。

「ありがとう……ソウタツ」

少年は、宗達の手を握ったままで呼びかけた。

「君たちのことを忘れないよ」

宗達はうなずいた。そして、静かに少年の手を離した。

少年は、今度はマルティノに向かって手を差し出した。

マルティノは、ほんのりと照れくさい気持ちになったが、彼の手をそっと握った。――あたたかな手だった。

「ありがとう……マルティノ」

少年に礼を言われ、マルティノは、「こちらこそ」と答えた。

「こちらこそ、ありがとう。……ええと……」

そこで、はたと気がついた。――彼の名を聞いていなかったことに。

「君は……君の名は、なんというのだ？」

少年の手を静かに離してから、マルティノが尋ねた。

「ああ、そうだったな」と少年は苦笑した。

「君たちは会ってすぐに名乗ったのに、おれはちゃんと名乗っていなかった」

そして、改めてふたりに向き合うと、

「おれの名は――ミケランジェロ・メリージだ」

と、初めて名を告げた。

「そうか、いい名だな」

微笑んで、マルティノは言った。

「あのミケランジェロ公と同じ名とは」

「そうなんだ。だから、君たちに名乗るのは、なんとなく照れくさかったんだ」

少年――ミケランジェロは頭を掻いた。

「まあ、ミケランジェロという名は、イタリアではよくある名だ。しかし、あの『ミケランジェロ』は特別だ。絵師を志す者ならば誰でもその名を知っている。おれはその絵を実際に見たことはないのだが……君たちはヴァチカンを訪問したということだから、もちろん見たのだろう？」

「ああ、見たとも」マルティノが答えた。

「どんな絵だ？」ミケランジェロが、たたみ掛けるように訊いた。

「〈天地創造〉と〈最後の審判〉の絵だ。礼拝堂の天井と壁を埋め尽くしていた。言葉にはできぬほど……すばらしかった」

「言葉にはできぬほど……」

ミケランジェロがつぶやいた。

彼の胸の中にどんな絵が浮かんだのだろうか。――いや、どんな絵も浮かべることはできないだろう。

「見たことがない絵」とは、まさしくあの絵のことなのだから。

「……ひとつ、教えてほしいんだが……」

ふと、宗達がミケランジェロに向かって尋ねた。

「君のふるさとの村の名前は、なんというのだ？」

ミケランジェロは、きょとんとした目を宗達に向けた。

「おれのふるさと？　それがどうかしたのか？」

「いいから、教えてくれ」

ミケランジェロは不思議そうな表情を浮かべたが、答えて言った。

「——カラヴァッジョという村だ」

ミケランジェロの瞳を見据えると、宗達はにっと笑いかけた。そして、朗々とした声で言った。

「わかった。……では、おれは君のことを『カラヴァッジョ』と呼ぼう」

えっ、と一瞬、ミケランジェロは声をなくした。そしてすぐに、宗達の意図を汲んだようだった。

「それは、あの……レオナルド……ダ・ヴィンチ（ヴィンチ村のレオナルド）のように？」

少年の問いに、宗達は力強くうなずいた。

「その通りだ。君の名は、ミケランジェロ・メリージ・ダ・カラヴァッジョ。呼び名はカラヴァッジョだ」

少年——カラヴァッジョは、目を見開いた。そして、青空のような笑顔をいっぱいに広げた。

「すごい。——すごいぞ！　おもしろいじゃないか！　おれの、おれだけの名前だ！　カラヴァッジョ！」

ヒャッホウ、と叫び声を上げてこぶしを突き上げた。宗達は、ははは、と高らかに笑って両腕を頭上に掲げた。

マルティノもふたりの真似をして、「えいやあ！」と勝ち鬨のごとき声を上げてみた。照れくさかったが、ここはふたりに合わせたかった。

「これこれ、そなたたち。はしゃぎすぎだぞ」

かたわらのマルコは少々あきれている。が、楽しげな笑顔である。

「ありがとう、ソウタツ」

カラヴァッジョは、宗達の両手を握りしめて言った。

「おれは、いつか絵師になったら……迷わず名乗るよ。『我が名はカラヴァッジョだ』と」

「そうとも。きっといつかその日がくる」

宗達はまっすぐに応えた。

誰も見たことのない絵、世にもおもしろい絵を描く絵師——カラヴァッジョ。

その名が、いつの日か世界じゅうに知れ渡る。

レオナルド・ダ・ヴィンチのように。ミケランジェロのように。

そして――俵屋宗達の名も世界に知られるようになる。

……そんな日がいつかくる。――きっと。

マルティノの心は明るく晴れ渡るようだった。

マルコ修道士に伴われ、マルティノ、宗達、カラヴァッジョの三人は、厨房の扉からではなく、中庭を巡る回廊へと続く扉を開けて、外へ出た。

食堂を出る瞬間、宗達は足を止めて、振り返り、もう一度だけ〈最後の晩餐〉を仰ぎ見た。

そのすべてを目に、心に焼き付けようとしているのだろう。聖なる食卓を見上げるまなざしは熱を含んでいた。

礼拝堂付近まで行くと、マルコは三人に言った。

「また、いつでもこの場所へ帰ってきなさい。ここはそなたたちの家だ」

「ありがとうございます。マルコさま」

マルティノは微笑んで礼を述べた。マルコの気遣いがうれしかった。

――けれど、よくわかっていた。

二度と、ここへ来ることはないだろう。再び、ミラノを――イタリアを訪うことはかなわないだろう。

いま、このいっとき、この一度だけ――こうして三人が巡り会えた「奇跡」を、神に感謝申し上げよう。

「ありがとうございます。——また、いつの日か」

宗達も礼を述べて、深々と頭を下げた。マルティノも両手を組んでお辞儀をした。

マルコは微笑して、その場を去った。

カーン、カーン、カーン、カーン。

正午を告げる鐘の音が鳴り渡った。それを機に、マルティノはカラヴァッジョに向かって言った。

「私たちは、そろそろ行かなくてはならない」

「そうだな……ずいぶん長く引き止めてしまった」

カラヴァッジョが答えた。

もうここで別れなければならない。わかっているのに、三人ともなかなか別れられずにいた。

「あ……そうや」

ふと、宗達が日本語でつぶやいて、西欧ふうの服の腰布部分に手を差し込み、何か取り出した。

「これを……君に」

カラヴァッジョは不思議そうな表情になったが、黙って手を差し伸べた。

その掌の上に宗達が載せたのは、たたまれた扇だった。

「これは……？」

掌の上に載せられた平たくて細長い棒のようなもの――扇――を、カラヴァッジョは真上から眺めた。

日本ではごくふつうに使われている扇は、西欧では珍しいものであり、めったに手に入れられるものではなかった。カラヴァッジョも、初めて目にしたようだった。

宗達は、カラヴァッジョの掌の上から扇を取り上げ、漆塗りの親骨に指を添えて、ゆっくりと開いてみせた。

それをみつめるカラヴァッジョの顔に見る見る好奇心の光が広がった。

扇面に現れたのは、異形の二神。――風神雷神である。

それを目にしたとたん、マルティノは宗達のカラヴァッジョへの思いを知った。

――宗達の父の筆で描かれた一扇。

苦しく、辛く、はてしない旅路のあいだ、ずっと宗達を励まし続けた扇。再び会えぬかもしれぬ、その覚悟を胸に、父から息子へと手渡された「形見」。

長い航海のさなか、幾度となく風が吹き、雨が降り、嵐が襲いきた。そんなとき、宗達は、この扇を振りかざし、叫んでいた。

——風神さまと雷神さまのお通りや！　きっとわいらをお導きくださるで！

スペイン国王に謁見したときは、この扇と自分の命を差し出して、使節団一行の窮状（きゅうじょう）を救ってもくれた。

命にも等しい、大切な、大切な扇。

その宝を、宗達は異国の友に手渡したのだ。——再び会えぬであろう友に。

初めて見る日本の絵。カラヴァッジョは、かすかに震える両手で開いた扇を受け取ると、穴があくほどみつめ、隅々まで眺め渡した。

何か言おうとしてなかなか言葉にならないようだった。彼の中に感動の波が押し寄せているのが傍（はた）で見ていてもわかった。その波はマルティノの胸にもひたひたと届いた。

「……この絵は、君が描いたのか？」

カラヴァッジョは、ようやく言葉を口にした。宗達は首を横に振った。

「いや。……おれの父が描いたものだ」

カラヴァッジョは、またしても言葉に詰まってしまったようだった。

開いた扇に視線を落として、彼はいつまでも飽きることなく初めて見る日本の絵をみつめていた。宗達の父が描いた「風神雷神」を。

「おれの父は、日本の都の京という町で、扇に絵を描く職人をしているんだ」

宗達が言うと、カラヴァッジョは目を上げて、尋ねた。

「これは、オウギというのか？」

「そうだ。扇だ。こうして風を作るものだ」

宗達はもう一度扇を受け取って、ふぁさっ、ふぁさっとあおいでみせた。おおっ、とカラヴァッジョが感嘆の声を上げた。

「ほんとうだ。君たちはいつもこうして、このオウギであおいでいるのか？」

「私たちの国は夏はひどく蒸し暑いのだ」

マルティノが言い添えた。

「だから、扇を持ち歩き、風を作って涼んでいるんだ」

宗達は広げた扇をたたんでみせた。親骨をぱちんといわせて、きれいな「棒」に戻ったのを見ると、カラヴァッジョは、おおおっ、とまた声を上げた。

「すごいな。どうなっているんだ？　こんなすばらしいもの、いったい誰が考え出したんだ？」

宗達からまた受け取ると、自分の手で広げたり閉じたり、表を見たり裏を見たり、せわしなく扇を検分している。宗達とマルティノは目を合わせて微笑んだ。感激しきりのカラヴァッジョに、宗達は説明をした。

「おれたちの国には、君の国のように画布や油絵の具というものがない。その代わりに、紙と墨と顔料がある。絵師や職人は、筆を使って、水で溶いた墨と顔料で紙に絵を描くのだ」

扇、屏風、ふすま、巻物、掛け軸。絵師たちが腕をふるうのは、暮らしを彩るさまざまなものである。しかし、カラヴァッジョは、そのどれも目にしたことがない。見たことがないものを説明するのはとても難しかった。

「ビョウブ？　フスマ？　それはどういうものなんだ？」

尋ねられても、宗達はうまく言葉にできない。すかさず、マルティノが助け舟を出した。

「たとえば、屏風というのは衝立のようなものだ。君たちの国にある衝立は、板が二連とか三連になっていて、立てられるだろう？」

確かに、この国にも衝立はあった。衝立には絵が描いてあることが多く、イエス＝キリストや聖人たちの像が描かれた衝立は教会へ奉納されるということも、マルティノは知っていた。

「それならばわかる」とカラヴァッジョは応えて言った。

マルティノは、うなずいて言葉を続けた。

「屏風は木枠に紙を貼って作られる。木枠に貼るまえに絵師が紙に絵を描いておくのだ。……ローマ教皇に献上奉ったのは、宗達が絵を描いた屏風だった。もっとも、私は見ることが許されなかった。だから、どんな絵だったのかわからないし……君に話すことはかなわない」

正直に言うと、カラヴァッジョはにやりと笑った。

「おれにはわかる。きっとすばらしい絵だったはずだ。そうだろう？」

宗達は、「そうとも」と胸を張った。

「ただし、その屏風絵を描いたのは、おれではない。……おれの師匠、天下一の絵師、狩野州信さまが描かれたのだ。おれは、その手伝いをしたにすぎない。だから、おれは……おれこそ、いまはまだ『絵師』と名乗れるはずもない」

正直に告げた。

自分は、日本の大殿たる織田信長の御前で作画を披露し、信長より「絵師、宗達」の名を拝受した。

その日から、自分は「絵師」になってしまった。父も、職人たちも、狩野永徳（えいとく）（州信）までもが、自分を一人前の絵師と目（もく）した。

そして、いつのまにか絵師として、ローマを訪問する使節とともに、この国に来てしまった。

「国王陛下や大公閣下にお会いするときも、そして教皇猊下に謁見をたまわるときも、おれはきりしたんでも、使節でもなく、『絵師』として、特別に紹介された。そして、最後には、君にまで……」

そこまで言うと、宗達はくちびるを噛んだ。そして、言葉を繋いだ。

「けれど、おれにはいま君に見せる絵がないのだ。なのに、どうして『絵師』だと名乗れるだろう？」

宗達は、続けて言った。

「おれは、日本を出てからずっと、目に映るありとあらゆるものを帳面に写し続けた。人も、生き物も、草木も、食べ物も、街も、建物も、通りも……どんなものでも」

この世に生きとし生けるもののすべてを。

この世界にかたちを成しているもののすべてを。

全身全霊で、写し取る。

それは、狩野永徳が「洛中洛外図」を作画したときに成し遂げようと試みたことであった。

京の町なか、人々のいとなみ、巡る季節、みずみずしく輝く命を、六曲一双の扇面に創り出す。そのために、永徳は、あるときは鷹（たか）になり、あるときは虫になって、天を舞い、地をはって、この世界を写し取った。

「師匠が写し取ってきた素描をもとに、おれは師匠とともに屏風絵に挑んだ。……そしてわかったんだ。――絵師は、この世界の美しさ、おもしろさを紙の上に……画布の上に創り出すことができる。そして、この世界のすばらしさを、絵をもって誰かに伝えることができる」

――絵師になりたい。

自分は、狩野永徳のような、ほんものの絵師になりたい。「洛中洛外図」の作画を通して、宗達は心の底からそう思った。

そのためにはどんな冒険でもしよう。苦難の道を行くことだとて決して厭うまい。

そう心を定めて、使節に随行した。

――この世界のすばらしさを、この目で確かめるのだ。そして、それを必ず絵に表すのだ。

「ほんものの絵師になるために、おれはここまでやって来た。目に映るすべてを心に写し取りながら。……そして、君に出会った」

カラヴァッジョの目をまっすぐにみつめて、宗達は言った。

「おれが描いた絵は、いまはここにはない。けれど、いつか……おれがほんものの絵師になったら、見たこともないようなおもしろい絵を描いてみせる。――きっと」

カラヴァッジョは、明るく澄んだ瞳で宗達をみつめ返すと、

「おれも、きっと描いてみせよう」と応えた。

はるかな東の島国、日本で絵師を志す少年、俵屋宗達。

世界の中心たる都、ローマを擁（よう）する国、イタリアで絵師を夢みる少年、ミケランジェロ・メリージ・ダ・カラヴァッジョ。

本来であれば、決して出会うはずのないふたりが、こうして巡り会い、誓いを立て合った。

いつの日か、きっと立派な絵師になって、その名をこの世に残そうではないか。

いまは誰ひとり知る者がいなくとも、いつか、必ず——。

「……ひとつ、教えてくれるか」

カラヴァッジョは、握りしめた扇をもう一度慎重な手つきで開いて、尋ねた。

「ここに描いてあるのは……日本の神々なのか？」

扇面に描かれてあるのは、赤鬼、青鬼の風情（ふぜい）をした二神である。

赤い体の雷神は、雷鼓を背負って雲に乗り、稲妻を光らせ、憤怒（ふんぬ）の形相をしている。

碧色（みどりいろ）の体の風神は、風袋を背負ってやはり雲に乗り、空中に浮かんでいる。

金の地色の上に描かれた異国の神々は、カラヴァッジョの目にはたまらなくおもしろく映っているようだった。

「そうだ。『風神雷神（アイオロス・ユピテル）』だ」

宗達が答えた。

「君の国に伝えられている神話の中にも同じ神々がいるだろう？　イタリアのあちこちでこの神々を描いた絵を目にして、びっくりしたんだ」

「へえ！　これが、ユピテルとアイオロスなのか？」

カラヴァッジョは、驚いて目を丸くした。

「おれも侯爵さまのお屋敷で絵を見たことがある。しかし、全然違う気がするが……」

「似ているところもあるさ。ユピテルは光の槍（やり）を手にしていたり、アイオロスは風を起こしているように描かれているのを見たことがあるぞ」

「うん、確かにそうだ。でも、こんなふうに体が赤くもないし碧色でもない。それに、なんだこれは？　つのが生えているじゃないか！」

どこが似ている、ここは違うとふたりがにぎやかに言い合うのを、マルティノはほのぼのと明るい気持ちでみつめていた。

カラヴァッジョは、いま一度、扇の上に浮かんだ風神雷神をまぶしそうな目でみつめた。それから、開いた扇を静かに閉じると、両手できゅっと握りしめた。

「……おれは、このさき、どこに行こうと、これを連れていくよ」

カラヴァッジョの言葉に、宗達は笑みをこぼした。

「ああ。連れていってくれ。どこに行こうと、ずっと一緒に」

カラヴァッジョは大きくうなずいた。

「じゃあ、元気で」

宗達が言った。

「ああ、君たちも」

カラヴァッジョも笑顔で応えた。

マルティノが言った。カラヴァッジョは、もう一度うなずいた。

「会えてよかった」

「……いつか、また会おう」

そう言って、マルティノは、胸の前で十字を切り、両手を合わせた。

「神のご加護を」

すると、宗達も胸の前で両手を合わせ、頭を垂れた。

カラヴァッジョもまた、ふたりを真似て、両手を合わせ、祈るように目を閉じた。

カーン、カーン、カーン、カーン。

別れのときがきたのを告げるように、教会の鐘が鳴り響いた。

マルティノと宗達は、サンタ・マリア・デッレ・グラツィエ教会を後にした。

ふたりは、何度も立ち止まり、振り返った。

カラヴァッジョは、礼拝堂の前に佇んで、大きく手を振り、ふたりが去っていくのを見送っていた。いつまでも、いつまでも。

――いつか、また会おう。

そう約束をしてしまった。……もう会うことはないとわかっているくせに。

果たせない約束をするべきではなかったのではないか。

マルティノの胸に、ふと、そんな思いが立ち上ってきた。

ひとつ目の角を曲がって、友の姿が見えなくなると、宗達は、突然足を速めて、石畳の通りをどんどん進んでいった。そして、とうとう走り出した。

ぼんやりと歩いていたマルティノは、あわてて宗達の背中を追いかけた。

宗達は、がむしゃらに走った。マルティノは、必死に追いかけた。

ふたりは息を切らして、使節団の宿舎となっているブレラ神学校の構内へ駆け込んだ。

宗達は中庭を囲む回廊の床の石の上にごろりと身を投げた。胸を激しく上下させ、息を繋いでいる。マルティノもその横にへたり込んだ。

太陽が中庭に立つオリーブの木を照らし、くっきりと黒い影を作っている。涼やかな風が吹き渡り、汗に濡れたふたりの少年の首筋をなでて通り過ぎていった。

マルティノは膝を抱えて、かたわらに身を投げている宗達を見た。宗達はうつろなまなざしを回廊の天井に投げている。

「……どうしたのだ？」

マルティノが問いかけると、宗達は視線を宙にさまよわせたまま、

「……帰らなあかん……」

そうつぶやいた。

「早よう、帰らなあかん。日の本へ。一刻も、早よう……」

「何を申しているのだ、急に」

マルティノが応えて言った。

「二日ののちに、ジェノヴァに向けてミラノを発つ予定になっていることを忘れたのか。そして、ジェノヴァから船に乗り、スペイン、ポルトガルを経て、リスボンから、また長い航海に出るのだぞ。早く早くと急いたとて、どうにもならぬではないか……」

「そんなこと、わかっとるわい！」

宗達が飛び起きて、マルティノの言葉をさえぎった。マルティノは驚いて口をつぐんだ。

「……すまぬ。大声を出してしもうて……」

宗達はうつむいた。

「……せやけど……わいは、もう三年も絵筆を握っとらへん。ひょっとすると、このまま、絵を描けなくなってしまうかもしれへん……。あいつと……カラヴァッジョと話すうちに、なんや、胸の中がちりちりちりしてきよって……」

宗達は胸もとを両手でぎゅっとつかむと、苦しげな表情を浮かべた。

「いまに始まったことやない。ローマを出てから、いままでずっとそうやったんや。ちりちり焦げるような感じが、ずうっと胸の中にあって……まるで煙がくすぶっとるような……」

いったいそれが何なのか、宗達にはわからなかった。

イタリア各地で目を見張るような絵に出会うたび、胸の中の煙はいっそう広がっていくようであった。

「せやけど、今日、カラヴァッジョと会ってから、胸の中の煙が炎に変わった。それで、ようやくわかったんや。……わいは、わいは、ただ……ただ、絵を描きたい

「いますぐに、絵筆を取りたい。紙に向き合って、絵筆を走らせたい。作画への激しい希求が、宗達の中で燃え上がっていた。——それは、カラヴァッジョに出会ったがゆえに。

絵師となることを夢に見、作画への募る思いを隠そうともしない。一途で、ひたむきで、まっすぐな少年。

いますぐに描きたい、けれど描けない。じりじりしたカラヴァッジョの気持ちが、熱波のように宗達の胸に到達し、あふれ返ったのだ。

異国の地で出会った友と、いつか必ず互いの絵を見せ合おうと契った。けれど、それはいつのことになるのか。

カラヴァッジョと再会する機会は、このさきもう巡りこないと、宗達だとてわかっていた。できない約束をしてしまったという後悔の念が、いっそう彼を苛んでいるようだった。

マルティノは、宗達のかたわらに座り込んだまま、かける言葉をなくしていた。宗達の気持ちは痛いほどわかった。もう三年も絵筆を取っていない、という事実は、宗達にとってどれほど重いことだろうか。

自分のほうこそ「絵師」と名乗るわけにはいかないのだ、と宗達はカラヴァッジヨに言った。三年間、一枚も絵を仕上げずに、どうして絵師だと言うことができるだろうか？

「おぬしの気持ちはわかる。されど、もう少しの辛抱だ」

いますぐ筆と墨と紙を手渡す以外には、何を言っても宗達のなぐさめにはならないだろうとわかっていたが、マルティノはそう言葉をかけた。

「まもなくこの国を後にし、再び大海原へ船を出すのだ。神のご加護のもと、吾らの船は……」

「……幾年かかるんや？」

宗達がマルティノの言葉をさえぎった。その声は、何かにおびえるようにかすかに震えていた。

「二年か？　三年か？　それとも……もっとか？　幾たびもの嵐に巻き込まれて、日照りに苦しい思いをして……どこまで行っても、どこを眺めても、陸が見えへん……あの旅を、わいらは、もういっぺんやらなあかんのか？」

苦しそうに声を絞り出しながら、額に汗をにじませ、宗達は目を見開いた。

「もしも、帰ることが……できひんかったら……どうしたらええんや？」

もしも……もしも……もしも。

船が嵐に耐えかねて、沈んでしまったら。海賊に襲われて、剣で胸を貫かれたら。日照り続きで、疫病にかかってしまったら。

日本にたどり着くことができなかったら――。

わあっ、と突然声を上げて、宗達は両手で顔を覆った。汗がどっと噴き出し、体が小刻みに震えている。そのまま回廊に倒れ込んだ。

「……宗達っ⁉」

驚いたマルティノは、宗達の体を揺さぶった。

「おい、宗達、しっかりしろ！　どうしたのだ⁉」

額に手を当ててみると、ぎょっとするほど熱い。

――神よ……！

「――誰か！　神父さま！」

マルティノは、立ち上がって大声を出した。

「もし、どなたかおられませぬか！　お助けくださりませ！」

回廊の向こうから、神父と修道士が何人か、衣服の裾をひるがえして走り寄った。

「そなたたち、どうしたのだ？　スフォルツェスコ城を訪問しているのではなかったのか？」

問われて、マルティノは答えられなかった。お許しがあったとはいえ、使節団の訪問を休んで別行動をしたことを知られてはまずい。

「いえ、その……実は、今朝ほど、このアゴスティーノと私は、いささか疲れたのか、気分がすぐれなかったので、訪問はせずに部屋にて休んでおるようにと、ロドリゲスさまより仰せつかりまして……」

出かけたことは言わずに、マルティノはそう答えた。

「しかしながら、気分がよくなりましたので、急ぎスフォルツェスコ城へ駆けつけるためにしたくをして、出かけようとした矢先に、アゴスティーノが……」

ひとりの修道士が倒れ込んでいる宗達の額に手を当てた。

「おお、これはいけない。ひどい熱だ」

修道士たちは長い板を持ってきて、そこに宗達を寝かせると、板ごと担ぎ上げて個室へと連れていった。

マルティノもついていこうとすると、

「そなたは入ってはならぬ。流行病かもしれない」

入室を止められてしまった。

マルティノは、どきりと胸を鳴らした。

西欧への旅の途中、流行病にかかって命を落とした乗組員が何人かいた。

もしも、宗達が流行病だったら……。

急に目の前が暗くなるような気がした。

マルティノは、足取り重く自室へ戻り、為すすべなく寝台に腰を下ろした。が、すぐにまた立ち上がって礼拝堂へ向かった。

礼拝堂に人影はなく、しんと静まり返っていた。

ひんやりとした堂内に入っていくと、マルティノは祭壇に掲げてある十字架の近くへと歩み寄った。ひざまずくと、両手を合わせ、頭を垂れた。

――天にまします神よ、吾らが父よ。

どうか、宗達をお助けくださりませ。

いかなる苦難も災いも乗り越えて、私たちはここまでやって来ました。

すべてはあなたさまのご加護のもと、あなたさまのお導き、あなたさまの妙なる力によって。

そして、吾らはここで得た知識や見聞をなんとしても日の本へ持ち帰らねばなりませぬ。

なにとぞ宗達を、吾らとともに日の本までお連れ帰りくださりませ。いま一度、絵筆を握らせてやってくださりませ――。

一心に祈りを捧げるマルティノの耳の奥に、宗達の声がいつまでも響いていた。

――わいは、ただただ、絵を描きたいんや。

それに重なるようにして、カラヴァッジョの言葉が蘇る。

——おれは、ただ、絵が描きたいだけなんだ。

再び会う日が訪れたら、そのときこそ、お互いの絵を見せ合おう。

決して果たせぬ約束をして、ふたりは別れた。

ただ、絵を描きたい——あふれる思いをそれぞれの胸に宿しながら。

マルティノの閉じたまぶたに涙があふれた。

涙は雨だれのように頰を流れ落ちて、胸の前でしっかり組んだ両手の上に降り注いだ。

——なんと遠いところまで私たちは来てしまったのだろう。

来るときには無我夢中だった。辛くても、苦しくても、とにかくローマへ行くのだと、その思いにこそ支えられて生き延びた。

気がつけば、三年もの年月が経ってしまっていた。

これから日本への帰途につく。それはつまり、また三年かけて帰るということだ。三年どころか、もっと年月がかかってしまうかもしれぬ。

いや、帰れればよい。運が尽きて、帰れなくなってしまうかも……。

いつかどこかで、あっけなく吹き消されてしまってもおかしくはない。ほそぼそと燃え続けているこの命の灯火（ともしび）が。

そのときが、もしも、たったいま、宗達に訪れているとしたら——。

——ああ、なんという。

自分の非力さを、マルティノは悔いた。

こんなとき、自分には祈ることのほかに何もできない。

ただ祈るしか——。

そう思ったとき、マルティノは、ふいに気がついた。

宗達にとって、そしてカラヴァッジョにとって、描くことは祈ることと同じ。

祈りを捨てない限り神が応えてくださるのと同様に、きっとふたりとも絵筆を持ちさえすれば大丈夫なはずだ。

そうだ。きっと大丈夫だ——。


夕刻になって、スフォルツェスコ城を訪問していた使節団一行が宿舎となっているブレラ神学校へと帰ってきた。

マルティノは一行の帰着を礼拝堂の前で迎えた。青ざめた顔を見て、マンショが心配そうに声をかけた。

「いかがした、マルティノ？　やはり気分がすぐれぬのか？」

宗達とマルティノは、旅の疲れが出たため、その日の訪問には同行せずに宿舎に留まる——と一行は承知していた。むろん、ふたりが宿舎を抜け出してイエズス会以外の教会に行ったことは知る由もない。

「いえ、私は大丈夫です。されど、宗達が……」

マルティノが言葉をにごしたので、マンショ、ミゲル、ジュリアンの三人は、顔を見合わせた。

「アゴスティーノに何かあったのですか」

ジュリアンが声を潜めて訊いた。

「実は、とある場所に出かけたのだ。そこから帰ってきたのちに、突然熱を出して、倒れてしまった……」

三人は、もう一度顔を見合わせた。

「……流行病か？」

ミゲルの問いに、マルティノはうなだれた。

「わかりませぬ。……いまはそばにいてはならぬと厳しく止められました」

「どこへ出かけたのだ？　ロドリゲスさまのご許可あってのことか？」

マンショに質されて、マルティノは、もはやこれ以上は隠し通せぬと腹をくくった。

「宗達が……ミラノにいるあいだに、レオナルド・ダ・ヴィンチという高名な絵師の絵をどうしても見たいと、ロドリゲスさまにお願いしたのです。私も同じ思いだったので、もしもそれがかなうのであれば、一緒に行かせてほしいと、お願い申し上げました」

レオナルド・ダ・ヴィンチ――三人にとっては、初めて耳にする名であった。

それから、マルティノは、その日に起こった一連の出来事をすべて打ち明けた。サンタ・マリア・デッレ・グラツィエ教会を訪い、食堂の壁に描かれていた〈最後の晩餐〉を目にしたこと。そして、そこに現れたひとりの少年絵師、「カラヴァッジョ」のこと――。

「そうだったのか。では、とうとう、アゴスティーノは念願かなって絵師にまみえたのだな」

マンショが言った。

「はい。その者は、私たちと同齢か、少し年若いくらいで、いまは見習いということでした。ゆえに、己をまだ絵師とは言えぬ、と申しておりましたが……」

マルティノがそう説明した。

「カラヴァッジョとは変わった名ですね。初めて耳にしました」

ジュリアンの指摘に、マルティノは答えた。

「この国では同じ名の絵師が多いので、ときに故郷の名で呼ばれることがあるらしいのです。レオナルド公も、ヴィンチという村の出身で、レオナルド・ダ・ヴィンチと呼ばれているそうです。カラヴァッジョも、ミケランジェロというのがまことの名ですが、ヴァチカンの礼拝堂を飾ったあのミケランジェロ公と同じでややこしい。しからば故郷の名で呼ぼうと、宗達が提案したのです」

ほう、と三人は感心の表情になった。

「アゴスティーノがそこまで関心を寄せるとは、さぞや見込みのある若者に違いあるまい。で、そのカラヴァッジョとやらは、いかなる絵を描くのだ？」

ミゲルがそう尋ねた。マルティノは、「それが、その……」と言いよどんだ。

「たまさかレオナルド公の絵の前で出会ったがゆえ、カラヴァッジョは見せられる絵を持ち合わせていないと申しておりました。大きな画帳を持ってはいましたが、見せてはくれませんでした」

マンショが眉根を寄せて、不審そうな顔つきになった。

「絵を見せずして絵師だと申していたのか？」

マルティノは「いえ、そうではありませぬ」と答えた。

「いまはまだ絵師とは申せぬ、されど、いつか絵師になったら、そのときにはきっと絵を見せようと約束してくれました。そして、宗達も……同じことをカラヴァッジョに約束しました」

マルティノの話を聞いて、マンショ、ミゲル、ジュリアンの三人は眉を曇らせた。

――いつか絵師になったら、もう一度会おう。そのときこそ、互いに絵を見せ合おう。

宗達とカラヴァッジョが交わした約束が、果たせぬ夢であることは自明であった。そののちに宿舎に帰ってきたところで、宗達は高熱を出して倒れたのだった。

「アゴスティーノは……友となったカラヴァッジョにできぬ約束をしてしまったことを、悔やんでおるのかもしれぬな……」

視線を落として、マンショがつぶやいた。

「あやつは、そういうやつだ。さればこそ、思い悩んで臥してしまったのかもしれぬ……」

ジュリアンはうつむけていた顔を上げると、

「……祈りましょう」

きっぱりと言った。

「祈りましょう。アゴスティーノのために。私たちだとてアゴスティーノの『友』ではありませぬか」

ジュリアンの言葉に、マンショが「その通りだ」と呼応した。

「私たちはいちにちたりとも離れることなく、ここまで来たのだ。ここからさきも故国（くに）に帰り着くまで、私たちは一緒だ」

「そうだとも」

ミゲルも力強く言った。

「ともに祈ろう。アゴスティーノのために」

三人の思いに触れ、マルティノの胸は熱く震えた。

宗達ひとりを、ここに置き去りにしてはならぬ。

ともに、故国へ、日の本へ帰ろう。

私たちは、どこまでも一緒だ――。

その夜、使節一行はミラノのスペイン提督が催す晩餐会に出席することになっていた。

出発するぎりぎりまで、四人は礼拝堂にこもって祈りを捧げた。

礼拝堂の中は、水の底のように静まり返っていた。西向きの色窓（ステンドグラス）から斜陽が射し込み、色とりどりの光が祭壇の十字架を花畑のように彩った。

四人は最前列の席に一列に並び、深く頭を垂れ、両手を合わせて、いつまでも、いつまでも、ただ一心に祈り続けた。

友の命の灯火が、決して消え失せぬように。

その夜、晩餐会から帰ってきた使節の四人は、宗達のために快癒（かいゆ）の祈禱（きとう）をしたいと、ロドリゲス神父に申し出た。

「アゴスティーノのために、ひと晩かけて祈りを捧げたいのです」

四人の思いに、ロドリゲスは深く心を打たれたようだった。

「そなたたちの思いは、私たちの思いでもある。ともに祈ろう」

ロドリゲスが司祭となり、メスキータ神父、ロヨラ修道士も参加して、夜を徹して祈りを捧げることになった。

マンショ、ミゲル、ジュリアン、そしてマルティノは、手に手に種火となるろうそくを持って、真っ暗な礼拝堂の中へと静かに歩み入った。

燭台（しょくだい）のろうそくに、ひとつ、またひとつ、灯火が灯（とも）されていく。

揺らめく明かりがひとつ、灯されるたびに、マルティノの胸の中にも、灯火がひとつ宿る心地がした。

――天にましますわれらが父よ。恵みの源たる神よ。

あなたさまは約束を忠実に実らせてくださります。

私たちに、救い主、イエス＝キリストの御力によって、終わりなき命と、これを得るために必要な恵みを必ずやお与えくださることと信じます。

神よ、あなたさまへの吾らの希望を強められんことを。

アーメン。

ろうそくが尽きて灯火が消えそうになれば、吾らのうちの誰かが新しいろうそくを持ちきて、火を繋ごう。

命の灯火を絶やすことなく燃やし続けよう。

ともに。――日の本へ帰り着くその日まで。

赤々とした灯火に囲まれ、いまこそマルティノは祈った。友のために、全身全霊で。

――神よ。

なにとぞ、吾らが友を、宗達をお守りくださりませ。

もう一度、絵筆を握らせてやってくださりませ。

いつの日か、互いの絵を見せ合うという約束を果たさせてやってくださりませ。

カラヴァッジョとの約束を――。

礼拝堂の色窓から朝の陽の光がうっすらと射し込んできた。チュン、チュン、チチチ、小鳥たちのさえずりが聞こえてくる。

闇と静寂に包まれていた堂内がゆっくりと青白い明るさに満たされていく。

カーン、カーン、カーン、カーン。

朝を告げる鐘の音が響き渡るそのときまで、使節一行は全員で祈り続けていた。

ギイイ……と扉が開いて、一行の世話係になっている修道士、コンスタンティノが忍び足で入ってきた。

コンスタンティノは、前方の席に座していたロドリゲスに何か耳打ちした。ロドリゲスはうなずいて、無言で礼拝堂を出ていった。

一晩じゅう眠らずに祈りを捧げていたマルティノは、夢うつつで頭がぼうっとしていた。が、それでも繰り返し、繰り返し、祈りの言葉をつぶやき続けていた。

神よ。どうか――どうか。

吾らが友、宗達をお守りくださりませ。

カラヴァッジョを……宗達を……会わせて……もう一度、もう、いち、ど……。

「――マルティノ。おい、マルティノ。起きているか？」

肩を揺さぶられ、マルティノは、はっと顔を上げた。

マンショとミゲルとジュリアンが、いつのまにかマルティノの周りに集まっていた。マンショは、不思議な光を宿した目をマルティノに向けていた。

「ロドリゲスさまが……これを」

そう言って、粗末な木綿の布に包まれた板のようなものを差し出した。

「さきほど、宿舎を訪ねてきた見知らぬ少年から、『ソウタツとマルティノに渡してほしい』と……受け取ったということだ」

マルティノは目を瞬かせた。

「宗達と……私に？」

マンショはうなずいた。

「少年は……カラヴァッジョ、と名乗ったそうだ」

マルティノは、目を見開いた。

――カラヴァッジョが……⁉

その「何か」を、マルティノは震える両手で受け取った。

そして、祈禱台の上にそっと置いた。

固い結び目を一点にみつめて、

「私が……開けてもよいのでしょうか」

そうつぶやくと、近くに佇んでいたロドリゲスがマルティノの肩にそっと手を置いて、

「『ソウタツとマルティノに』……とその者は申していた。開けてみるがよい」

静かに言った。

その言葉に背を押されて、マルティノは結び目に手を伸ばした。

――カラヴァッジョが……。

カラヴァッジョが、宗達のために……いったい、何を……？

結び目が解けた。鼓動が恐いほどに速くなる。指先が小刻みに震えている。

マルティノは、まるで聖遺物を扱うかのように、ゆっくりと、ていねいに、震える指で包みを四方へ解いていった。

そうして、いとも粗末な木綿の布の下から現れたのは――。

――あ……。

マルティノは、一瞬、息をのんだ。

包みが解かれるのを見守っていたマンショ、ミゲル、ジュリアンも、息を止めた。

ロドリゲスも、メスキータも、ロヨラも。

誰もが、その刹那、呼吸をするのを忘れたかのように、全身を目にして、包みの中から現れたものをみつめていた。

皆の目の前に現れたのは――一枚の絵。

その瞬間、一条の光が射した。

あまりのまばゆさに、マルティノは思わず目を細めた。

驚くほど精巧に、細部まで緻密に油絵の具で描き込まれた神々の絵であった。

絵の地色は黒一色、漆黒の暗闇である。その中に、ぽっかりと、ふたりの神が浮かび上がっている。

左側には光の衣を身にまとった半裸の姿の神。なめらかな白い肌、亜麻色の髪。金色の瞳は妖しく光っている。右腕を高々と上げ、その手に握られているのは光の槍。精悍な顔立ち、髪の毛の一本一本までが、己の掲げる光の槍にくっきりと照らし出されている。

そして、右側に浮かんでいるのは、風に乗って舞い上がるもうひとりの神。翡翠色の肌、金色の髪。隆々たる筋肉のたくましい腕と胸、引き締まって均整のとれた体軀。頰を思い切りふくらませ、とがったくちびるから勢いよく吹きつける息は、大海原の船を水平線の彼方へと前進させる風に変わる。

右と左。――東と西。

両極に浮かび上がる美しくも猛々しいふたりの神。

マルティノは瞳を震わせながら、光り輝く神々をみつめた。

――ああ、これは。

これは、まさしく――。

「……ユピテル、アイオロス……」

うるんだ声でマルティノはつぶやいた。

絵に釘付けになっていたマンショ、ミゲル、ジュリアンは、同時にマルティノを見た。

「……いま、なんと申したのだ？」

マンショが問うた。

マルティノは、うつむけていた顔を上げた。紅さを取り戻したその頰に、涙がひと筋、きらめいてこぼれ落ちた。

「ユピテル、アイオロス。雷神と、風神です。……宗達は、カラヴァッジョと別れるとき、最後に手渡したのです。かたときも肌身離さず持ち歩いていた『風神雷神』の扇を……」

三人の顔に驚きが走った。

「あやつの父上が描いたという扇か？」

ミゲルが訊いた。マルティノは黙ってうなずいた。

「命にも等しい形見を、会ったばかりの相手に渡してしまったのか？」

重ねて尋ねられ、マルティノは、「いいえ」と答えた。

「渡したのではありませぬ。……贈ったのです。たった一度会っただけの……されど、一生の友となった『絵師』に」

マルティノは、まぶしそうな瞳を漆黒の闇に浮かび上がる二神に注いで言った。

「カラヴァッジョは、日本の絵を初めて見たと申しております。命にも等しい大切な扇を贈られて、それはそれは喜んでおりました。——この絵は、それへの返礼なのでしょう」

そのとき、再び礼拝堂の扉が開いて、コンスタンティノ修道士が現れた。

彼は、まっすぐに使節たちのもとへ足早に歩み寄った。そして言った。

「……アゴスティーノが……目覚めました」

皆、はっとしてコンスタンティノを見た。喜びを隠しきれないように、弾んだ声で彼は続けた。

「ひと晩じゅう続いた熱も下がりました。……もう大丈夫です」

少年たちの顔にみるみる歓喜の光が広がった。

「——やったぞ！　助かった！」

堪えきれずに声を上げたのはマンショだった。ジュリアンは喜びのあまり飛び跳ねた。ミゲルは興奮して叫んだ。

「あやつめ、なんというやつだ！　……ああ、まことに……なんというやつなのだ！」

マルティノは、声も出せずに動けなくなってしまった。ただただ、涙があふれた。そして、胸の前で固く両手を組み、天を仰いだ。

――ああ、神よ……！

やはり、あなたさまは宗達をお見放しにはならなかった……！

四人を見守っていたロドリゲスも顔をほころばせて言った。

「これ、マンショ。ミゲル、ジュリアンも……マルティノを見習って、神の愛と霊力に感謝奉りなさい」

三人はあわてて両手を組み、祭壇に向き直って感謝の祈りを捧げた。

マルティノの涙が通り過ぎるのを待って、ロドリゲスがその肩にやさしく手を置いて言った。

「さあ、マルティノ。……カラヴァッジョの絵を、宗達のもとへ届けてやりなさい」

マルティノは顔を上げてロドリゲスを見た。ロドリゲスは微笑を浮かべて、ゆっくりとうなずいた。

粗末な布に板絵を包み直して、小脇に抱え、マルティノは宗達のもとへと駆けていった。

頬を濡らしていた涙はもう乾いていた。湧き上がる喜びがいっぱいに胸を満たしていた。

「宗達。……私だ、マルティノだ。入ってもよいか」

小部屋の扉を叩いて、声をかけた。

返事がない。マルティノはそっと扉を開けた。

小部屋の片隅に置かれた寝台の上に、宗達は正座をしていた。そして、たったいま夢から覚めたような顔をマルティノのほうへ向けた。

ほっと息をつくと、マルティノは言った。

「……おぬしに見せたいものがある」

宗達は不思議そうな表情を浮かべた。

寝台へと歩み寄ると、マルティノは小脇に抱えていた包みを宗達の目の前に差し出した。

「さきほど、おぬしへ届けられたものだ。……カラヴァッジョから」

風が吹き渡ったかのように、宗達の瞳が揺れた。

マルティノは、布の包みを宗達の両手にそっと抱かせた。

宗達は、幼子を寝かせるように包みを寝台に置いた。そして、マルティノがそうした通りに、かすかに震える指先で結び目を解いた。

そして――。

布の中から絵が現れたその刹那、宗達はまぶしそうに目を細めた。それから、瞬きもせずに画面をみつめた。深く、熱いまなざしで。

ユピテル、アイオロス。――風神、雷神。

東と西、ふたりの神、ふたつの魂が出会い、光を放つその絵。

マルティノは、ただ静かに、宗達がカラヴァッジョの絵に向き合うのを見守っていた。

いつかきっと見てみたいと望みつつ、見ることはかなわないだろうとあきらめていた絵。

宗達は、その絵をついに見た。

万感(ばんかん)の思いを込めて、宗達はカラヴァッジョの描いた「風神雷神」をみつめていた。

この国で、宗達とマルティノはすばらしい絵の数々に出会った。

レオナルド・ダ・ヴィンチ。ミケランジェロ・ブオナローティ。

そして、カラヴァッジョ。

真の傑作に出会ったとき、ただ黙ってその絵をみつめることしかできない。傑作はいかなる言葉も奪い去る。傑作の前では言葉など必要ないのだ。

長いあいだ、のめり込むようにカラヴァッジョの絵をみつめていた宗達はようやく顔を上げた。そして、マルティノに向かって言った。

「描かなあかん、わいも。見せなあかん、わいの絵を。――あやつに」

使節団一行の宿舎となっていたイエズス会の教育施設、ブレラ神学校には神学生や修道士たちが聖画を制作する画室(アテリエ)があった。

宗達は、ただひとり、その中央に佇んでいた。

着物に袴(はかま)、いつものいでたちである。袖(そで)はたすき掛けにし、いつのまにかたくましくなった腕が袖口からすっと伸びている。右手には馬毛で作られた絵筆(ペンネッロ)が握られている。

彼の目の前には、画架(カヴァレット)に掲げられた横長の画布(テラ)があった。

真っ白なその面に、宗達は視線を集めている。全身を目にして、小さな画布に己のすべてを集中させている。

炎(ほむら)が燃え立つがごときその背中を、マルティノは、画室の戸口に立ってしばらくのあいだみつめていた。

宗達の手に握られた絵筆の先が、調色板(タヴォロッツア)に並んだ油絵の具に触れるのを見定めてから、マルティノは、そっと画室を出て、音もなく扉を閉めた。

——お願いです、ロドリゲスさま。

その朝、天国(パライソ)へ向かう馬車から飛び下りて使節たちのもとへと還(かえ)ってきた宗達は、見舞いに現れたロドリゲス神父に向かって、開口一番、そう言った。

――どうか私に、絵を描かせてください。

日本へ帰り着くまでは描いてはならぬと思って参りました。されど、いますぐに描きたいのです。

明日、ミラノを出立するまでに、必ずや仕上げてみせます。

どうか私に、絵筆を。絵の具を。画布を。

一枚の絵を描く時間を。

お与えください――。

ロドリゲスは宗達の願いを聞き入れた。

宗達は、神学生たちに聖画を教えている修道士に案内されて画室を訪れた。マルティノも一緒についていった。

小ぶりの木枠に張られた画布と、筆、油絵の具、調色板が貸し出され、どのように色を調合するか教えられた。宗達は、真剣そのもので説明に聴き入っていた。もう三年も絵筆を握っていない。それに、初めて手にする西欧の道具ばかりである。

それでも、宗達はこの地で絵を描くと決めた。

――宗達……！

画室の扉を閉めたあと、そこにぴたりと背をつけて、マルティノは心の中で友に呼びかけた。

――ミラノを出立するまでに、きっと、きっと描き上げてくれ。おぬしにしか描けぬ一作を、必ずや――。

最後のミラノ滞在となるその日、使節一行の予定は一分のすきもなく詰められていた。大聖堂やイエズス会の支援者の屋敷を訪ねるほか、枢機卿がもてなす午餐会、大司教が開く晩餐会にも招かれていた。前日はほぼいちにち行事に参加しなかったマルティノは、今日ばかりは欠席することは許されなかった。

宗達は病み上がりということもあり、大事をとって宿舎に留まるようにと申しつけられた。実のところは、誰にも邪魔されず作画に専念できるようにとのロドリゲスの配慮であった。

身じたくを終えた使節の四人は、馬にまたがり、大聖堂へと向かった。

道中、マルティノは胸もとの十字架に手を当てて、ずっと神に祈りを捧げていた。

――神よ、見守りたまえ。

宗達に、佳き絵を描かせたまえ。

この国で得た英知、感じた情熱。そのすべてを注ぎ込んで。

たった一度限り、一枚限りの絵を――。

ふと横を見ると、ジュリアンも同じようにクルスに手をやって、密やかに祈りの言葉を唱(とな)えている。

目の前を行く二騎にまたがったマンショとミゲルもまた、ときおりクルスに手を当てているようだった。

――ああ、皆、祈っているのだ。

マルティノは目頭(めがしら)が熱くなった。

――宗達。私たちは、どこまでも一緒だ。ともに祈っているぞ――。

その日はいったん宿舎に帰ることなく、使節一行は晩餐会が終わるまで、ずっと出ずっぱりであった。

しかし、どこにあっても、少年たちは祈り続けていた。

ひとり画布に向かう絵師、宗達のために。

離れていても、マルティノにはわかった。友がいま、命を燃やして絵を描き続けていることが。

ミラノでの最後の晩餐には、街じゅうの名士が集い、夜半近くまで盛大ににぎわった。

山海の美味珍味の皿が卓上にずらりと並び、ぶどう酒の杯が重ねられた。花瓶には美しい花々がこんもりと生けられ、着飾った貴婦人たちで場は華やいでいた。

笑い声がさんざめき、楽師たちは宴の曲をにぎやかに奏でた。使節一行には大司教や貴族たちから数々の珍しい宝物が贈られた。

いくたびも沸き起こる拍手、喝采。使節たちがイタリア語で礼を述べれば、そのつど全員が立ち上がり、口々にブラーヴォ！　ブラーヴォ！　と歓声が起こった。

使節たちはミラノの人々のもてなしに感謝して、笑顔を絶やさなかった。

けれど誰もが、一瞬たりとも忘れはしなかった。

たったいま、この瞬間、友が、俵屋宗達が、ひとり画布に向かい、絵筆を動かし続けていることを。

ようやく晩餐がお開きとなり、一行はブレラ神学校へと帰り着いた。

部屋に戻るやいなや、マンショが声を潜めて言った。

「おい、マルティノ。アゴスティーノがどうなったか、ちと見てきてはくれぬか」

「そうだ、行ってきてくれ」と、すぐにミゲルが続けた。

「きっと完成しているはずだ。どのような絵になったか、見てきて教えてくれ」

マルティノは、まさしくすぐにも飛んでいきたかったが、

「私ばかりが行くわけにはいきませぬ。ともに参りましょう」

そう言って誘った。ところが、マンショもミゲルもジュリアンも、もじもじして

いる。

「されど、もしもまだ作画の途中であったならば、邪魔になってはならぬだろう」

とマンショが言った。

「いや、疑っておるわけではない。あやつのことだ、きっと仕上げておるであろう。私だとて、是非とも見てみたい。されど、見てはならぬような気もする……」

皆、宗達を気遣っているのだ。マルティノは、くすりと笑って答えた。

「しからば、まずは私が見て参りましょう」

画室はブレラ神学校の校舎の二階にあった。

ろうそくを片手に、マルティノは足音をしのばせて階段を上っていった。

画室の扉の前でマルティノは佇んだ。ぴたりと合わさった観音開きの戸のすきまから、うっすらとろうそくの灯りが漏れていた。

——まだ続いているのか……。

しんしんと静かな熱気が部屋の中から伝わってくる。マルティノは扉をじっとみつめて、声には出さずに語りかけた。

——もうひと息だ。宗達、しかと成し遂げてくれ。

暁が訪れるまでに——。

そのまま、再び足音を忍ばせて階段を下りていった。

部屋ではマンショ、ミゲル、ジュリアンが、十字架(クルス)を手にマルティノの帰りを待ち構えていた。

そこへあまりにも早くマルティノが戻ったので、三人はぎょっとした。

「いかがしたのだ」「完成していたのか」「アゴスティーノの様子は……」

矢継(やつ)ぎ早(ばや)の問いに、マルティノは微笑みを浮かべて答えた。

「まだ続いているようでしたので、扉を叩くことなく戻って参りました」

三人は一気に力が抜けてしまい、ぐったりと肩を落とした。

マンショが心配そうな顔つきで、独り言のようにつぶやいた。

「間に合うのだろうか。明日は、午(うま)の刻までには出立せねばならぬというに……」

マルティノは「ご案じなされますな」と明るい声で言った。

「あやつは命がけで大海をここまで渡りきた絵師なのです。ちょっとやそっとのことではへこたれませせぬ」

マンショは顔を上げた。ミゲルも、ジュリアンも。

「さよう、その通りだ」

ミゲルも力を込めて言った。

「まことに、あやつはたいしたやつよ。ほかにはおらぬ。あやつこそ、天下一……いや、世界一の絵師だ」

ミラノを出立する日の朝が訪れた。

前々日の晩、一睡もせずに宗達のために祈りを捧げた使節たちは、いつしかぐっすりと眠っていた。

暁の訪れを告げる雄鶏（おんどり）の声が遠くで響いた。

何やら幸福な夢を見ていたマルティノは、ふと目を覚ました。一瞬、いま、自分がどこにいるのかわからずにあたりを見回した。

マンショ、ミゲル、ジュリアンが、それぞれの寝台で眠りこけている。マルティノは目をこすり、寝巻きのまま、裸足でそっと部屋を抜け出した。

回廊はうっすらと青い空気に満ちている。マルティノは再び足音を忍ばせて階段を上っていった。

画室の前まで来ると、扉がかすかに開いている。マルティノの胸がとくんと波打った。

息を潜め、扉に両手を添えて、そっと引いた。その向こうに見えたのは——。

——あ……。

その瞬間、どこからか風が吹いた。そして、稲妻のように朝の光が鋭くきらめいた。

その風は、その光は、画室の中央に立てられた画架に立てかけられた一枚の絵から放たれたものだった。

横長の画布、金色の空にぽっかりと浮かび上がっているのは、たくましいふたりの神々。

左手には、妖しく輝く金色の瞳を爛々と見開いて、雷鼓を背負った白い肌の神が、たったいま、天空から舞い降りた様子。

右手には、風袋を担いだ筋骨隆々たる蒼い体軀の神が、天翔る雲に乗りやって来たところ。

ふたりの神々が、いま、画布の宙で出会った。

この神々の現れるところ、雷鳴が轟き、疾風が駆け抜け、天地に光が満ち、恵みの雨が大地をうるおす。

天と地、東と西、離ればなれで決して交わるはずのないものたちが、神々の霊力によって、こうしてひとつになった。

吾こそは、風神。

吾こそは、雷神。

いまここに、東と西、風神雷神がついに巡り会った。

俵屋宗達の筆によって――。

頭のてっぺんからつま先までびりびりと稲妻が走った気がして、マルティノは思わずぐっと両足を踏んばった。正面から突風にあおられたかのように。

「——す……すごいぞ！　……なんなのだ、これは⁉」

マルティノは声を放った。

それは、確かに絵であった。

けれど、それは、絵ではなかった。

なんという不思議なのだろう。なんというおもしろさなのだろう。眺めるほどに心が躍る。みつめるほどに胸がときめく。

風神が巻き起こす風に乗り、天高く舞い上がる。雷神が投げかける光の矢が、世界をまぶしく照らし出す。

かくも軽やかに、かくも輝きに満ちた世界に、自分たちは生きている。

その不思議、その奇跡。

マルティノの目に涙があふれた。

悲しみの涙ではない。絶望の涙でも。

これは、ただ、喜びの涙。

いま、生きていること。仲間たちとともに、ローマへ、この地へやって来られたこと。

そして、とうとう、この絵に出会えたこと。

それが、これほどまでに涙を誘うのだ――。

「……マルティノ……？」

ふいに声がした。

マルティノは、涙に濡れた頬をあわててこすった。

見ると、宗達が床にごろりと寝転がっている。こちらも目をこすりながら、むくりと起き上がった。

「よお。……見てくれたんか」

宗達が訊いた。マルティノは、「ああ、見たとも」と、うるんだ声で答えた。宗達は、くしゃくしゃになった頭をぼりぼりと搔いた。

「……どうや？」

マルティノは赤くなった目を細めた。そして、新しい涙が湧き上がるのを堪えて、微笑んだ。

「よき絵だ。……まことに、すばらしき絵だ」

宗達の顔いっぱいに笑みがこぼれた。

風が止み、雷鳴が遠ざかったあと、雲の切れ間にのぞいた太陽のごとき笑顔であった。

朝の太陽が、ミラノの空いっぱいに光を放っている。

石畳の通りを行商人たちの荷車がにぎやかに行き交う。ロバを引いて歩いていく男たち、洗濯かごを抱えた女たち、赤ん坊連れの母親、笑いながら小走りに通り過ぎる子供たち、その後についていく犬。そのすべてを追い越して、二騎の馬が速歩(はやあし)で直進してゆく。

先行く馬にまたがっているのは、マルティノ。ぱりっと糊(のり)のきいた白い襟、黒絹のマントを閃(ひらめ)かせている。出立の日の正装である。

後にぴたりと続く馬には、宗達が乗っている。こちらは着物に裃(かみしも)姿である。背中には四角くて分厚(ぶあつ)い布包みを背負っている。

珍しい日本人少年ふたりの姿を、道行く人は足を止めて眺めている。あれが高名な日本人だ、ローマ教皇に謁見たまわったとかいう少年たちだと、皆が口々にうわさしている。が、ふたりは気にも留めずに進んでゆく。ときおり馬の足を緩めて立ち止まり、マルティノが道行く人に声をかけて何やら訊いている。そして、その人が指し示す方向へと、また馬を進めていくのだった。

とある石造りの建物の前まで来ると、ふたりは馬を止めた。周辺をよくよく見回してから、マルティノが後ろを振り返って言った。

「ここだ。……よいな？」

「おう」と宗達が快活に答えた。

「いざ。行こうや」

ふたりは馬を繋いでから、重厚な扉の前に立った。マルティノは扉の上に付いている鉄の輪を握り、コン、コンと叩いた。

しばらくすると扉が開き、若い男が顔をのぞかせた。目の前に東洋人の少年がふたりいるのをみつけて、はっとひるんだ様子を見せた。

「もし、こちらはシモーネ・ペテルツァーノ公の絵画工房でしょうか」

マルティノが流暢なイタリア語で語りかけると、男は驚いた表情になった。

「いかにも、さようだが……」

男が不審そうに答えると、マルティノはにこっと笑顔になって、はきはきと告げた。

「私たちはローマ教皇、シクストゥス五世猊下に謁見たまわった日本からの使節です。ペテルツァーノ親方にお目通り願いたく存じます」

ローマ教皇と聞いて、男はますます驚いた。大あわてで中に引っ込むと、しばらくしてもう一度出てきた。そして、さきほどとはうって変わって丁重に言った。

「ドン・マンショ、ドン・ミゲル。ご来駕、まことに光栄の極みです。さあ、中へお入りください」

　ふたりは中へ通された。そこは広々とした絵画工房で、大勢の職人たちが忙しく立ち働いていた。画布を運ぶ者、絵の具を調合する者、彫像を前にして作画に取りかかる者。宗達は、ここぞとばかりに見回している。ミラノを出立する日になって、一度でいいから絵師の工房を訪いたい、という彼の願いはようやくかなったのだった。

　奥まったところに個室があり、ふたりはそこへ通された。扉ほどの大きさの画布に向き合い、絵筆を動かしていた帽子を被った男が振り返った。細面（ほそおもて）に白い口ひげの親方らしきその男こそ、絵師シモーネ・ペテルツァーノであった。

「ようこそいらっしゃいました、ドン・マンショ、ドン・ミゲル」

　ペテルツァーノはいかにも温和そうな笑顔を作って、ふたりを彼の画室へと招き入れた。

「評判のローマ使節のおふたりが、まさかここへ来られるとは……いや、むろんお越しいただきたかったのですが、なんでも希望者が殺到していて、とてもではないが私どものような小さな工房を訪問してはくれますまいと、端（はな）からあきらめておったのです。いったい、なにゆえここへ？　ひょっとして、まさか……教皇猊下のご指示あってのことでしょうか？」

マルティノと宗達は、黙したままでペテルツァーノをじっとみつめた。ペテルツァーノは、オホン、と咳払いをしてから、

「いや、いやいや、まさか教皇猊下が、そんなわけはない。いや、ちょっとした冗談ですよ」

あわてて前言を撤回した。

マルティノは微笑んで、流麗なイタリア語で言った。

「突然の訪問のご無礼をお赦しください。そして、まずは私たちに名乗らせてください。……私たちはローマ使節の正使たるドン・マンショとドン・ミゲルではありません。私は副使、原マルティノ。そしてこの者は使節随行の絵師、俵屋宗達と申します」

使節随行の絵師、と聞いて、ペテルツァーノは「おお、なんと！」とおおげさに驚いてみせた。

「うわさには聞いておりました。なんでも、前の教皇、グレゴリウス十三世猊下に世にも珍しい絵を奉納した少年絵師がいるのだと……ああ、なんということだ！その絵師どのが吾が工房にお越しくださったとは……なんという光栄でしょう！」

宗達の足もとにひれ伏さんばかりの感激ぶりである。宗達とマルティノは互いに目配せをして笑いを嚙み殺した。

「歓迎いただき、まことにありがとうございます」

宗達は丁重に礼を述べた。

「こちらこそ、イタリア全土に轟き知れ渡るご高名なペテルツァーノ工房を訪うことができ、この上なく喜ばしく存じます。教皇猊下も、ミラノに行くのであればもっともすぐれた絵師の工房を訪ねてみよと仰せられました。そのお言葉の通りに、こうしてミラノ随一の工房へ馳せ参じたしだいであります」

すらすらとイタリア語で述べられて、ペテルツァーノはほとんど泣き出さんばかりに感動している。

「なんと、教皇猊下が……ああ、神よ……！」

彼の耳には、いかにも教皇が「ペテルツァーノの工房を訪ねよ」と言ったかのように聞こえたのだろう。（さすが宗達、ものは言いようだな）と、マルティノはますます笑いが込み上げた。

「実は私たちも、とあるうわさを聞きつけてこちらへ参上したのです」

宗達は真顔(まがお)を保ったままで話を続けた。

「こちらの工房に、とてつもない才を持った絵師見習いの少年がいると……年の頃は私たちと同じくらいだと聞いております」

「え？」感激にうち震えていたペテルツァーノは、急にうつつに引き戻されたようだった。

「あなたがたと同じ年頃の……？」

「はい」宗達とマルティノは声を合わせた。

「はて。見習いは何人かいますが、皆、あなたがたよりは年上かと……それに、とてつもない才を持った……というような者は、残念ながらおりませんな」

「彼の名は、ミケランジェロ・メリージといいます」と宗達は言った。「カラヴァッジョ村出身の」

カラヴァッジョ村出身のミケランジェロ・メリージ――という名を聞いて、ペテルツァーノは目を丸くした。

「え？　え……え、た、確かに……吾が工房の見習いにその者がおります。が……しかし、とてつもない才などでは……」

宗達とマルティノは目を見合わせた。宗達は、縄で背負っていた四角い布包みを下ろして、かたわらの大きな卓の上に置いた。

「実は、たまさか彼とこの街で出会ったのです。なんでも、師の命により、しばらく工房に出入りするなと申し渡されたとかで……」

そう言われて、ペテルツァーノはぎょっとした。が、かまわずに宗達は言葉を続けた。

「ともあれ、私は、彼と話をしたものの、絵を見ることはかないませんでした。さればこそ、その才がいかほどのものか知りたかったのです。いつの日か絵を見せてほしい、私の絵も見せるからと約束して別れました。……その約束がいつ果たされるか、わからぬままに」

話の行方が見えないのだろう、ペテルツァーノの顔に戸惑いが浮かんでいる。宗達は卓上の包みに視線を移して言った。

「ところが、昨日、私のもとへ彼が届けてくれたのです。……この絵を」

そして、包みの結び目を解いた。

布に包まれていたのは木箱であった。マルティノが両手を伸ばし、ふたをそっと開けた。

中から、漆黒の闇の中に浮かび上がる輝くばかりの神々――ユピテル、アイオロスの姿が現れた。

「……っ」

ペテルツァーノはごくりとのどを鳴らした。その顔に広がった驚きは瞬く間に感動の光に変わった。

カラヴァッジョの絵が、彼の師であるミラノ随一の絵師からすっかり言葉を奪い去ってしまったのを確認すると、宗達は朗々とした声で言った。

「ペテルツァーノさま。私はあなたさまを尊敬申し上げます。かような天賦の才を持ちえた少年を弟子に迎え入れるとは、あなたさまの慧眼がそうさせたに違いありません。この者、ミケランジェロ・メリージ・ダ・カラヴァッジョは、必ずや、いずれローマ教皇のお目にも留まりましょうぞ。その日のために、どうか、こちらの工房で引き続き鍛錬させてやってくださりませ」

そして、宗達は、ただただ驚くばかりのペテルツァーノに向かって深々と頭を下げた。

マルティノもまた頭を下げた。胸もとの十字架を両手で握って。

ペテルツァーノはあっけにとられたままで、ふたりの日本人少年が心を込めて「辞儀」をするのをみつめていた。聖なる儀式に立ち会っているかのように。

「……心得ました」

しばらくして、ペテルツァーノの声がした。ふたりは傾けていた体を静かに起こした。

「カラヴァッジョ村のあの少年が、これほどまでの才を持っているとは……まことのことを申せば、私は知らなかった。……恥じ入ります」

そして、輝きを宿した目をふたりに向けた。

「あなたがたに礼を申し上げなければなりません。あなたがたがこの絵をここへ持ってきてくれなければ……私は、彼の才に気づくことなく過ごしたでしょう」

そして、つくづくと〈ユピテルとアイオロス〉を眺め、確信に満ちた声色で言った。

「彼は、必ずや偉大な絵師になるはずだ。明日にでも工房へ呼び戻し、鍛錬させましょう」

宗達とマルティノの顔に光が満ち満ちた。

「ありがとうございります！」

ふたりは躍り上がらんばかりに喜んだ。その様子を見て、ペテルツァーノは破顔一笑した。

「……それにしても」

ペテルツァーノはため息とともに言った。

「あの少年はたいしたものだ。日本からこの街へやって来たあなたがたに出会い、たったいちにちでこの絵を仕上げて渡したとは……技量もすごいが、よほど約束を果たしたかったのでしょうな」

宗達は、にっと笑って「ええ、いかにも」と応えた。

「私も同じく、約束を果たしたいのです。……お力添えをいただけませんか。これを、彼に……」

そして、マルティノに目配せをした。

マルティノは、木箱の中に寝かせてある〈ユピテルとアイオロス〉の板絵に両手の指をかけた。すっと真上に持ち上げると——。

「——おおっ」

ペテルツァーノが声を上げた。

木箱の底に、鮮やかに立ち現れたのは——。

〈風神雷神〉であった。

一五八五年（天正十三年）八月八日

八月の太陽が中空高く上っている。

ジェノヴァの港は目を開けていられないほどまぶしい光に満ちあふれている。

停泊中の船へと、いくつもの大きな木箱がはしけ舟に載せられて運び込まれていく。それらは百五十日以上にも及ぶイタリアを巡る旅のあいだに、使節一行が各国各所で贈られた宝物や珍品、書物の数々である。活版印刷機も運び込まれた。

ローマやヴェネツィアで入手した何点もの聖画とともに、グレゴリウス十三世の肖像画が収められた立派な箱もある。シクストゥス五世の肖像画も贈られるはずだったが、一行の出立に間に合わなかった。もしもカラヴァッジョが絵筆を取ったならば間に合っただろうに……などと想像して、マルティノはひとり笑いをしていた。

ローマ教皇に謁見するためにはるばる日本からイタリアへやって来た使節団一行は、同国最後の訪問地ジェノヴァの港から地中海を渡る帆船に乗り込もうとしていた。

帆船は数日かけて地中海を航海し、スペインに到着。陸路スペインを横断して、ポルトガルに入国。そののち、再びリスボンから大海原に乗り出して、帰国の途につくのである。

往路と同様、復路もまた長いながい航海になる。途中、行きにも寄港したゴアやマカオなど複数の国に滞在して、季節風を待ち、潮目をよんで、ようやく日本に帰り着くことになる。

いったい、幾年かかるのだろうか。

なつかしい故郷、長崎の港を出港してから、実に三年半もの歳月が過ぎていた。

その間、使節の少年たちは、すっかり成長していた。

背丈が伸び、肩幅も背中も広く、大きくなり、顔つきも凛々しくなった。

イタリア人の同年代の青年と比べると、やはりまだまだ少年っぽさが残ってはいるものの、もはや「少年」とは呼べぬほど、四人とも「青年」らしくなっていた。

宗達も、アレッサンドロ・ヴァリニャーノに連れられて有馬のセミナリオにやって来たときには、「小童」と呼ばれるほどまだ幼さの残る面立ちだったが、イタリアの太陽のもと、日焼けした顔には精悍さが漂うようになっていた。

出立の前夜、使節たちは荷造りに追われていた。

これは持って帰ろう、これは置いてゆこう、こんなものがあったのか、と皆でにぎやかに語らい合いながらの荷造りであった。

「とうとうこの国を離れるとなると、何やら故郷と別れるような気がするな」

身の回りの品を行李に詰めながら、マンショがしみじみと言った。

「まことでござりますね」ジュリアンが、そのつぶやきを耳にして応えた。

「ほんとうに、色々なことがござりました。マカオ、ゴア、リスボン、マドリード……」

「マカオとゴアの暑さには驚かされたな。街のいたるところに教会があったし、たくさんのきりしたんがいて……驚くことばかりであった」

ミゲルが続けて言った。

「それに、ゴアではヴァリニャーノさまとの別れがあった……」

「……ヴァリニャーノさまは、つつがなくお過ごしでしょうか」

ふと、マルティノが荷造りの手を止めてつぶやいた。

有馬のセミナリオで学んでいた少年たちをローマ教皇のもとへと連れ出した、忘れがたき師。父とも慕っていたヴァリニャーノとの別れは、親との生き別れのごとく辛いものだった。

けれど、師が背中を押してくれたからこそ、使節たちはローマを目指して、嵐も荒波も日照りも乗り越えて進むことができたのだ。

「ああ、ご健在だとも」

マンショが明るい声で言った。

「ローマで私たちが教皇猊下に謁見たまわったことは、イエズス会より文にてお知らせしたとのことだし、私たちがゴアへ帰ってくることを、きっと心待ちにしてくださっているはずだ」

「ああ、すべてがなつかしい」ミゲルが遠くを見る目になって言った。

「ヴァリニャーノさま……ゴア、マカオ、そして……長崎！」

部屋の奥でごそごそと紙を束ねていた宗達が、立ち上がって振り向いた。そして、楽しげな声で皆に呼びかけた。

「おい、おぬしら。日の本へ帰り着いたら、一緒に京へきいひんか？」

誘われて、四人の使節はいっせいに宗達のほうを向いた。

「え……京へ？」マンショが訊くと、

「そうや。わいの故郷、天下一の都へ」

にっと笑って、宗達が答えた。

「されど……長崎から遠くはないのか？」

ジュリアンが真顔で尋ねるので、マルティノは思わず笑ってしまった。

「遠くなどないだろう。ローマに比べれば」

マルティノの言葉に、宗達はうなずいた。

「そうや。ちいっとも遠くなんかあらへん。一緒に、わいら、どこまでも行けるはずや」

マンショ、ミゲル、ジュリアン、そしてマルティノは、互いに顔を見合わせて、うなずき合った。

そうだ。その通りだ——とマルティノは思った。

自分たちは困難を乗り越えて、はるかなローマにたどり着いた。そのまえも、そのあとも、さまざまな国々を訪ね、見聞を広め、学び、知識を得た。多くの人々に歓迎され、見送られてきた。

そして旅のあいだに、自分たちは互いにかけがえのない友となった。

使節を率いて凜々しく先頭を歩んでいたマンショ。ときに厳しいが心根のやさしいミゲル。年長の使節たちを兄のように慕ってきたジュリアン。

太陽のように明るく、青空のように広々と、まっすぐに絵の道をひた走る宗達。

この仲間たちとならば、このさきも、きっとどこまでも進んでいけるだろう。

もしかすると、いつの日かまたこの国、なつかしいローマを訪れることがあるやもしれぬ。

そのときがきたならば、今度はきっと、自分が皆を率いていけるように。苦難の海、長い道のりを決して恐れることなく突き進めるように。

天下一の絵師となった宗達とともに、世界一の絵師となったカラヴァッジョに会いに行くのだ。

そんなふうに思いながら、マルティノは身の周りの品々を行李に収め、最後に、分厚い紙の束——「旅の日記」をいちばん上に置いた。

「——これも一緒に入れてくれへんか」

背後で声がした。振り向くと、宗達が四角い布包みを小脇に抱えて佇んでいた。

「わいの荷物は、たまりにたまった帳面でいっぱいになってしもうたんや」

苦笑して、布包みを差し出した。

マルティノは、四角い布包みを宗達から受け取って、日記の上にそっと載せた。

〈ユピテルとアイオロス〉。カラヴァッジョからふたりへ贈られた一枚の絵。

この絵を日の本へ、都へ、一緒に連れていこう。

宗達はマルティノにそう言った。そして、織田信長さまに献上しよう——と。

——かくも見事な絵師がイタリアにおりまする。

みつめるだけでただただ涙が込み上げるほど、すばらしい絵を描く少年が。

いつの日か、私たちは、再び彼にまみえることがあるやもしれませぬ。

彼が幸福ならば、それでよし。会いに行く必要はありますまい。

されど、もしも彼が窮地に立たされるようなことがあれば、必ずや救いに参りましょう。

さよう、いかに遠くとも。

なにゆえに？　とお尋ねになられるでしょうか。

否(いや)、たいしたわけはございませぬ。

私たちは、彼の友。ただそれだけでございます。

ジェノヴァの港ではしけ舟の到着を待ちながら、水平線に視線を投げて、マルティノは、あまりのまぶしさに目を閉じた。

熱を持ったまぶたの裏に、ふと、絵の数々が蘇る。

最初の人たるアダムの指先と、そこから命を吹き込まんとする神の指先が触れ合う瞬間。最後の晩餐の食卓に弟子たちとともに着き、すべてを赦し、受け入れたイエスの厳かな顔。

闇の中に浮かび上がる光り輝く神々の姿。雷(いかずち)の槍を手にするユピテル、風を巻き起こすアイオロス。

そして――。

さんざめく波音のような拍手が沸き起こり、マルティノは目を開けた。

見送りに来たジェノヴァの名士たちが、盛んに拍手を送っている。はしけ舟が到着したのだ。

マンショが、ミゲルが、ジュリアンが、目の前に並んでいる。どの顔も、清々しい笑顔だ。

振り返ると、宗達が帳面に木炭を走らせていた。

「行くぞ、宗達」マルティノが声をかけると、

「あとちょっとや」構わず手を動かし続ける。

彼方の空に入道雲が勢いよく立ち上っている。

マルティノは、もう目を閉じることなく、はるかな水平線を一心にみつめていた。

エピローグ

まばゆく輝く水平線の彼方（かなた）に、大小の島影が浮かんで見える。

マカオフェリーターミナルにタクシーで到着した望月彩（もちづきあや）は、朝日にさんざめく珠江口（チューチャンコウ）を目を細めて眺め渡した。

午前中の港ではひっきりなしに船が発着している。週末だからか、ターミナルは大勢の観光客でにぎわっていた。

香港行きの高速船のチケットを買おうと長蛇（ちょうだ）の列に並んでいると、スマートフォンにマカオ博物館のレイモンド・ウォンからメッセージが届いた。

『おはようございます。チケット売り場近くのベンチでお待ちしています』

白いシャツにジーンズ姿のレイモンドが、小走りでやって来た彩を認めて立ち上がった。

「おはようございます。わざわざ見送りに来てくださったんですね、ありがとうございます」

握手を交わして、彩は礼を述べた。

「当然のことですよ。あなたは、あの古文書の内容を知っている唯一の人物ですからね」

茶目っ気のある口調で、レイモンドが返した。彩は肩をすくめた。

「ほんとうに……貴重な史料を目にする機会をいただいて、感謝しています」

「なんの、なんの」

レイモンドは笑って答えた。

「あの史料の信憑性を判断するには、あなたの協力が欠かせない。何が書かれてあるのか、詳細をまとめるには相当な時間を要するとわかっていますが、その内容如何では、いずれ共同論文を発表できればと考えています。……期待していますよ」

きらりと目を光らせた。彩は微笑んでみせたが、うなずかなかった。

「ユピテル　アイオロス　真実の物語――」

マカオ博物館の一室でレイモンドに見せられた一枚の板絵、そして古文書。

聖ポール天主堂跡地の発掘調査時に発見されたそれらの史料は、とある建設作業員によって隠匿され、彼の孫によって博物館に届けられたという。

朽ちかけた板に、ついさっき仕上がったばかりであるかのように鮮明に描かれていた二神の姿――雷神と風神。

絵の内側から発光しているかのごとくまぶしいその絵を目にして、彩は衝撃を隠せなかった。

さらに驚きだったのは、作者不明の板絵ばかりではなく、「古文書」を見せられたことだった。

古文書の扉にはラテン語の題名と筆者名が認められた。「ユピテル　アイオロス　真実の物語」「ファラ・マルティノ」——と。

彩は半信半疑で古文書の扉を開いた。現れた頁には行書体でびっしりと縦書きの文字が並んでいた。その中でわずかに一カ所だけ楷書文字で書かれていた名前が、彩の目に飛び込んできた。

——俵……屋……宗……達。

その名を見出したとき、彩は、一瞬にして過去へと「ワープ」した。

五百年というはるかな時間を一気にさかのぼり、天正遣欧使節の一員だった原マルティノが有馬のセミナリオで学んでいた時代、あの織田信長がついに天下人となり、「元亀」から「天正」へと改元させたと言われているあの時代へと、身も心もさらわれてしまった。

古文書は紙の束であり、かなりの厚さがあった。一見してすぐには読了できないとわかる分量だったが、不思議なことに、彩はなんの苦もなく読み進めることができた。

美しく整った文字。最初は墨で、途中から青いインクで書かれていた。ところどころ虫食いやにじみがあるものの、史料としてはほぼ完全な状態(コンディション)であった。が、そんなことはどうでもよかった。

研究者になって以来、これほどまでにのめり込んで読みふけった書物はなかった。読んでいるあいだじゅう、少女時代に夢中で物語をむさぼり読んだときに感じた、あの甘苦しく胸に迫る感覚がずっと彩の心を満たしていた。

謎の古文書。それは、「原マルティノ」の目を通して描かれた日記——夢のような物語であった。

巡察師(じゅんさつし)アレッサンドロ・ヴァリニャーノによって組織された遣欧使節の一員、原マルティノの生涯については、専門外であるために基本的な知識しか持ち合わせていなかったが、この「物語」を読み進むにつれ、彩はマルティノという人物にどんどん引き込まれていった。

清廉(せいれん)で、真面目(まじめ)で、純粋に信仰を貫いた少年。情が深く、まっすぐで、やさしい心を持ち、師を慕い、友を大切にした、それが原マルティノという人物だった。

そして、どんなことより彩を驚嘆(きょうたん)させたのは、原マルティノの——信憑性はともかく、古文書の扉の記名を信じるのであれば——日記に、なんと「俵屋宗達」が現れたことである。

京都に生まれ育った彩は、少女の頃に目にした〈白象図〉に魅了されてからずっと宗達を追い続け、琳派の研究者となった。

俵屋宗達作〈風神雷神図屛風〉は、所有者たる建仁寺より彩の勤務先である京都国立博物館に寄託されている。同館での勤務が決まったとき、宗達の代表作の近くで働けることになって、彩の心は少女の頃のままに躍った。

そのとき、彩は二十代半ばで、美術史の博士号を取得していた。表立っては平静を装っていたものの、舞い上がるような心地がした。〈風神雷神〉のすぐそばにいられるんや、毎日宗達と一緒にいられるんや！　うれしくてうれしくて、こっそりひとりで祝杯を上げたりした。

あれから十年。〈風神雷神〉を含む琳派の展覧会をいくたびか手がけ、「宗達の絵が勤務先の所蔵品の中にある」ことは、もはや彩にとって日常的なこととなった。宗達の絵を初めて目にした少女の頃に覚えた胸のときめきは、すっかりどこかへ消え去ってしまった。

ところが、まったく思いがけず、「ユピテル　アイオロス　真実の物語」の中に、彩は再びあのときめきを見出したのである。

俵屋宗達。――その人生は謎に満ち、いまなお専門家のあいだではさまざまに研究されている。

長年宗達を追い続け、作例——真筆（しんぴつ）かどうか疑わしいものも含め——や、あらゆる文献にあたってきた彩であっても、宗達の生没年すらいまもって確定するにはいたっていない。

それでも、「宗達様式」と呼びたくなるほど独特の様式を確立し、卓越（たくえつ）した技術と新しい視野をもって「見たこともないような、おもしろき絵」を描いた「俵屋宗達」という絵師が、室町時代後期に京都に生まれ、江戸時代初期まで活躍したことはほぼ間違いない。そして、彼の少年時代は天正の世であった可能性は否定できない。

とすれば、それは歴史上の偶然なのだが、宗達とマルティノは同時代に生きていた、ということになる。——そう、もっと言えば、あのカラヴァッジョも。

ミケランジェロ・メリージ・ダ・カラヴァッジョ。

ルネサンス後期からバロック時代初期にかけての、キリスト教美術、スペイン、ポルトガルの聖画の専門家であるレイモンドが、その生没年月日（一五七一年九月二十九日～一六一〇年七月十八日）を教えてくれた。

そればかりではない。生い立ちからミラノでの修業、絵師となってローマで大旋風を巻き起こしたこと、ローマ教皇にまで取り立てられたこと、かの地で過ちを犯して出奔し放浪したこと、どうにかローマへ帰り着こうとした途上で落命したこと——宗達とは比べものにならないほど、その生涯は明らかになっていることも、彩は知らされた。

原マルティノ。俵屋宗達。カラヴァッジョ。

この三人が天正時代——つまり十六世紀末に、同じ時代を生き、同じ空の下、この地上に生きていた。それだけはわかっている。

けれど、この三人が「巡り会った」という証拠はどこにも存在しない。

マルティノと遣欧使節が苦難の果てにローマにたどり着き、教皇と謁見したことは史実である。そののち、イタリア各地を歴訪し、ミラノを訪れたことも。

レイモンドによると、一五八五年頃、カラヴァッジョはミラノの絵師、シモーネ・ペテルツァーノの工房で修業をしていたのだという。そのとき、カラヴァッジョは十四歳だった。

使節がミラノを訪れたのは一五八五年、九日間の滞在だった。とすれば、原マルティノとカラヴァッジョは「九日間だけ」同じ街にいたのだ。

その史実を知ったとき、彩の中に突風が吹き込み、稲妻が全身を駆け抜けた。

それは、歴史が生んだ「偶然」である。

が、その史実に、彩は感謝したい気持ちになった。

宗達が織田信長の前で作画を披露した史実はどこにもない。ましてや、信長の意向を受けて、使節とともにローマへ旅した――などということは、研究者が聞けば一笑（いっしょう）に付される「夢物語」である。

けれど――。

それでいいではないか。

史実では、帰国したマルティノたち使節を待ち受けていたのは、過酷な運命だった。

彼らが渡欧をめざしているときに、織田信長は自害し、豊臣秀吉（とよとみひでよし）の天下となっていた。キリスト教徒はしだいに圧迫され、江戸時代を迎えてのち、禁教となる。

使節たちは、棄教する者、殉教する者、それぞれだった。司祭となったマルティノは日本を脱出し、マカオへ移住。ふたたび帰国することなく、この地で没した。

歴史は、ときに残酷である。起こってしまった出来事を、なかったことには決してできない。

しかし、だからこそ、人は歴史に学び、先人たちが遺（のこ）してくれたさまざまな智慧（ちえ）を現在（いま）に活かすことができるのだ。

美術（アート）は、歴史という大河が過去から現在へと運んでくれたタイムカプセルのようなものだ――。すぐれた美術品に出会ったとき、彩はそう思うことがある。

はるかな昔、この世界のどこかで誰かが描いたひとつの絵。

長いながい時間の中で、その絵は、ひょっとすると戦禍に巻き込まれたかもしれない。火災や水害に遭ったかもしれない。破損や略奪の危機にさらされたかもしれない。

ある時代には価値を認められずに、捨て去られてしまったかもしれない。

ちょっとしたことでこの世界から永遠に姿を消してしまった可能性は、いつであれ、あったはずだ。

けれど、いま。

目の前に、ひとつの絵がある。

それは、いつの時代にも、その絵を愛し、守り、伝えようとした人がいた証にほかならない。人から人へ、時代から時代へと継承されてきたからこそ、その絵は、いま、自分たちの目の前にあるのだ。

彩がマカオ博物館の一室で巡り合った、一枚の板絵と一冊の古文書。

それらの作者がいったい誰なのか、彩にはわからない。古文書に書かれてあった出来事が「真実」なのか否か、判定することもできない。

それでも、歴史の闇に埋もれていた一枚の絵とひとつの〈物語〉が、偶然にも目覚め、息を吹き返して、いま、こうして自分の目の前に現れた。彩はその奇跡に感謝したかった。

マカオに滞在した三日間、彩は毎日、早朝から夜遅くまでマカオ博物館に通い、その一室で古文書を通読した。

その間、レイモンドは彩をひとりにしてくれ、隣室で辛抱強く待っていてくれた。彼もまた、彩同様、アートという名のタイムカプセルを次世代に繋ごうと日々尽力している人なのだ。


フェリーターミナルの場内に、香港行きの高速船がまもなく出発するとのアナウンスが流れた。

それを耳にして、レイモンドがベンチから立ち上がった。

「そろそろ、時間のようです」

彩も立ち上がると、レイモンドに向き合った。鳶色の瞳をまっすぐにみつめてから、

「お招きいただいて、ほんとうにありがとうございました」

と礼を述べた。

「今回の調査については、すぐに結論は出せません。まとめるのにはしばらく時間を要すると思いますが……これからもお付き合いいただけますか？」

レイモンドの日焼けした顔がほころんだ。

「もちろん。望むところです」

ふたりは握手を交わした。レイモンドは彩の手をきゅっと握った。彩も握り返した。友情を込めて。

「さっき、あなたをここで待っているときに、ふっと浮かんだアイデアなのですが……」

まるで冒険物語が始まるかのような弾(はず)んだ声で、レイモンドが言った。

「いつの日か、できたらいいですね。あなたの博物館と私の博物館で、協力し合って……『展覧会』を」

そう言ってから、

「……なぁんて、夢物語かな」

照れ笑いをした。

レイモンドの言葉に、彩は思わず微笑んだ。

「いいえ。夢物語なんかじゃありません。……私も、同じことを考えていました」

香港行きの高速船が、フェリーターミナルを出発した。

窓辺に寄り添い、マカオの港がしだいにかすんで遠ざかるのを眺めながら、彩の心はひそやかに躍っていた。

――そうだ。

いつか、そんな日が訪れたなら。

その展覧会のタイトルは、もう決まっている。

〈風神雷神　Juppiter, Aeolus　真実の物語〉

〈了〉

解説

佐々木丞平（ささきじょうへい）

私は一介の美術史研究者で、小説には全く疎（うと）い者であるにもかかわらず、この文章をしたためることになった経緯から始めることにしよう。長年大学で日本近世絵画史の研究や教育に携わってきたが、定年退職後、縁あって京都国立博物館の館長を十六年務めることになった。私自身は京都府教育委員会や文化庁で美術・文化財の研究と同時に文化財保護行政に携わってきたこともあり、博物館の仕事は自分の原点に立ち返った思いでもあった。

そんな博物館時代を過ごしていた二〇一七年六月のある日、原田マハさんが訪ねてこられた。森美術館でキュレーターの仕事をされていたが、小説家に転じ、美術に関わる小説を書かれている人、という認識はあったが、小説を読むということがあまりなかった私にとっては、接する機会の殆（ほとん）どない方の訪問ということで、気分はやや緊張気味でその時を迎えた。

お会いしてみると気さくな方で、訪問の意図は極めて明快、

・自分はこれから京都新聞に連載小説を執筆する
・主人公は俵屋宗達で、必然的に〈風神雷神図〉もテーマとなる
・物語の冒頭が京都国立博物館の講堂における研究員の講座から始まる
・〈風神雷神図〉は現在京都国立博物館に寄託され管理されている屛風なので、それを小説で扱うこと、また京都国立博物館を実名で使うので了承してほしい

といった趣旨であったと記憶している。

俵屋宗達は桃山時代から江戸時代にかけて活躍した画家で、作品は幾つか残ってはいるものの、その人物を語る資料はほとんど無く、生没年すら明らかではない。それが主人公として登場し、しかもカラヴァッジョと知己を得るというから些か驚いた。

美術史家が扱うテーマも、不明且つ不確実なものが多い。しかしその不明不確実なものの中に一歩踏み込むために仮説を立て、それをなんとか証明できないかと躍起となる。作品の様式的研究から関連古文書の研究、歴史的背景の研究等々と格闘するのが美術史家の姿である。美術史家も想像の世界を去来はするものの、あくま

で証明の蓋然性を前提とした想像の世界であるので、その飛躍の距離には限界がある。それに対して小説家はそうした次元を易々と飛び越えていく。原田さんとお会いし、話をしていくうちに、想像力があらゆる障害をなんなく飛び越えていくスケールの大きさを感じると同時に、それは宗達のように殆ど実証資料を欠いているものの方がその世界に相応しい、ということも感じた。

一読者として大いに楽しみにさせていただくことで、その日のご挨拶を終えた。

この面会を機に、その四カ月後、原田さんのインタビュー連載で再びお会いすることになり、この時は美術研究や文化財保護の仕事について楽しく話をさせていただいた。こうした接触を機に更に原田さんに大変お世話になることになる。

二〇一九年九月に日本で初めて国際博物館会議（ICOM）の世界大会を京都で開催することになっていた。私はその組織委員長を務めていたが、五〇〇〇人近くの博物館関係者が、世界一二〇の国と地域から集まるこの大会は、会議の成功は言うに及ばず、如何にして京都に集まる人々をもてなすかが大きな課題でもあった。

原田さんは早々にアイディアを出してくださり、自ら総合ディレクターとしてこれらの人々をもてなす展覧会を企画してくださった。西洋近代絵画、現代美術、文学、マンガ、映画など、ジャンルを超えた作品が分野横断的に清水寺という世界遺産の空間を「場」として一堂に結集するというものであった。その展覧会名は、

『CONTACT つなぐ・むすぶ 日本と世界のアート展』。世界のアーティストが日本の芸術文化からどのような影響を受けてきたのか、日本のアーティストが世界からどのような影響を受けてきたのか。様々な人やものが、その場でコンタクトすることにより生み出される世界を見ようとするものであった。

こうした原田さんの何ものにも拘束されない自由な発想力が、今回の小説『風神雷神 Juppiter, Aeolus』を生み出す原動力にもなっているのだろう。その構想の飛躍と飛び交う空間の大きさをこの小説でも味わうことができる。

小説『風神雷神 Juppiter, Aeolus』は、京都国立博物館の講堂で開かれている研究員望月彩(もちづきあや)の講座から始まる。スクリーンに大きく映し出された〈風神雷神図〉の屛風が、この物語を象徴する通奏低音のように余韻(よいん)を残しているところに、いきなりマカオ博物館の学芸員レイモンド・ウォンが登場し、この物語は大きく展開していく。

レイモンドの話から、いまマカオ博物館に宗達に係(かか)わる何か重要な資料が保管されているらしい。彩の逸(はや)る気持ちそのままに関西国際空港、香港(ホンコン)、マカオと一気に場面は展開していく。十六世紀後半から十七世紀前半、バロック時代の始まりは宗達の活躍した時期と重なる。そしてこの時代、マカオは西洋と日本の中継地で、多くの宣教師たちが日本とこの地を行き来していた。宗達、バロック、マカオ、宣教師、これらのキーワードがやがて大きな想像の翼を広げ、物語を編み上げていく。その編み上げの核となる資料が、聖ポール天主堂跡の遺跡から発見され、マカオ博物館に一時的に保管されている「絵と古文書」で、彩はそれらをレイモンドから見せられる。

この一枚の絵に描かれていたのは、漆黒（しっこく）の暗闇から無限の空間に浮かび上がる風の神アイオロスと雷の神ユピテル、即ち風神雷神であった。この長い旅路の最後、ミラノのサンタ・マリア・デッレ・グラツィエ教会の食堂の壁画、レオナルド・ダ・ヴィンチの『最後の晩餐』の前で宗達と運命的な出会いをするカラヴァッジョが、宗達がミラノを発つその前日に届けた絵画であった。そしてこの絵とともに遺跡から発見された古文書、そこには「ユピテル　アイオロス　真実の物語」「ファラ・マルティノ」との記述があり、原マルティノが、天正遣欧（てんしょうけんおう）使節の立案者で、少年たちとともに船出した巡察師ヴァリニャーノに、この旅の詳細を日本語で記録に残すよう強く勧められた日記であった。彩がその中に「俵屋宗達」の文字を目にしたとき、物語は一挙に天正の時代へとワープする。そして彩がその日記をマカオの博物館で読み進める形を暗示しつつ物語は展開していく。

この物語では宗達が架空の世界ではなく、実在感を持って立ち現れ、笑い、悩み、思い、行動する。その呼吸や体温まで、読者に直接感じさせるほどのリアリティーがあるのはなぜだろう。このリアルさは一体どこから来るのだろう。それは紛れもなく史実のしっかりした経糸に、宗達や使節の少年たちの言動が緯糸として編み込まれ、堅固な織物として織り出されているからであろう。

織田信長が狩野永徳の有名な〈洛中洛外図〉を上杉謙信に贈り、また安土屛風をローマ教皇に献上する。天正遣欧使節団の四人の少年が、天正十年二月二十日に長崎から船出し、マカオ、ゴア、リスボン、マドリードと経由して天正十三年三月二日にイタリア・ピサ、三月七日にフィレンツェ、そして三月二十日にローマに到着。グレゴリウス十三世に謁見し、その十八日後に教皇が逝去、四月二十五日には新教皇シクストゥス五世が選出された後、四月二十六日には新教皇にも謁見を賜り、その戴冠式にも参列。六月二日にローマを出発し、ヴェネチアを経て七月二十五日にミラノ到着、八月八日ジェノヴァ港を出発し帰途の旅が始まる。

こうした紛れもない史実に則った時系列の経糸に、大きく羽ばたかせた作者独特の想像力が編み込まれてゆく。将軍足利義輝が〈洛中洛外図〉を依頼するが、その死によって行き場を失い永徳の手元に封印される。信長の依頼によって再びこの〈洛中洛外図〉は日の目を見、上杉謙信に贈られた。

京の扇屋「俵屋」の息子が信長の前で初めて「象」の板絵を揮毫、「宗達」の名を信長から拝命、信長の命により永徳と共同で安土城が京の町を見下ろす〈洛中洛外図〉を制作。また信長の命を受けて天正遣欧使節団に加わり、この安土屛風をローマ教皇に献上する役目が宗達に与えられる。点としてしか存在し得なかった歴史の時系列が、作者の豊かな想像力によって線としてつながりを持ち、更に面へと広がりを持って物語は展開してゆく。

こうして宗達と四人の遣欧使節の少年たちは、ローマへ向けて船出するのである。激しい嵐と雷雨、日照りと渇きの苦しい航海の様子、ヨーロッパで初めて見る外国の街の賑やかな情景、建物内部の荘厳な眩さや人々の様子。こうしたものが、いまそこで手に取るような身近さで伝わってくる空気感、そして少年たちのある時は反目し合い、ある時は深く心を通わせ合う微妙な心理等々が緯糸として編み込まれ、生き生きと描写されてゆくと、宗達や少年たちの行動のリアリティーが明確な輪郭を持って読者に迫ってくるから不思議である。作者はエピローグの中で、望月彩に宗達が信長の前で作画を披露した史実はどこにもない。ましてや信長の意向を受けて使節とともにローマへ旅した――などということは、研究者が聞けば一笑に付される「夢物語」である。けれど――。それでいいではないか。

と言わしめているが、ここに紡ぎ出された物語はそれこそ「一つの真実の物語」

といえるリアリティーを読者の心の奥底に残すほどの不思議さがある。

この小説で作者の想像力が最も大きく羽ばたくのは、ミラノのサンタ・マリア・デッレ・グラツィエ教会の場面だ。食堂の壁画、レオナルド・ダ・ヴィンチの『最後の晩餐』を仰ぎ見ながら巡り会った奇跡とも思える出会いの中で、宗達とカラヴァッジョは互いに誓い合う。ともにいつの日かそれぞれ「自分の絵」を見せ合おうと。それは「いままでに見たことがないほどおもしろい絵」。宗達は、かつて信長の前で描くことになった時も「狩野絵」を超える絵を描かなければ信長の思いに応(こた)えられないという思いであったし、南蛮寺(なんばんでら)で初めて見た聖母子像に感動して涙した時も、南蛮の絵を超える「己の絵」を描いてみせることを誓う。「なんというまぶしい言葉だろう」と作者に言わしめるこの「己の絵」こそ宗達の目指す新しさであった。

宗達が実際に活躍していた当時、日本の画壇を支配していた狩野派の絵を超え新しさを求めるには、当時の狩野絵の中にあった伝統的な絵画制作の理念の常識を覆す必要があった。一つ目には視覚的常識の破壊である。画面の上方が遠景、下方が近景、あるいは重なりの前方が近景、後方が遠景といった奥行きや空間認識における視覚の常識を破壊することである。二つ目には表現の型や画法の常識を破壊したマチエール表現を重視し、三つ目には格調高い真体の画格を敢(あ)えて崩して、筆運びの自由な草体を重視すると同時に、芸術が人々の生活から遠いものではなく、身近な生活文化の中にあるという、美術に対する考え方の転換を成し遂げている。そして四つ目には師から弟子へと伝えられる師資相承、つまり教育、学習の常識に囚われない。

これら四つの常識を破壊し乗り越えなければ新しい「己の絵」の領域に入ることは難しかった。宗達はこの視覚破壊、型・画法破壊、画格破壊、師系破壊の四つの破壊をやり遂げた画家であったと思われる。そこに、それまでに無い新鮮な空気を感じ、人々はその新しさに惹かれていったのであろう。

宗達以降も、その一〇〇年後に尾形光琳が現れ、更にその一〇〇年後に酒井抱一が現れるという「私淑」という形でしか琳派は成立し得なかったということは、真の「己の絵」は、こうしたそれまでの常識の破壊の中からしか生まれない、という宗達の思想の結果であろう。カラヴァッジョも然りで、あの強烈な光と闇の対比が作り上げるキアロスクーロは、クラシックの伝統的な常識を、明確な思想で破壊するところからでしか生まれ得なかったであろう。その意味では宗達もカラヴァッジョも、ともに「己の絵」の完成を成し遂げた画家であったが、現実に宗達の絵に西洋的な油彩画の影響を見ることができるかといえば、それは難しいと言わざるを得ない。敢えて探すとすれば、金地手法を多用したイコンの金地テンペラ画、あるいはフレスコ画の質感的感覚に、類似点を見出（みいだ）せるかもしれない。

話を小説『風神雷神 Juppiter, Aeolus』の世界に戻すと、宗達はミラノを出発する前日、カラヴァッジョから絵をもらったそのお返しに、どうしても自分の絵をカラヴァッジョに見せたいという思いが募り、徹夜で一枚の絵を描きあげる。初めて手にする西洋の道具を使っての制作であったが、できあがった絵は、カラヴァッジョの風神雷神が、漆黒の闇の中から二神がぽっかりと浮かび上がる絵であるのに対し、宗達のそれは金色の空に浮かび上がった風神雷神であった。〈油絵の具〉で描きあげられた〈金地〉の風神雷神図。この小説を読み終わっても、しきりに頭の中を去来するのであるが、果たしてどのようなものであったのか、様々に想像するだけでも楽しい。

この小説の中で描かれる情景、人物の様子やその心理描写の一つ一つが驚くほど細やかで、この作家の筆の冴えのようなものを感じるが、そればかりではなく、画家や絵に対する並々ならぬ知識と関心の深さ、そして歴史の長大な時の流れを経てなお、目の前に存在し続けている絵に対する慈しみと、限りない愛情が言葉の端々（はしばし）に感じられるのも、この小説のもう一つの魅力であろう。

（京都国立博物館名誉館長）

本書は、若桑（わかくわ）みどり著『クアトロ・ラガッツィ　天正少年使節と世界帝国（上・下）』（集英社文庫、二〇〇八年）を大いなるよりどころとした。長年に及ぶ取材に立脚して構築された著者独自の世界観と、ときにユーモアを交（まじ）えた卓越（たくえつ）した文章は、本稿を導く灯台であった。美術史家としても優れた業績を遺された若桑みどり先生に心からの敬意を表したい。

協力（敬称略）

京都国立博物館（京都）
建仁寺（京都）
養源院（京都）
安土城天主　信長の館（近江八幡）
日本二十六聖人記念館（長崎）
聖ポール天主堂跡（マカオ）
マカオ博物館（マカオ）
サン・ロレンツォ教会（フィレンツェ）
ウフィッツィ美術館（フィレンツェ）

ヴァチカン美術館（ヴァチカン）
サンタ・マリア・デッレ・グラツィエ教会（ミラノ）
細見良行（細見美術館館長）
宮下規久朗（神戸大学大学院教授）
伊熊泰子（「芸術新潮」）

この物語はフィクションです。

本書は、二〇一九年十一月PHP研究所より刊行されました。

本文中、現在は不適切と思われる表現がありますが、差別的な意図を持って書かれたものではないため、作品中の時代当時通常に用いられていた表現にしています。

著者紹介

原田マハ（はらだ　まは）

1962年、東京都生まれ。関西学院大学文学部日本文学科、早稲田大学第二文学部美術史科卒業。馬里邑美術館、伊藤忠商事株式会社を経て、森ビル森美術館設立準備室在籍時に、ゲストリサーチャーとしてニューヨーク近代美術館に派遣される。その後、フリーのキュレーター、カルチャーライターとして活躍する。2005年、『カフーを待ちわびて』で第1回日本ラブストーリー大賞を受賞し、作家デビュー。12年、『楽園のカンヴァス』で第25回山本周五郎賞、17年、『リーチ先生』で第36回新田次郎文学賞、18年、『異邦人』で第6回京都本大賞を受賞。

著書に、『本日は、お日柄もよく』『暗幕のゲルニカ』『たゆたえども沈まず』『常設展示室』『スイート・ホーム』『キネマの神様』『美しき愚かものたちのタブロー』『20 CONTACTS 消えない星々との短い接触』『リボルバー』『CONTACT ART 原田マハの名画鑑賞術』『独立記念日』など多数。

ＰＨＰ文芸文庫　風神雷神 Juppiter, Aeolus（下）

2022年12月６日　第１版第１刷
2023年１月12日　第１版第２刷

著　者　原田マハ
発行者　永田貴之
発行所　株式会社ＰＨＰ研究所
東京本部　〒135-8137 江東区豊洲5-6-52
文化事業部　☎03-3520-9620（編集）
普及部　☎03-3520-9630（販売）
京都本部　〒601-8411 京都市南区西九条北ノ内町11
PHP INTERFACE　https://www.php.co.jp/
組　版　朝日メディアインターナショナル株式会社
印刷所　図書印刷株式会社
製本所　東京美術紙工協業組合

ISBN978-4-569-90256-2

PHP文芸文庫

火定（かじょう）

澤田瞳子 著

天然痘が蔓延する平城京で、感染を食い止めんとする医師と、混乱に乗じる者は——。直木賞・吉川英治文学新人賞ダブルノミネート作品。

PHP文芸文庫

帰蝶（きちょう）

諸田玲子 著

斎藤道三の娘で織田信長に嫁いだ帰蝶（濃姫）。その謎多き人生に大胆に迫り、女の目線から信長の天下布武と本能寺の変を描いた意欲作。

PHP文芸文庫

第26回柴田錬三郎賞受賞作

夢幻花（むげんばな）

東野圭吾 著

殺された老人。手がかりは、黄色いアサガオだった。宿命を背負った者たちが織りなす人間ドラマ、深まる謎、衝撃の結末——。禁断の花をめぐるミステリ。

PHP文芸文庫

墨龍賦

葉室 麟 著

建仁寺の「雲龍図」を描いた男・海北友松。武士の子として、滅んだ実家の再興を夢見つつ、絵師として名を馳せた生涯を描く歴史長篇。

PHP文芸文庫

深き心の底より

小川洋子 著

『博士の愛した数式』の著者、小川洋子の不思議議な世界観を垣間見るような珠玉のエッセイ集。静謐な文章で描かれた日常に、真実が光る。